下　册

第十七章
山长水远，后会无期

从萧家出来后，温柔一身轻松，只觉得恶气都出尽了，脚下走路都带风，心情无比舒畅。

她本以为还要纠缠几日的，没想到刘氏非得自个儿往刀口上撞，这一撞可好了，杜芙蕖不仅救不了刘氏，还得跟着刘氏一起倒霉。

其实刘氏也不是一点儿脑子都没有，就是又押错宝罢了。若是萧惊堂当真很喜欢杜芙蕖，那她这么一闹，还真就能翻身。可惜的是，萧惊堂也只是做表面功夫，杜芙蕖得的宠爱就像是水面上的浮萍，一点儿根都没有。

啧啧，古代的男人，真是太薄情了。

"前面有坑。"

"哦，谢谢啊。"温柔无意识地应了一句，想着事情继续往前走着，冷不防就觉得脚下一空，整个人猛地往前栽去。

"啊！"

腰突然被人搂住，温柔完全不平衡地转了一圈，爪子死死地抓着搂她的人，眨了眨眼，总算回神了。

"你的脑子里装的都是什么东西？"萧惊堂垂眼看着她，眼里满是嫌弃之色，"都说了有坑，你还往里头跳？"

"欸？"温柔看了看路上的大土坑，又看了看面前的人，笑了笑，"谢谢啊！"

然后她一把推开人就继续往前走去。

萧惊堂冷笑，抬脚跟了上去："你走那么快做什么？"

温柔顿了顿，茫然地回头看着他："二少爷还有什么吩咐？"

"你让三弟给你结账的事情，不该同我解释一下吗？"

解释？温柔想了想，诚恳地解释道："我想买铺子，还差点儿手续费，三少爷愿意友情赞助，条件就是让我帮你们把杜芙蕖赶出萧家。我做到了，他自然该结账了。"

萧二少爷的表情有点儿不好看，他问："你是因为他，才来蹚这浑水的？"

"准确来说是因为银子，"温柔耿直地纠正道，"不然这事这么乱，我是不乐意掺和的。"

萧惊堂："……"

河岸边寒风凛冽，这种天气是没人出来散步的，然而温柔一蹦一跳地走得欢快，萧二少爷也就一声没吭地跟着她。

"您没事做吗？"走了半天这人还在旁边，温柔就忍不住问了，"还有事想说？"

"嗯。"萧惊堂认真地看着她，问道，"我想问为什么你能这么洒脱，杜家到底是你的娘家，你说不回就不回了？就算你看不惯杜芙蕖，可你的生母、生父都在那里。"

生母、生父？温柔停下步子，抬头看向了他，没回答他的问题，而是问："二少爷，您觉得血缘是个什么样的东西？"

萧惊堂挑眉："血缘不就是人与人之间的羁绊吗？有血缘关系的人，总是要亲近一些的。"

"很久很久以前的人类社会是没有血缘观念的。"温柔耸肩，不以为然地说道，"你当真以为亲情是天然的感情？那只是人类社会建造的需要，是被祖先们制定出来的规则，人们遵循久了，便以为是人性。其实那也只是维系人类社会的手段而已。"

萧惊堂听得连连皱眉："你这样的观念，是会被人骂的。"

"当然会被人骂，因为这言论在破坏社会和谐，对大多数人不利，只能说是有害的，却不能说是错的。"温柔失笑，"我也没兴趣去讨论人性，只是想说，血缘这种虚无缥缈的东西，在亲情不够浓厚的时候，强行想成为拉拢人与人之间关系的桥梁，未免太可笑了。杜家老爷和如今的夫人是我的生父、生母没有错，但是他们没有对杜温柔的成长贡献任何东西，一个不闻不问，一个怯懦得不敢过问，现在回头要我把他们当成最亲的亲人，是不是很可笑？"

萧惊堂有点儿震惊，到底是古人，接受的都是仁义忠孝的教育，乍一听到温柔这样逆天的想法，难免有点儿不能接受。

"许氏对我态度不错，也从来没为难过我，甚至在我受到威胁的时候，牺牲养女的利益也要站出来维护我，基于这一点，我说我会好好赡养她。至于杜老爷，他不缺钱，也不缺女儿，已经与我断绝关系，那我就不欠他的了。"温柔潇洒地挥了挥手，继续说道，"您不必抱有将我劝回去的想法，那不可能。"

寒风卷过，吹得人忍不住将脖子往衣裳里缩。萧惊堂站得笔直，眼神复杂地看了温柔许久，才低声说道："这话要是从别人的嘴里说出来，我会觉得他是离经叛道。"

但是不知道为什么，这话从她嘴里说出来，他竟然觉得……挺有道理的。

温柔咧嘴笑了笑，感叹地拍了拍他的肩膀："杜芙蕖有报应了，你我之间也算是能相逢一笑泯恩仇，我马上会离开幸城，萧二少爷，山长水远，后会有期。"

心里一沉，萧惊堂眼神炙热，伸手就抓住了她的手腕。

"你想去哪里？"

"商人嘛，四海为家。"温柔挣了挣手，感觉挣不开，便干脆任由他拉着，"您留不住的东西，又何必强留？"

"为什么？"萧惊堂不能理解地看着她，眼神深沉，"你凭什么觉得我留不住？"

"因为决定权在我手里。"温柔俏皮地笑了笑，感叹道，"这么一想还真是爽啊，当初杜温柔爱你爱得死去活来不能自拔，你对她不理不睬，现在却在想尽办法留下她。"

"我想留的不是她。"萧惊堂眉头轻皱，表情看起来淡若清风，眼里的神色却分明认真得很，"我想留下的是你。"

温柔微微一震，有点儿意外地看着他。

"二少爷说什么胡话？"温柔干笑了两声，"我就是杜温柔。"

"不一样，"萧惊堂执拗地抿了抿唇，说道，"你与她完全不一样。"

温柔感觉背后发凉，用力挣开了他的手，皮笑肉不笑地说道："您该去看看大夫了，我先告辞。"

他的眼神太吓人了，像是能看穿她的灵魂一样……但他毕竟只是个古人，怎么可能接受那么离谱儿的事情？要是真有一天真相被揭开，这厮指不定就是第一个要拿火把烧她的人。

温柔摇了摇头，跑得飞快。

很快就可以离开幸城了，她没什么好担心的。如今杜温柔一直不曾苏醒，那她就可以过自己的日子，等待可以回去的那一天到来。至于萧惊堂……不是适合她的人，她不如不念。

温柔深吸一口气，一头扎进了搬家的准备工作当中。她将裴方物的铺子买了下来，人员和瓷窑也已经准备妥当，接下来就是将温氏琉璃轩暂且托付给人了。

想来想去，温柔还是找到了萧少寒。

"要我买铺子和你家瓷窑？"萧少寒一脸惊恐的表情，"我是清官！清官你知道吗？我拿这么多银子出来买铺子要被人告发的！况且咱们大明不让官员经商，被皇上知道了这事，我是要被革职的！你为什么不找我二哥？"

萧惊堂吗？温柔干笑。

从那天跑了之后，一晃过去了五日，她再也没见过他，也不知道他是去了哪里。不过她能感觉到他大概是恼她了，不然幸城这么小，想见他们总是能再见的。

既然他恼她了，她总不能还送铺子给人。

"你打算去哪里，"萧少寒斜眼看着她，"跟我说说呗？"

"上京。"温柔答得飞快，接着就一脸诌媚样地看着他，"到了上京，还得靠大人多多照顾。"

眼里闪过一丝古怪的神色，萧少寒问："我二哥知道你要去上京吗？"

"不知道吧。"温柔摇头，"我谁也没说。"

萧少寒嘴角微勾，脸上的神情越发古怪："这样啊……上京是个好地方，你那琉璃轩真要卖，那我替我母亲买下来，放在她的名下。"

"多谢三少爷！"温柔笑眯眯地打了打算盘，"我给您八折优惠，真真儿的！"

"你这么便宜卖铺子给我，等去了上京，我也会有惊喜给你的，"萧少寒笑得怪异，"真真儿的。"

温柔看了他两眼，撇嘴，心里越发觉得这萧三少爷有神经病。

接下来就是运输工作了，瓷窑里的工匠和师傅都是第一批过去的，温柔和阮妙梦留在最后善后，将行李都送去了镖局之后，两人才收拾东西准备上路。

今天天气不是很好，温柔的心情也不是很好，她靠在窗边看了看马车外头，四周都是黑沉沉的。

"你有在等的人吗？"阮妙梦轻声问了一句。

温柔愣了愣，回神，颇为好笑地说道："我有什么人好等的？重要的人都在这马车上了。"

阮妙梦深深地看她一眼，别开了脸："你这神情，我以前常有，照着镜子的时候都在想，为什么要露出这样的表情——盼着的人反正是不会来的，倒让自己这般伤神。可想是这么想，我照旧盼着，也许他不知道什么时候就来了。"

"啊？"温柔摇头，"你误会了，我真的没盼谁……"

阮妙梦低笑："那您别往窗外瞧了，今天的风景一点儿也不好看。"

也是，温柔点了点头，把脑袋缩了回来。

马车一点儿也不好坐，又慢又颠簸，晃晃悠悠大半天也才出了城门，而且好不容易出了城门吧，竟然还停了下来。

"东家——"车夫喊了一声，"前头有人挡路。"

心里一跳，温柔眨眼，伸手将帘子掀开往外看去。

跟粉红色的少女梦境一样，萧惊堂骑着高头大马挡在路中央，一身黑色的绣银长袍衬得他分外贵气，银冠玉面，潇洒如仙，只是眉目间像带了寒冬早上的冰雾，吓得马车前头的马都不敢再往前一步。

温柔眨了眨眼，张了张嘴，竟然觉得喉咙有点儿堵，半晌才找回自己的声音："二少爷这一大清早的，是来晨练吗？"

萧惊堂轻轻策马，走到了马车前头不远的地方，居高临下地看着她说道："我想了一晚上，还是想来问问你。"

"问我什么？"

萧惊堂翻身下马，一步步走到车辕前头，将这裹着白兔毛的小小女人给端起来搂在了怀里。

"就这么走了，你当真舍得吗？"

男人低沉的声音在她耳边响起，带着点儿热气，但很快就变得冰凉。

温柔眨眼，干笑："有什么舍不得的？你我不是两清了？"

"两清？"萧惊堂将她抱进旁边的树林，寻了一棵最直的树抵着她，声音微微沙哑地说道，"欠的债是两清了，可感情呢？"

感情？温柔撇嘴："二少爷对我有感情？没有吧？我也……"

"有。"萧惊堂打断她的话,眸色深了深,"我有。"

心口微窒,温柔感觉有点儿尴尬,伸手抵着这人的胸膛:"那就不好意思了,我这个人比较冷漠,就算与二少爷朝夕相处过不少时间,对二少爷也是……"

"你心悦我。"

霸道的声音插了进来,惊得人心尖都跟着颤抖。

温柔愣怔,难以置信地抬头看了他一眼:"您可真够有自信的……"

他哪儿就看出来她喜欢他了?

萧惊堂伸手按着她的衣襟,抿了抿唇,眼里的神色晦暗不明:"要是不悦,你今日就不会走得这么干脆。"

这是什么道理?温柔咂舌,哭笑不得:"二少爷,就是因为不喜欢您,我才能走得这么干脆吧?"

"恰恰相反。"萧惊堂勾唇,"你是因为喜欢我,所以才会被我伤着心,因为伤着了心,不想跟我在一起,又怕抬头不见低头见,所以才走得这么干脆。"

温柔:"……"

"不说话了?"萧惊堂深深地看进她的眼里,伸手按住她的肩膀,慢慢地将她整个人搂进了怀里,"你以前伤着了我,所以我会伤你,这样一想,你能不能原谅我?"

他如同雪中受伤的小兽,在她耳边低鸣。温柔心口莫名其妙地痛得厉害,伸手推开了他。

"你和我不是一个世界的人。"她喃喃,不知道是说给他听还是说给自己听,不过这话一出口,她迷茫的眼神倒是坚定了起来,"我有我自己的路要走,就算跟你在一起,也不会幸福的。"

"不试试,你怎么知道跟我在一起不会幸福?"眉头紧皱,萧惊堂看着她说道,"试也不试就否定,你胆子是有多小?"

温柔点头道:"我这个人就是胆子小,怕付出感情,尤其是怕没有结果的感情,到头来白白伤心,那不如从来就没爱过。"

萧惊堂眼神微沉,捏紧了拳头:"你总说我不会说话,可我至少比你有胆子。"

"了不起啊?"温柔撇嘴,"胆子大能切了多吃点儿肉还是怎的?"

"杜温柔!"

"萧二少爷,"温柔抬头看向他,神色变得正经,"你知道我喜欢什么样的男人吗?"

萧惊堂微微一顿,垂眸:"忠贞不二的男人。"

"你是吗?"

林子里安静了半响,温柔失笑出声:"你瞧,男人总是这样,想得到一个女人的时候,根本不考虑能不能给那个女人幸福的后半辈子生活,总是先骗到手再说。

"我不是十七八岁的小姑娘了,不可能你说一句你喜欢我我就跟你走。余生那么长,爱情只是一个开头,结局呢?你不给我好的结局,我为什么要把余生浪费在你的身上?

"现在是有年轻人对爱情的冲动感,然后呢?我跟你走,重新住进你的后院,跟一大群女人争宠,变得越来越不像自己,你也越来越厌弃我。等我们都五十岁的时候,你还可以娶二十岁的年轻漂亮的小姑娘,而我,只能守着一方宅院,拼死拼活地捍卫自己的地位,不累吗?"

面前的人沉默得如同一座雕像,温柔越想越觉得好笑,伸手拍了拍他的肩膀:"二少爷,你有很多女人可以选择,但我只想选一个男人。咱们不是一路人,这句话,我也一早跟你说过了。山长水远,后会无期吧。"

话落音地,温柔裹紧了披风,吸了吸被冻得发红的小鼻子,深一脚浅一脚地走出了林间。

"杜温柔!"背后那人喊了她一声,温柔没停,继续往前走着。

"你很会说话,我说不过你。"萧惊堂转身,淡淡地说道,"但早晚你会明白,你的想法是错的。"

早晚明白那也是早晚的事情了,眼下她最想的,就是再也不要看见这个人了。

这国家这么大,两个人不再见是很容易的事情,等多年不见,杜温柔心里这一点儿对萧惊堂的执念也会烟消云散,她也就不会再受影响了。

温柔缩回马车里,平静地吩咐车夫:"走吧。"

阮妙梦皱眉看着她:"二少爷骂你了?"

"没有啊,"温柔笑眯眯地摇头,"告别而已。"

只是告别……阮妙梦看了一眼她的脸,摇头:"要是真的舍不得,你可以不用走。"

"没有舍不得的,"温柔抹了把脸,"我也不是有多惦记他。"

"那你哭什么?"

"女人嘛……"温柔扯了扯嘴角,辩解道,"对占有过自己的男人,总是会有一点儿说不清道不明的情绪的,也不是喜欢,总之很复杂就是了。将这么多情绪一刀切开,怎么也得流点儿眼泪纪念一下,我又不是铁打的。"

她原来不是铁打的啊……阮妙梦咋舌,心疼地拿了帕子给她,看她跟只小兔子似的红着鼻子,忍不住掀开背后的小窗帘子,往后头看了一眼。

寂静的山林里,已经半个人影都没有了。

她们的马车走得很慢,每到一个城镇,温柔都会看看当地的人文风情,所以马车摇摇晃晃地走了半个月之后,她们才终于看见上京高高的城门。

"哇,好多人哪!"温柔看了看周围,感叹,"不愧是首都。"

"好像是到科举的时候了。"阮妙梦看了看远处城墙上的一大片皇榜,"每到这个时候,各处的学子进京,人都很多。"

"让一让!"

她们刚进城,就有一串儿仪仗队从前头经过,街道两边的百姓都连忙低下头,纷纷避让。温柔混在人群里,抬头看了一眼:"什么人哪,这么大阵仗?"

旁边有个大婶连忙扯了扯她的袖子,示意她别说话,等仪仗队走过去了,才抬头责备地看着她们:"两位姑娘是外地人?遇见这种阵仗,你们可不能乱说话的,万一给你们治个大不敬之罪,你说都没法儿找人说去。"

"欸?"温柔眨眼,立马乖巧地问,"大婶知道那是什么?"

"这有什么不知道的,现下北城城门在修葺,大皇子和三皇子时不时就要出宫去那边看上一眼,这仪仗三天就得见一回。"

大皇子和三皇子?温柔黑了脸,轩辕景哪?撞上这人就没什么好事,她还是躲着点儿好。

"多谢大婶了,请问凤凰街怎么走?"

"往那边直走,左边第三个巷子拐进去,到那边你再问问人。"

"好嘞!"温柔兴奋地应了,拉起阮妙梦就走。

新天地啊,新的空气!她还得去把上次上京来的人订的那笔大单子给交了,正好顺便看看有没有什么贵人可以攀点儿关系。

想着想着,迎面就撞上个人,温柔被撞得一个趔趄,那人却话都没说,径直往前头跑了。

"哎?没礼貌啊!"温柔皱着眉站直身子,嘀咕,"看着还是书生打扮,这人撞了人不道歉的?"

阮妙梦瞧了瞧那人，道："这人许是赶着去考试吧。撞疼了吗？"

"疼倒是不疼，"温柔撇了撇嘴，盯着那人的背影，皱眉道，"不过总感觉这人像是在哪儿见过似的。"

"人有相似不奇怪，咱们还是先去找着地方吧。"

"嗯。"

温氏琉璃轩的其他人比她们早到十多天，按照温柔的吩咐，店铺应该是装修好了。

上京这地方跟幸城不一样，多的是名门显贵，装修就不能以新奇博眼球了，要低调奢华有内涵。去的路上温柔还有点儿担心效果，但是到门口一看，一颗心就落回了肚子里。

到底还是古人知道怎样弄显得端庄大气，温氏琉璃轩的店铺极大，门口挂的是乌木漆金牌匾，里头依旧有琉璃柜子，但门楣飞龙走凤，紫檀木的桌椅陈设在四处，再加上盆景和珠帘，四处看起来都古色古香，分外沉稳。

"温姐姐！"门口的凌修月一看见她就跑了出来，眼睛亮亮地说道，"你来看，咱们店铺都弄好了，就等着你来开张了！"

温柔赞赏地摸了摸他的头，笑道："开张的事情不急，你们找到地方住了吗？"

"找到了，就在这店铺背后，是一座很大的宅院。"徐掌柜出来禀道，"咱们把后门与宅院之间打通了，修了走廊，东家与阮东家快进来瞧瞧。"

一听就觉得不错，温柔连忙拉着阮妙梦进去看。

那是很大的院落，修葺得也很精致，两间主屋给她和阮妙梦留着，她们放了包袱就可以躺上床，一切东西应有尽有。

"这下好了，"温柔趴在床上满足地叹了一口气，笑眯眯地说道，"一切重新开始了！"

阮妙梦失笑，倒不是很高兴，只是看温柔兴致这么高，也不舍得扫兴。

上京她太熟悉了，繁华归繁华，但……未必是个过日子的好地方。

"东家，"徐掌柜进来，拿着算盘汇报道，"上次那笔大单子已经都交货了，还有尾款，那边的大人说等您来了再付。您既然到了，咱们的店子是不是也该开张了？"

"开张不能乱开啊。"温柔翻身起来，"在这地方贸然地就开个店子卖贵重的琉璃，万一惹着了什么人，人家上来砸店可怎么是好？上京不比幸城，这儿……大概是最不讲王法的地方。"

徐掌柜愣了愣:"那得等到什么时候开门?"

"不急,你先去帮我打听一下京兆尹的为人和喜好,咱们也得先套套近乎。"

"小的明白。"

阮妙梦抿了抿唇,开口:"你要打点关系,我其实是很擅长的,只是……在这地方,我不敢轻举妄动,怕一个不小心就被人认出来了。"

温柔点头:"我能理解,放心吧,交给我就成。"

关系是很重要的东西,尤其是处在食物链底端,时时刻刻需要看人脸色过日子的人,有关系总比没关系好,而好的关系,那可抵得上千万两银子。

于是在知道了这京兆尹吴大人两袖清风不收礼物之后,温柔拿了一朵琉璃莲花,等在吴夫人出门必经的小路上。温柔等了三天,终于看见了人,连忙远远行礼:"夫人留步!"

毕竟是京兆尹家的夫人,平时形形色色送礼的人也见得多了,吴夫人一看温柔面生,脚步没停地就继续往前走,准备在街口上马车。

"夫人!"温柔也不急,双手捧着那琉璃莲花,只笑眯眯地说道,"您头上的簪花掉了一朵,民女特地给您送来的。"

一听簪花,吴夫人就下意识地扫了温柔手里的东西一眼。

女人的天性就是喜欢美丽的东西,所以温柔赌她会回头。然而吴夫人也只是回了一下头而已,看清了温柔手里的琉璃莲花也没说什么,还是继续往前走,上了马车。

"这可怎么办哪?"见马车走了,疏芳跺了跺脚,"好不容易等到她出来,她怎么不停一下,多看两眼?"

温柔笑了笑,倒是不急:"既然我们已经等了这么久了,又何妨再多等一会儿?"

疏芳眨眼,也没多问,老实地陪自家主子等着。

从响午到黄昏,温柔一步没挪地站在吴府后门处。太阳要落尽的时候,吴夫人回来了,经过她身边,眼皮子翻了翻,朝旁边的丫鬟挥了挥手。

"这位姑娘,夫人让你进去说话。"丫鬟跑到温柔跟前传话,上下打量了温柔两眼,"只你一人进来即可。"

温柔微微松了一口气,颔首,让疏芳先回去后,便一瘸一拐地跟着丫鬟进门。

古人怎么都喜欢这么考验人的诚意啊?温柔揉了揉自己可怜的腿,一边嘀咕一边走着，不经意地抬眼，就见四周金碧辉煌，简直跟仙境似的。

这也能是两袖清风的话，她保证萧少寒是天下第一清官！

"就在外头吧。"到了一间院子前头，丫鬟看了温柔两眼，伸出手道，"把夫人的簪花给我，我拿给夫人看看再说。"

"是。"温柔赔着笑脸将琉璃莲花递了过去，心里是不太高兴的，毕竟这丫鬟说话的语气可真不讨人喜欢，有这样的丫鬟，那主子的性子也好不到哪里去。

果然，没一会儿那丫鬟出来了，斜着眼睛上下扫了温柔一圈："我家夫人累了，今日就不见你了。你若找得到夫人的另一朵琉璃莲花，那明日上午便过来。"

我去你奶奶的！温柔很生气，给一朵还不够，这夫人还要第二朵？她要就算了，还得明天再来，不把人当人哪？

然而，现实是她没资格发脾气，有求于人，只能将这口气咽下去，老实地行礼："是，民女明白。"

不管她在哪里，要混口饭吃都格外艰辛。可能是前段日子太顺利了，温柔都忘了这种忍气吞声的感觉了。

温柔耸了耸肩，离开了吴府，回去准备了另一朵琉璃莲花，又准备了一套琉璃头面，拿盒子包好，第二天一大早就在吴府后门处站着了。

大概是知道有好东西，这回丫鬟出来得快多了，接过温柔手里的盒子就把她往里领："夫人等半天了。"

"夫人久等，是我的不对。"温柔赔笑，"但愿今日找到的东西，夫人能喜欢。"

说着，她捏了一块三两的银子就往那丫鬟的手里塞。

丫鬟瞧见银子，神色总算和悦了，笑眯眯地说道："夫人是喜欢呢，让人拿去做花簪了。今日只要姑娘这嘴甜，再加上这么一盒东西，想求什么事，应该都不难。"

"多谢指点。"心里有底，温柔便踏实了点儿，跨进门后就跪下行礼："民女拜见夫人。"

吴夫人没理她，先打开盒子看了看，瞧着满意了，才笑道："你起来吧，找我有什么事？"

温柔起身，微笑道："是这样的，我家有铺子要在凤凰街开张，以后少不得要夫人和吴大人照顾，夫人倾国倾城，民女自然就选了店子里最好的琉璃来献给夫人。"

琉璃？吴夫人眼睛一亮："是淑妃娘娘最近戴的那种东西？！"

淑妃？温柔有点儿茫然，不知淑妃什么时候也戴琉璃了。不过妃子要是喜欢戴，那就自然是有益无害的事情，于是她立马点头："正是。"

"哎呀，我就喜欢这东西，上次冬猎远远瞧见，就觉得比别的玉器更好看华贵。"吴夫人欣喜万分，瞅着她问道，"你要开店，那以后可有别的东西送我？"

这人还真是……胃口不小啊！温柔皱眉，心想这东西白送给京兆尹的夫人，一次还算是通关系，两次也算是表示诚意，可以后都送，那侍郎夫人怎么办？宰相夫人怎么办？她都不收钱，还开什么店子啊，当慈善机构算了。

温柔深吸一口气，笑道："小店也是小本买卖，民女拿自己的嫁妆送给夫人是无碍，也算交夫人这个朋友，可一直送……民女送不起啊。"

吴夫人顿时不高兴了，捏着琉璃发簪看了一会儿，说道："你这样，也想在上京卖琉璃？到底是小姑娘，人情世故都不懂。"

她还不懂？是这人太贪心了好不好？温柔咬了咬牙："望夫人理解，这一盒子东西都是佳品，多了……就不值钱了。"

吴夫人冷哼一声，伸手将琉璃簪子扔回了盒子里，斜眼看着温柔说道："我就明说了吧，我家老爷最疼的就是我，你想得我家老爷庇护，那就别得罪我，不然你这店子开不了张。"

"可是……"

"你好好想想再说吧。"吴夫人翻了个白眼，挥手："送客。"

温柔简直被吴夫人给弄得没脾气了。那一盒子东西吴夫人也没打算还给她，收了东西还威胁她，有这样的人吗？这人不按套路出牌啊！

被推出吴府，还差点儿摔在街上，温柔有点儿恼了，气冲冲地回到家，看着徐掌柜问："如果得罪京兆尹的话，你有什么法子让这店继续开？"

徐掌柜愕然，还没来得及回答，旁边的阮妙梦就皱眉道："你不是去送礼了，怎么反而把京兆尹给得罪了？"

"别提了！"温柔挥了挥手，坐在桌边叹息，"我本以为讨好了他的夫人就行，谁知道他夫人那么贪得无厌，不仅要我送去的那些东西，还让以后经常送，这怎么送？"

阮妙梦愣了愣，歪着脑袋想了想："京兆尹家的夫人……我原先只听闻他死了原配另娶娇妻，却没听过夫人是个什么性子。"

"还能是什么性子？"温柔抓了抓头发，丧气地说道，"人家直接发话了，在这地界上得罪了她，咱们这店子别想开张！"

"说是这么说，"阮妙梦开口道，"可你真要开张，她也不可能拦得住，顶多背后给你穿小鞋。"

"那也难受啊。"温柔咬了咬牙，"一直被穿小鞋，这店还怎么开？"

"东家，"徐掌柜颇为担忧地说道，"请来看风水的道士说了，后天就是黄道吉日，要是不开张的话……又得等下个月了。"

愁啊！温柔头发都要愁白了，挠着桌子想了半天，决定道："那就后天开张吧，至于京兆尹那边，我再想想办法。"

"是。"

自古十官九贪，可官吧，怎么都压民一头，她没权没势的，还真就是砧板上的鱼肉，得任人宰割。

本来她是想打通了吴大人这边的关系，让他在店铺开张的时候来捧个场，但眼下是没办法了，不仅不能大张旗鼓地开张，还得偷偷摸摸地先避着那吴夫人，营业两日再说。

温柔打定了主意，两天之后，琉璃轩的分店就在上京凤凰街上开张了，没有放鞭炮，就扯了牌匾上的红绸，打开大门，路过的人在外头瞧两眼，议论的倒是多，就是没人敢进去。

生意清淡啊……温柔伸手撑着下巴，拨弄着算盘，数着算珠玩。一天、两天、三天，第三天终于有人敢进来了，然而温柔看一眼那人，眼前就是一黑。

"哟，真漂亮。"吴夫人扶着丫鬟的手进来，看了看琉璃柜里陈列着的琉璃首饰，掩唇笑道，"可是怎么像是卖不出去似的？"

店里的伙计上去招呼："夫人想看点儿什么？"

"没什么，就是路过，想起来问问你们东家。"吴夫人转身看向温柔："想好了吗？是让它们沉积在这儿卖不出去，还是按照我说的，保证你生意兴隆？"

温柔抽了抽嘴角，脸上挂上笑意，从柜台后头出来，恭恭敬敬地站在吴夫人身侧："民女思考过了，吴夫人的要求一点儿也不过分，只要夫人愿意庇佑，那小店每月送夫人一件精品琉璃，如何？"

"一件？"吴夫人看了她两眼，不悦得很，"你把我当什么了？我跨进这门来就是给你颜面了，你还这般不把我当回事？！"

"不是……"

"会抛头露面出来做生意的女人，果然都不是什么正经的女儿家。"吴夫人冷哼一声，别开了头，"我看你是还没明白这上京地界上的规矩，得好生明白一下，才知道该怎么尊敬我。"

说罢，吴夫人优雅地转身，扶着丫鬟的手就走了出去。

"哎……夫人。"温柔喊了两声，奈何吴夫人瞧起来生气得很，头也不回地就上了马车。

一店子里的伙计面面相觑，阮妙梦从帘子后头出来，也是满脸愁容："这可怎么办？"

"太久没遇见这么不讲道理的人了，我有点儿慌。"温柔按了按胸口，"她刚刚那意思，是要给咱们个教训吗？"

阮妙梦叹息："这上京不比幸城，你大概是在萧家的庇佑下安稳了太久，所以不知道外头有多可怕。当官的要抖威风，官夫人也要抖威风，你没把她当祖宗捧，她自然就要对付你。"

温柔哭丧着脸说道："我是不是不该去送东西给她啊？"

"你没做错，是这个人太难缠。"阮妙梦摇了摇头，"咱们还是先关门几日吧，把东西都先收进仓库……"

话音还没落地，门口就传来一声闷响。

众人都被吓了一跳，纷纷回头看去，就见一群地痞流氓拿着木棍，一窝蜂地拥了进来。

"不是吧？"温柔睁大了眼，连忙招呼护卫。

奈何她这店里的护卫只有十人，这批流氓却有二三十个，寡不敌众啊！

"你们想干什么？"凌修月皱眉，一把剑横在他们前头。

为首的人不屑地看了这小破孩一眼，一挥手，身后的人便猛地打砸起来。

"哗——"琉璃柜子被木棍砸碎，里头的琉璃被人砸的砸抢的抢。温柔瞪大了眼，愣怔地看着这场景。

凌修月只有一双手，功夫再好也拦不住这么多人，护卫也都尽力了，但是不管怎么拦，店里琳琅满目的琉璃还是被慢慢地砸了个干净。

"你们……"徐掌柜哆嗦着嘴唇，声音都在抖，"没个王法了吗？！"

"王法？"为首的人笑了笑，扔了手里的棍子，"你们去官府告状吧，没交保护费就敢开店，告上去你们还得赔钱。"

凌修月气红了眼："保护费？我让你们知道什么叫保护费！"

说罢，他扔了长剑，一拳就猛地打在为首那人的眼睛上。

"啊！"流氓头头痛呼一声，怒了，"你个小兔崽子！"

"修月，"温柔低喊，"好汉不吃眼前亏！"

人家这么多人，这可怎么……

"我从小到大，就没受过这么大的委屈！"凌修月气得眼睛都红了，一脚踢开扑上来的地痞，飞身而起，踩着那头头的脑袋就蹿了出去。

"给我追！剩下的人，把这里给我砸干净，一块琉璃都别剩下！"

"是！"

店内哄闹起来，阮妙梦连忙拉着温柔和疏芳往外跑。徐掌柜跟跟跄跄地跟在后头，一个没注意就被人打了一棍子，跌倒在地半天爬不起来。

温柔气得浑身发抖，转身去将他扶了起来，一脚狠踢在那地痞的下身外，然后头也不回地就往前跑。

"给我抓住他们！"

"是！"

三个弱女子加上一个受伤的人，哪里跑得出去，没跑两步就被人围在了街上。温柔抿唇，看了街道两边围观的百姓一眼，朗声问："有哪位大侠能帮忙报官？"

话说出口后，她又觉得好笑，这群人摆明是同官府狼狈为奸的，不然光天化日之下也没有这么大的胆子。吴夫人给的教训可真是狠哪，京兆尹的夫人，真的很了不起。

"嗖——"

不远处有信号烟升起，温柔失笑，看着面前步步逼近的人说道："不用这么狠吧？你们这点儿人欺凌弱小已经足够了，还叫外援？"

面前的一群人愣了愣，为首的那人捂着一只眼看了看天上，疑惑地问道："谁家的信号？"

"不知道啊。"

想了一会儿，那头头吩咐道："不管了，把这几个不要命的人都给我教训一顿再说。"

"是！"

温柔咬牙，将徐掌柜塞给背后的疏芳和阮妙梦："我拖着他们，你们冲出个缺口先出去。"

"主子，"疏芳红了眼，"这哪里冲得出去？"

四周都是人，对方已经将路都堵死了。

温柔泄气地垮了肩，咬了咬牙："那咱们就硬扛着吧，只要没被打死，我一定找机会给咱们报仇!"

四个人缩在一起,看着面前的地痞流氓冲上来,温柔瞬间有了一种很悲壮的感觉。木棍落下来的时候,她下意识地先护着阮妙梦,背后瞬间一阵闷痛,骨头像是要裂开了似的,疼得她的脑子一片空白。

"啊!"

她还没惨叫呢,四周的惨叫声却接连不断地响起。额头上全是冷汗,温柔也没睁眼,就蹲着死死地抱着阮妙梦。

街道上混乱起来,无数的人拥挤踩踏,阮妙梦一把将她拉起来,欣喜地喊道:"修月回来了!"

修月回来了能怎么样?温柔痛得眼泪直流,沙哑着嗓音说道:"他功夫再高也只是个毛头小子,一个人怎么……"

"你快睁开眼看看!"阮妙梦着急地喊道,"他来救咱们了!"

温柔愣了愣,费力地睁开眼,好半天才看清面前的状况。

凌修月浑身都是杀气,一拳一脚狠命地揍着为首那人,边揍边骂:"你才是小兔崽子,你全家都是小兔崽子!"

他的身边,三十多个身穿白底蓝领锦袍的年轻男子,腰上配着剑没用,就将那群地痞流氓揍得死去活来的。

"你们……你们不要命了?!"几个流氓惊恐又愤怒地喊着,"敢在这地界上跟我们动手?"

"老子今天不仅要动手,还要打得你们爬不起来!"凌修月愤怒地低吼,一脚把那说话的人踹得飞出老远,转头一看温柔,神色顿时慌了:"温姐姐?"

温柔无力地伸了伸爪子,虚弱地说道:"别管我,把这群人给我往死里打!"

"遵命!"凌修月磨了磨牙,跟只小老虎似的,"嗷呜"一声就扑进了人群里。

一场大规模打斗在凤凰街上展开,惊动了不少人来围观。眼瞧着地痞流氓被揍得不行了,官府的衙役便如同坐了火箭,飞快地到达了现场。

"都住手!"

凌修月那边的人被拉开,一群官兵没将地痞抓起来,反倒将那一群白衣蓝领的人围住了。

"光天化日之下,你们还有没有王法?"

温柔听见这句话就觉得好笑,扶着自己的腰,一瘸一拐地走到那衙差

· 528 ·

面前，咬牙问："官爷，原来这里是有王法的？那我要告状，这群人打砸我的店铺，打伤我的人，幸亏白衣的英雄们出手相助。这些恶徒，该作何处置？"

衙差愣了愣，斜眼看了看她，撇嘴道："事实如何，等把人带回衙门，自然有公论，你们先跟我们走！"

地上被揍得半死不活的地痞流氓"哎哟哎哟"地叫着："官爷，这些人欺压良民，我们也要告状！"

"良民？"温柔咬牙切齿道，"你们要是良民，那流氓长什么样子？"

"你这小娘皮……"

"都闭嘴！"衙差大手一挥，将在场的人通通拿绳子捆了手，捆成一串儿，牵着往衙门走去。

温柔咬牙，皱眉看着那衙差。

官匪一家，这样过去，他们怕是要吃亏。然而绳子都套上了，他们也没别的办法，只能跟着走。

"温姐姐，你哪儿伤着了？"修月走在她旁边，皱眉问道。

温柔摇头："没事，就背后挨了一下。"

"这群坏人！"凌修月气红了眼，咬牙切齿道，"我不会让他们好过的！"

看了看四周一声没吭的那些白衣人，温柔担忧地说道："他们会被咱们连累的，这官府……去了对咱们没好处。"

"没事。"凌修月不在乎道，"这些都是虎啸山庄的人。"

虎啸山庄？先前听凌挽眉提起过两句，但那到底是个什么地方，温柔还没个概念，不过看凌修月这么自信，那应该有自保的法子。

剩下的，就看他们怎么才能脱身了。

街上的热闹散去，出来采买东西的丫鬟、小厮各回各家，有回木府的，有回侯府的，都回去兴致勃勃地跟自家主子说了这热闹事。

上京已经好久没这么大的动静了，百姓也议论纷纷，吴府里的京兆尹夫人一听这情况，没好气地哼了一声："敬酒不吃吃罚酒。"

"夫人，"旁边的京兆尹皱眉，"那家店怎么得罪你了？"

"老爷您是不知道。"吴夫人放下茶杯，一扭腰就坐到了吴永孝的怀里，娇嗔道，"那家铺子的东家欺负妾身，不给点儿教训，不是让别人笑话妾身吗？"

吴永孝一听这话，皱眉道："竟然敢欺负你，那东家是什么来头？"

"妾身一早让人打听了，"吴夫人翻了个白眼，回道，"没身份、没背景，幸城来的卖琉璃的，囤积居奇，眼高于顶，自以为了不起得很呢。"

一听对方没背景，吴永孝就放心了，冷哼一声，道："夫人放心，我这便去替你出气。"

"好。"吴夫人微笑，目送自家相公出门，仰起下巴高傲地吹了吹指甲。

不就是淑妃娘娘头上戴的琉璃吗？她早晚也能有戴不完的花样，到时候，看这上京里还有多少人敢看不起她！

吴永孝沉着脸升了堂，扫了一眼下头的人，拍了一下惊堂木就开口道："光天化日，闹市斗殴，你们这群人，通通收进大牢，反省半个月再说。"

温柔都已经准备好申冤的台词了，结果一句话还没说呢，上头的人直接就给判刑了。

"大人！"温柔不解地皱眉道，"您不能这样不讲道理啊！民女才是受害人，这些白衣裳的人更是救民女的人，您凭什么二话不说，将我们都关起来？"

"本官没有空闲听你们狡辩，按照本朝律例，闹市斗殴就是这样的刑罚，退堂！"吴永孝再拍了一下惊堂木，起身就走。

温柔给气得笑了，捂着背跌坐下来，咬牙切齿地说道："大人就不怕民女告御状吗？！"

"告御状？"吴永孝顿了顿，嗤笑着看了她一眼，"按照规矩，先挨四十板子才能告御状，这衙门里的板子，可是一点儿情面都不讲的，你有命到御前再说吧！来人，抓起来！"

"是！"

旁边的衙差上来，直接便将他们押住送往大牢。温柔脸色铁青，后背被压到，钝钝地疼。

"要我们进大牢太简单了，这儿毕竟是京兆尹的地界。"凌修月突然开口说道，"只是一旦我们进去，要出来就没那么简单了。"

这说的是什么话？吴永孝冷笑一声，巴不得这群人多被关上些时候，难道自己还会请他们出来不成？

吴永孝甩了甩袖子轻松地回了府，将娇妻抱在怀里，笑眯眯地说道："等半个月之后，他们出来定然就老实得多了。"

吴夫人笑了笑，轻轻捶了捶他的胸口："还是老爷会疼妾身。对了，最近科考，有不少人往妾身这儿塞东西，老爷来看看？"

"好。"吴永孝"哈哈"笑了两声，抱着她就进了房间。

这当地头蛇的感觉,那是相当好的,虽然京兆尹官不大,但管着这富贵地方,油水是不少的,寻常人见着他都得尊敬八分,再做半年,升官也不是难事,所以吴大人最近都是笑眯眯的,走路带风。

刚处理完那不长眼的温氏琉璃轩,没过两日,吴永孝就收到了木府的请帖,又惊又喜。

"丞相大人请老爷去是要做什么?"吴夫人好奇地看着那帖子,问道。

"老丞相已经告老还乡,这木丞相刚上任,想必是想拉拢关系吧。"吴永孝高兴得很,"夫人快帮我准备准备,可不能怠慢了。"

"是。"吴夫人也跟着高兴,连忙准备了规规矩矩的礼服,再将吴永孝的头发梳得整整齐齐的。

木家可是丞相世家,木青城刚上任,也颇得皇帝器重,虽然与朝中不少人有冲突,但丞相毕竟是一人之下万人之上,他巴结巴结,那也就不用那么担心升官的事情了不是?

一进木府大厅,吴永孝连忙行礼:"见过丞相大人。"

"免礼。"木青城微笑着看着他,"吴大人辛苦了。"

吴永孝感觉背后微微发凉,连忙回道:"下官哪里有什么辛苦?丞相大人日理万机,那才是辛苦。"

"听闻您最近处置了一桩凤凰街上打架的案子?"木青城笑道,"那么多地痞流氓,您能一举清除,真是厉害,本官都打算上报陛下,嘉奖于你了。"

哈?吴永孝有点儿愣怔:"这事……大人竟然都知道了?"

"这事在京里传得沸沸扬扬,我不聋不瞎,自然知道。"木青城端了旁边的茶来喝,悠闲地继续说道,"上京地痞危害一方,陛下也甚为担心,到底是天子脚下,出现欺压良民的事情就不好了。所以,等明日我派人去查查,要是街上的流氓当真干净了,也好替大人讨个赏。"

额上出了点儿汗,吴永孝嘴里应着,心里慌得不行。

那地痞流氓多多少少跟官府是有关系的,前天他说是把所有人都抓进去,但那群人是没被关一会儿就放了的,只有温氏的人还在大牢里。丞相要是当真查起来,那不糟糕了?!

"吴大人——"吴永孝正想着呢,上头的人又喊他了,"您也想趁这次官员调度的机会往上走吧?只要您不犯错,又有这次的功绩,本官倒是可以考虑考虑。"

一听这话,吴永孝当即磕了两个头:"多谢丞相,下官谨遵丞相教诲！"

　　来不及想其他的事了，一离开相府，吴永孝连忙跑回衙门："快，快把温氏那些人放出来！把街上陈二那群人给我抓回来！"

　　衙差听傻眼了："老爷，陈二那群人……咱们怎么好抓？"

　　"事出突然，让他们配合一下。"吴永孝皱眉摆手道，"赶紧的！"

　　"是！"

　　温柔发了高热，正躺在阮妙梦的腿上说梦话。阮妙梦眼里满是泪，双手抱着她，着急得没有办法，正想要不要找人求助，就听得外头响起了开门的声音。

　　"你们都出去吧，"狱卒不耐烦地挥手，"无罪释放！"

　　凌修月冷笑，一个剑鞘扔过去砸在那狱卒的脸上："现在我有罪了。放她们出去，我继续留在这里。"

　　"你！"狱卒捂着被砸伤的脸，气不打一处来，"敬酒不吃吃罚酒？！"

　　他的声音一大，牢房里的三十个白衣人瞬间站了起来，狱卒被吓得打了个哆嗦，瞬间没了脾气："吴大人都让你们走了，你们还有什么不想走的？"

　　"我说过了，进来容易出去难。"凌修月冷笑，"牢里舒服，小爷爱住，怎么了？"

　　看狱卒气急败坏又无话可说，凌修月转头朝阮妙梦说道："你先带温姐姐回去。"

　　"好。"阮妙梦将温柔扶了起来，同疏芳一起架着温柔往外走，留下狱卒跟凌修月大眼瞪小眼。

　　路上的时候温柔有了点儿意识，张嘴问了一句："修月呢？"

　　阮妙梦神色复杂："那孩子有自己的想法，还没出来。"

　　温柔翻了个身，迷迷糊糊地说道："先回去把身子养好，我要告御状。"

　　阮妙梦抿唇，苦笑道："其实上京这地界……咱们并非无依无靠吧。"

　　"你说裴方物吗？"温柔轻笑一声，摇头，"我不会求他的。"

　　可是除了裴方物，还有其他人呢。阮妙梦抿唇，看着温柔这样子，皱紧了眉。

　　衙门那边不知道是什么状况，但就算她们出来了，这样的事难免不会有下一次，上京里除了裴方物……还有楼东风。

　　犹豫了许久，阮妙梦深吸了一口气，准备出门："疏芳，照顾好你家主子。"

"好。"

阮妙梦整理了衣裳和发髻，从一片狼藉的琉璃轩里穿过，一步步走得很慢。如果可以，她想这辈子都别再看见楼东风了，但……温柔护她到了这个地步，她总不能什么也不做。

帝武侯府离凤凰街很远，她走了半个时辰，到府门口的时候，门房欣喜地喊了她一声："夫人！"

阮妙梦自嘲地笑了笑，抬头问他："你们府上的夫人，不是早就换人了吗？"

门房愣了愣，有些无措地看着她："是小的失言！您……找侯爷吗？"

"嗯。"阮妙梦捏紧了手，说道，"民女求见侯爷。"

"小的这就去通传！"

她万分熟悉的府邸，门房没换，牌匾没换，就连台阶下头长着的草都还是记忆里的样子。可是，这已经不是她的家了。

进去禀告的人出来得很快，却有些尴尬地对她说道："侯爷让您先去花厅等等。"

"好。"

已经生疏得成了客人，她不去花厅等，还能如何？阮妙梦抬脚，跨进帝武侯府，规规矩矩地坐进了花厅。楼东风出来得不快不慢，看了她一眼，抿了抿唇，道："来上京这么久了，终于想起我了？"

"侯爷言重了。"阮妙梦淡笑道，"你我如今已经没什么关系，若是无事，民女也不会来劳烦您。"

被这语气弄得心口发堵，楼东风皱眉："你就不能好好说话？既然是上门有求于我，那你也该有点儿求人的态度吧？"

求人的态度……阮妙梦笑了，点了点头，站起来就朝他跪了下去！

"砰"的一声响砸在他的心上，楼东风惊得白了脸："阮妙梦！"

"民女有事求侯爷。"阮妙梦平静地开口，没抬头，"温柔被京兆尹欺负，店铺被砸，申冤无门，恳请侯爷帮忙。"

座上的人愣怔了许久，才伸手缓缓捶了捶自己的心口，一双眼里恢复了嘲讽之色："你竟然是为别人来求我。"

"是。"

"你能否先告诉我，你离开萧家是什么意思吗？"

阮妙梦微微一顿，轻嘲道："侯爷当初说局势险要，将我置于安稳之地，方可放手一搏。"

"我是这样说过。"

"但是民女没耐心等了。"阮妙梦抬眼看着他说道,"如果安稳就必须看着您另娶他人,在千里之外一家和乐,将我抛之脑后,那我宁愿余生不安稳——陪我爱的人水里来火里去,我什么也不怕。"

"但是您不让。"

阮妙梦苦笑了一声,跌坐下来:"与其说是想让我安稳,不如说您心里已经没了我的位置。这么多年了,您也是该腻的时候了,糟糠之妻,哪里比得上后人年轻貌美、花容月貌?"

"阮妙梦……"

"您看,"阮妙梦打断了他的话,眼里有泪,"您叫我的名字从来都是连名带姓地叫,我却傻傻地觉得您是当真喜欢我的。年华流水过,恩情中道绝。如今我回上京了,也不求侯爷什么,只求侯爷替温柔申冤。因为当年为了您,我背叛了父亲,导致现在没脸回家,这算是您欠我的。"

楼东风捏紧了拳头,盯着面前的人,半晌才开口问:"要是杜温柔没出事,你是不是不打算来找我?"

"是。"

好一个果断的"是"!楼东风气极反笑,站了起来:"好,好,就当我这么久都是白惦记了!我欠你的?你何尝没有欠我?你想让我帮忙,我偏不帮!"

心猛地沉了下去,阮妙梦呆呆地看了他一眼。快六年的恩情,到底还是凉薄如水,一丝余温都不再有。

阮妙梦低笑一声,慢慢地站了起来,最后看了他一眼,然后便头也不回地往外跑去。

"你给我站住!"楼东风气得手足无措,想追上去,可那人跑得飞快,到走廊的台阶上还狠狠摔了一跤,却跟没事人一样,径直站起来跑走了。

楼东风抓了抓自己的衣襟,怒喝一声:"管家!"

门外的管家被吓了一跳,连忙过来,颤巍巍地问:"侯爷有何吩咐?"

"给我备马!"

"是。"

出了帝武侯府,阮妙梦都没敢回琉璃轩,先跑去一个地方哭了个畅快。

楼东风追出来,半晌追不到人,想了想就沿路打听温氏琉璃轩在哪里。

凌修月还在牢里不肯出来,惊得吴永孝和吴夫人都赶过去看情况。

"都说你无罪了，你们这么多人还留在这里干什么？"吴永孝恼怒地说道，"还得我请你们出去不成？"

凌修月跷着二郎腿，叼着稻草，痞里痞气地说道："我就喜欢这儿，被冤枉了进来，总得等上头的人有空下来审查什么的，告上冤枉我的人一状，心里才舒坦。"

吴夫人皱眉："放你出去都是仁慈的，你还得寸进尺？"

凌修月翻身坐了起来，耸肩道："我娘教的，做错了事要道歉，没做错事就要听别人道歉。我没听见道歉声，不想出去，怎么就叫得寸进尺了？"

"你！"

吴夫人气得跺脚，吴永孝倒是一把按住她，笑着说道："行了，行了，冤枉这位小哥了，本官给你赔个不是，您先回家吧？"

"老爷！"吴夫人憋屈极了，"您是什么身份，他是什么身份，哪里有您给他道歉的道理？！"

吴永孝扯了扯自家夫人的袖子，连连使眼色。吴夫人顿了顿，撇了撇嘴，不说话了。

凌修月见好就收，叹息道："好吧，看在你道歉也算诚恳的分上，小爷就先出去了。"

说罢，他带着一群人潇潇洒洒地离开了大牢。

瞧自家夫人这老大不乐意的模样，吴永孝安抚道："现在是特殊时期，等过了这段时间，他们还不是任由咱们处置？"

想想也是这个道理，吴夫人冷静了些，轻哼了一声，怒道："瞧着他那蹬鼻子上脸的样子就讨厌！"

"好，好，讨厌，讨厌，夫人放心，他们不会好过的。"

吴永孝哄着娇妻，心里想得更多的还是怎么升官的问题。

他不知道丞相叫他去的意思是不是有意拉拢他，要当真是这样的话，那自己是不是也该表示表示？

一想到这里，吴永孝立马回去准备了一份礼单，挑人找个夜深人静的时候，送去了丞相府。

吴夫人气愤地离开大牢后，甩着帕子坐上小轿回府，路过凤凰街的时候看了一眼。嚯，温氏琉璃轩已经在收拾了，看样子还打算重新开张。刚才大牢里那嚣张的小子还在，旁边还站着个衣着富贵的女子。

"要开张就好好开张，"凌挽眉看着凌修月，愤怒地说道，"谁还敢来砸场子，你让人给我往死里打，出了事我捞你们出来！"

535

好狂的口气！吴夫人皱眉，当即就让人停轿，下去瞧了瞧。

凌修月正想说话呢，就看见街上的吴夫人了，当即挑眉，朝自家姐姐使了个眼色。凌挽眉回头，皱眉看了吴夫人一眼。

这人面生，虽然穿着富贵，可吴夫人确定自己没在官太太的聚会上瞧见过这人。吴夫人顿时心里一松，接着就翻了个白眼："癞蛤蟆打哈欠，好大的口气！"

凌挽眉左右看了看，皮笑肉不笑地问："夫人在说我？"

"没啊，就是感叹一句。"吴夫人笑了笑，说道，"上京这么大，遍地是贵人，可也不是披张好看的皮就能装高贵的。这家店惹的事，您还真就不一定能收拾。"

凌挽眉上下扫了她两眼，说道："那就试试吧。"

吴夫人这个人，虚荣心极重，没事就爱与人攀比，不然也不会为了点儿琉璃为难温柔。眼下遇见这么个跟她挑衅还没什么身份的女人，吴夫人自然就不服气了，冷笑道："你们琉璃轩打算什么时候开张哪？"

"明儿就开吧，反正也没什么事。"凌修月笑道，"东西被砸了咱们还有的是，摆出来就对了。"

"明日是黄道吉日吗？"凌挽眉问。

"管这日子是不是呢，上回挑着黄道吉日开店，不也撞着小人了吗？"凌修月讽刺道，"这种东西没个准的。"

这"小人"骂的是谁？吴夫人阴沉着脸，死死地瞪了他一眼，转身就走。

明日是吧？她会让这些人好看的！

温柔翻了个身，睁开眼的时候外头天都黑了。她揉了揉自己肿胀的背，看了一眼黑漆漆的屋子："疏芳？"

"奴婢在，"疏芳连忙过来扶着她，哽咽道，"还以为您得睡到明日。"

"我没事了，修月呢？"

"他已经出来了，正带着人修葺店铺，明日准备开张。"

明日？温柔被吓了一跳，皱眉："怎么会这么匆忙？京兆尹那边……"

"您放心吧。"疏芳按住她，轻笑道，"凌姨娘……不，挽眉主子说，出了事她担着。"

挽眉？温柔愣了愣，伸手拍了拍自己的脑门——她怎么把挽眉给忘记了！挽眉跟着木青城，那好歹有木家的势力，怎么着也不会被一个京兆尹欺负啊!

温柔顿时浑身有劲儿了,问:"她人还在吗?"

疏芳摇头:"她已经回府了,不过说明日晌午就过来。"

"好。"温柔点头道,"有挽眉在,再有修月那边的人,就算有人再来砸场子,那也不怕了。"

大不了他们再打一场架,这回被关的绝对不会是他们!

然而开张这天的情况远远超出了温柔的想象。

一大早凌修月就带着人挂红绸和鞭炮,虎啸山庄的人都站在店外,衣裳整齐,腰间佩剑威风,看得众百姓纷纷议论。

"这不是上次被打砸了的店子吗?这么快就又开张了?"

"听闻那东家还是个女人,被关进牢里去过呢。"

"啧啧,这人可真是大胆。"

温柔置若罔闻,扛着背上的伤,坐在门口等着时辰,打算掐着挽眉过来的时候开张。

然而,砸场子的人来得很快,不是上次的流氓,而是吴夫人带着几位穿着华丽的贵夫人,仰着下巴就来了。

"不是说有店子开张吗?这还没开呢?"师爷家的钱夫人皱着眉看了门口的温柔一眼,"这儿怎么有个接客的?"

"接客的"在这地方可不是什么好话,讽刺意味太重,凌修月当即就沉着脸站了起来。

"哟,这是什么阵仗?"吴夫人瞧了瞧门口那一群人,嗤笑道,"没打算做正经生意吧,就这么对客人?"

温柔笑了笑,站起来说道:"我当是谁,原来是收了我琉璃轩的东西,却让人砸我的店子的京兆尹夫人哪!"

这话声音大了些,吴夫人当即脸上就挂不住了:"你瞎说什么?!自己得罪了人店子被砸,关我什么事?你属狗的啊,路过也得咬我一口?"

"上京毕竟是京兆尹的地界,您说什么就是什么。"温柔朝她屈了屈膝,怯生生地说道,"京兆尹夫人这次想要什么东西?小店绝对不收您一两银子,都送去您府上,您可能高抬贵手,放过咱们这些做生意的老百姓?"

"你……"吴夫人气急,朝温柔冲了过去。凌修月上前来拦,可刚要碰着她,就见那吴夫人"哎哟"一声后退两步,倒在了地上。

"夫人!"旁边几个女人大惊,连忙上前将吴夫人给扶起来,挥手道:"来人,把这些敢伤官员家眷的暴徒给抓起来!"

"是！"后头突然就拥上来一堆衙役，温柔看懂了，这是碰瓷啊，技术还挺不错，要不是知道对方这是来砸场子的，她都要觉得是修月推了这吴夫人了。

虎啸山庄的人可不是吃素的，瞬间就在店铺门口排成了一排，将温柔等人通通护在后头。那些个衙役也就是穿着官服罢了，要论武功，还真就不是虎啸山庄这些人的对手，更何况……衙役就十五个人，温柔面前挡着的人就有二十个。

"反了你了，还敢拒捕？！"被人扶起来后，吴夫人气急败坏地吼道："都给我抓起来！"

"是。"衙役们嘴里应了，脚下却动也没动。

他们这要怎么抓啊，要被揍的……

瞧着自己这边处于弱势，吴夫人脸上挂不住了，跺脚道："还不快回去给我叫人？！"

"是！"衙役们应着这句话，倒是跑得飞快。

温柔看得笑了："我只听过衙役受官员驱使，为陛下和百姓服务，却没想到区区女眷，也能在这光天化日之下，借着衙役的手行凶。"

"谁行凶？"吴夫人咬牙切齿道，"是你们冒犯我在先！"

"冒犯你一下我们就该被抓起来，上京大牢是你家开的？"阮妙梦忍不住站了出来，"狐假虎威。"

自从嫁给京兆尹，吴夫人就是被捧着的，还是头一次在街上被平头百姓这么指着骂，当即就气上了头："上京大牢本就是我家开的，我今天想抓你，你们一个都跑不掉！"

"还真是厉害。"

人群里响起个声音，围观的百姓让了路。

凌挽眉裹着披风走进来，眯着眼睛看了这吴夫人一眼："你是京兆尹家的夫人？"

又是这女人，吴夫人撇嘴："是又怎么样？你是谁家的？多管闲事，小心连你一块儿抓进去！"

"你抓一个试试？"

凌挽眉没说话，她背后倒是走出来一个男人。男人一身气势慑人，眉头微皱，眼神如刀："今日你若能在我面前把她抓进去，那就算你的本事！"

吴夫人被吓了一跳，退后两步，打量了这男人两眼。

她不认识这人，但是这模样实在有些吓人，也不知道这人是什么来头。

"怕了？"凌修月"嘻嘻"地笑开，"这欺软怕硬的模样可真是好笑。"

"谁欺软怕硬？你们冒犯我，那我……我就可以抓你们，告上衙门我也没错！"吴夫人抿了抿唇，犹豫地看了木青城一眼，又说道："不过这不关你们的事，你们别来瞎凑热闹。"

说白了她还是欺软怕硬，阮妙梦翻了个白眼："您自己跑过来摔在咱们面前，也不觉得掉了身份？"

脸上有点儿磨不开，吴夫人立马转移了火力，盯着阮妙梦便说道："我自己摔的？你们这群刁民以下犯上，还敢反咬我一口？"

阮妙梦转头问凌修月："你碰到她了吗？"

凌修月乖乖摇头："她自己摔的。"

"你！"

听见围观的人的哄笑声，吴夫人气红了眼，根本没多少理智了，张牙舞爪地吼道："我弄不死你！"

"你弄死她试试？"

背后响起个声音，几位贵夫人都被吓得都打了一个哆嗦，回过头去，只见一个穿着常服的男子一脸怒容地看着她们。

"本朝律例，杀人偿命！"

这又是哪儿冒出来的人？吴夫人愣怔，瞧着这人觉得有些眼熟，一时又想不起来在哪儿见过，便皱眉道："你又算什么东西，在这儿跟我讲律法？"

阮妙梦看见那人，愣了愣，温柔倒是乐了，"哈哈"大笑："是啊，你别跟京兆尹夫人讲王法，在上京，她就是王法！"

"笑话。"楼东风眯起眼，"皇上尚且不敢出此狂论，你算个什么东西？"

"你……你们……"吴夫人捂了捂胸口，眼泪都出来了，"人多欺负人少？来人哪！来人哪！"

"夫人，"她背后的衙役低声禀道，"大人带着人马上就到。"

一听这话，吴夫人才算有了点儿底气，顺着自己的气，狠狠瞪了这群人一眼："你们给我等着！"

木青城嗤笑，看了对面的楼东风一眼。两个人颔首致意，却没敢站到一起去，只都慢慢站到那琉璃轩的屋檐下头，等着看这京兆尹夫人还要玩什么花样。

吴永孝忙得焦头烂额，听见自家夫人被人欺负的消息更是气不打一处来，带了衙门的所有衙役，骑着马就去了凤凰街。

"闪开！闪开！"

三十个衙役开路，粗暴地将围观的百姓推开，吴永孝气势汹汹地走了进去，就见自家夫人扑了过来，委委屈屈地哭诉道："老爷，您怎么才来？妾身都让这群人给欺负死了！"

一看她脸上梨花带雨的，吴永孝连忙怒喝："哪个不长眼的敢欺负你？"

他抬头往那店铺门口看去，就见当朝丞相木青城似笑非笑地看着他。

"这……"吴永孝被吓得腿一软，一把就将自家夫人推开，连滚带爬地过去行礼，"您怎么在这儿？"

木青城颇为委屈，眨眼道："你家夫人好凶啊，要把我的人给抓进大牢。"

"这……"吴永孝慌张地看了旁边的凌挽眉一眼，连忙解释道，"误会，都是误会，贱内有眼不识泰山，不知道这是您的人……"

"我倒是不介意，毕竟尊夫人只是要抓我的人罢了。"木青城耸了耸肩，笑眯眯地努嘴指了指旁边，"那边那位可能比较生气，你家夫人说要弄死他的人。"

吴永孝愣了愣，疑惑地看过去，这一看不得了，腿当真软透了，"咚"的一声就摔在了地上。

"帝武侯……侯爷！"声音都哆嗦了，吴永孝简直不敢相信这两尊大佛都被自家夫人给得罪了，当即转身就给了吴夫人一巴掌："你这不长眼睛的东西！"

吴夫人被打得跌倒在地，尖叫了一声，万分委屈："老爷！"

"你闭嘴！"吴永孝抖着嗓音呵斥了一声，扶着柱子站起来，哆哆嗦嗦地站到了楼东风面前去："侯爷恕罪啊……恕罪！"

"今日早朝，陛下问我，天下安否？"楼东风垂眸看着他，说道，"我答陛下，四海有繁有贫，但上京好歹百姓安居，尚算盛世，官有法依，民有官依，是为太平。"

吴永孝听见这话，直接又跪了下去："下官该死！"

"你夫人说，她是这上京的王法。"楼东风没理他，冷笑道，"这话我倒是想说给陛下听听，问问陛下，这上京的王法怎么就落在了一个女人身上？"

心凉了半截儿，吴永孝也顾不得这是大街上了，猛地就朝楼东风磕头：

540

"侯爷饶命，侯爷饶命哪！这种事怎么能惊动陛下？下官回去一定严加管教，严加管教！"

楼东风嗤笑一声，看了阮妙梦一眼，挥袖就走。

"侯爷！"吴永孝喊得撕心裂肺，楼东风半步也未停留，上马便朝皇宫行去。

"哎呀呀，咱们侯爷的脾气可真是越来越急了。"木青城低笑，"这可怎么是好？吴大人别急，我这便进宫去替你说说情。"

一听这话，吴永孝当即跟发现了救世主一样，连忙朝木青城行礼："多谢相爷，多谢相爷！"

看来他没事送点儿礼还是有好处的，这不，人家多多少少愿意帮他说话啊！天下官员一样贪，丞相也不能免俗。

"像吴大人这样清正廉洁的官员，现在不多了。"木青城勾唇，"我也正同陛下商议，要给朝中闻名的清官予以嘉奖，到时候会有监察御史暗访，只要大人没有贪污，本官便能替大人向皇上讨个赏。"

吴永孝微微一愣，有点儿蒙："清……清官？"

"是啊，你们过段时间就会知道了。"木青城说道，"本官与陛下商议暗中锄贪之事已久，我相府的门房收的礼单，通通都是送去监察使那儿的，最近我还没来得及看，不过这种事，大人你两袖清风，一定不用操心。"

吴永孝傻眼了，张大了嘴，看起来像一只蛤蟆。旁边的吴夫人听着这话，也是一阵头晕。怎么会这样？自家老爷送了多少东西她是知道的，这礼单要是到了监察使的手里，那……那这吴府上下的人命可还在？！

"你慌什么呀？"看着吴夫人惨白的脸色，凌挽眉歪着脑袋笑道，"你不是这上京的王法吗？谁能把你怎么样？"

"你……你们！"嘴唇直哆嗦，吴夫人跌坐在地，大哭出声，"你们怎么能这样欺负人？我不过是与这东家有点儿小摩擦……"

"小摩擦？"背后还疼得难受，温柔眯起眼看着她，"你让人砸了我店里总共价值十几万两银子的东西，却来跟我说这是小摩擦？吴夫人真是厉害。"

吴夫人看着温柔就气不打一处来，不过看旁边的人都是一副护着温柔的样子，也不敢再说什么，抹着眼泪咬了咬牙，声音极小地说道："狗仗人势！"

温柔耳朵尖，听见了，笑眯眯地说道："都是跟你学的，不是吗？"

"你快闭嘴吧！"吴永孝气得直翻白眼，"我是倒了八辈子霉才娶了你这么个丧家媳妇回来,你哪里比得上秀兰一半的好?!"

秀兰,也就是吴永孝那死去的糟糠妻。

吴夫人大哭,不管不顾地号啕。凌修月捂着耳朵看了一眼时辰,对温柔说道:"该开张了。"

"是啊。"温柔缓慢地站起来,走到了牌匾红绸垂下来的地方,看着凌挽眉和阮妙梦说道:"咱们一起来吧。"

阮妙梦从恍惚状态中回神,点了点头,凌挽眉也高兴地走了过来。徐掌柜点了鞭炮,凌修月敲着铜锣,一片喧哗声里,温氏琉璃轩重新开张了。

围观的百姓已经堵了整整一条凤凰街,这琉璃轩的名头是彻底打响了。虽然因着门口阵仗太大没人敢进来,但有丞相和帝武侯今日来护这么一回,想必以后琉璃轩的生意不会太差。

温柔松了一口气,转过头,就见木青城悄悄拉了凌挽眉的手。凌挽眉顿了顿,乖顺下来,像只听话的猫咪,一看两个人就处在热恋期。温柔再转头看向阮妙梦,阮妙梦魂不守舍的,想必也在想楼东风。

有爱人真好啊,没事两个人能卿卿我我,有事还有人当街护着,可怜她这小白菜,伤痕累累的,还得回去养着。

"你们有事就先走吧。"温柔开口道,"我背上疼得紧,还得回去休息。"

凌挽眉皱着眉点头:"你快进去吧,脸色比下头那吴夫人还难看呢,有什么事就让修月来找我。"

"好。"温柔笑着应了,斜眼看去,然后将阮妙梦轻轻往外推:"有想见的人就去见吧,人这一生就这么长点儿时间,畏手畏脚的,留下的遗憾就太多了。"

阮妙梦愣了愣,瞪大眼看了看温柔。温柔摆手,扶着疏芳的手就往内堂走去。

楼东风的心里其实未必没有妙梦吧,不然他堂堂帝武侯,今日怎么会抛头露面地来护她?

脑袋昏昏沉沉的,温柔也不知道自己"喃喃"了什么,眼前一黑就什么也不知道了。

她受了伤又在大牢里一直没处理,背后肿得跟骆驼似的,骨头刺痛,刚退的高热这会儿怕是又起了。不过还好,外头的事他们想必已经能处理,有徐掌柜在,店铺也不用太担心,她可以好好睡上一觉了。

也不知道睡了多久,温柔好像做了个梦,梦见身着一身黑色绣银锦袍的男人从树林里走了出来,走到她的床边,轻轻褪去了她的衣裳,让她趴在了他的怀里。

"你这种人，早晚会被人打死。"冷冷的充满厌恶情绪的声音，听起来熟悉得很，可一片混沌之中，温柔怎么也想不起来这是谁。

背后一阵清凉，这梦真实得都有感觉了，她能感觉到有人在给她上药。那人的手落在她的背上，手有着粗糙的茧子，抹得她痒痒的。

温柔难受地扭了扭身子，面前这人似乎觉得她姿势不对，痛了，于是伸手将她抱了起来，让她跪坐着，然后双手从她的腋下穿过，下巴抵在她的肩膀上，继续给她上药。

"这是春梦吗？"温柔"喃喃"。

面前的人顿了顿，喉头微紧："你在春梦里都梦见了谁？"

"还能有谁？"温柔嘟囔了两声，睁不开眼，烦躁地说道，"就说话特别难听那个，我想不起他的名字了……"

屋子里安静了一会儿，接着就有人轻笑了一声。温柔愣怔，伸手想去抓他，那人却一爪子将她按趴在了床上。一阵风吹过，四周瞬间什么也没了。

温柔有点儿困，继续陷入了深度睡眠之中。

第十八章
贼　船

上京科考已经结束，温柔清醒的时候，正好开始放榜。

她裹着狐毛披风坐在屋檐下看着细碎的雪，吸了吸鼻子："疏芳，你昨天帮我上药了吗？"

旁边的疏芳硬着头皮颔首："上了。"

"哦……"

那真是个奇怪的梦，她现在想起来了，怎么会梦见萧惊堂呢？

从她踏出幸城开始，她与他就是两个世界再也没有交集的人了。大概是杜温柔的残留感情作祟吧，她偶尔还是会想起这个人，不过……早晚会忘记的。

"哐哐哐！"

一阵锣鼓声从门口一路飞驰过去，温柔被吓得打了一个哆嗦："起火了？"

凌修月从外头跑进来，兴致勃勃地喊道："温姐姐，状元郎游街啦！"

状元郎？温柔眨眼："这么快结果就出来了？"

"也不快了。"疏芳抿了抿唇，心疼地说道，"您光是生病就病了这么多天，咱们来上京的时候科考就已经开始了。现在放榜，算算时间也不长，不过看来这状元郎出类拔萃，也没听闻朝堂上有什么争议。"

往年的殿试，皇帝看人差不多，都会考上许久，今年倒是快了不少。

温柔吸了吸鼻子，拉了拉披风："反正也没事，咱们去瞧瞧吧。"

"好。"

琉璃轩在凤凰街正街上,所以状元游街一定会经过此处。街边已经围了不少人,奇怪的是,姑娘挺多的。往日街上没瞧着几个姑娘,今日一个个倒是跟花骨朵似的,从凤凰街的街头一路开到街尾。

"状元可真抢手啊。"温柔感叹道,"怪不得那么多人愿用十年寒窗苦读,来换这一朝功成名就。"

"可不是吗?"凌修月鼓嘴,"我爹也想让我去参加科考,可我这脑袋,打架还可以,读书可是会要了我的命。全天下那么多学子,每三年只有这一个状元,也太难了,万里挑一。"

"哎,来了!来了!"看着街那头的仪仗队,疏芳连忙拉了拉温柔,"您瞧,那高头大马的!"

温柔踮脚,捂着背看过去,就见一人玉树临风地骑在雪白的马上,身上穿着状元的服饰,胸前系着一朵大红绸子扎的花,在一阵鞭炮和欢呼声中,面无表情地往这边行来。

瞧着越来越近,那人的五官也越来越清晰,温柔眯起眼盯了他半晌,揉了揉眼睛,又盯了半晌,然后用手肘捅了捅疏芳:"哎,是我眼花吗?你觉不觉得那状元郎长得挺像萧惊堂的?"

疏芳也在努力揉眼睛,看了好一会儿,脸色"唰"地就白了:"主子,不是长得像,那就是萧家二少爷。"

"啊?"温柔有点儿茫然地问,"会不会是长得相似的人?"

"不会。"疏芳伸手指了指仪仗队前头左右两边举着的木牌,"奴婢没认错的话,左边写的是新科状元,右边写的是状元郎的名字——萧惊堂。"

温柔:"……"

状元怎么可能是萧惊堂?!他不是个商人吗?他不是在幸城忙着做生意吗?他怎么会摇身一变,就成了新科状元?!

然而仪仗队走近了,萧惊堂的眉目清晰得不能再清晰,也只有他会在这一片喜色中还板着张死人脸,上身笔直,五官俊美,风华动人。

经过琉璃轩附近的时候,不知道是不是她们的错觉,仪仗队慢了下来,但那马上的人没侧头看她们一眼。

温柔下巴都要掉在地上了。她仔细想了想,猛地拍了拍大腿:"我想起来了!哟——"

用力过猛,扯着了自己的背,温柔倒吸一口冷气,疼得皱起了脸。疏芳和凌修月连忙扶着她问她如何了,三个人也就没看见,新科状元轻飘飘地往这边瞧了一眼,又继续往前走了。

"没事,没事。"缓过劲儿来的温柔咬了咬牙,道,"我只是想起来,刚到上京的时候有个书生撞到过我,那人的背影就跟萧二少爷很像,我还以为是人有相似,却没想到真的是这没礼貌的男人……"

他怎么会成了状元啊?!这么一来,那他们岂不是又要在上京抬头不见低头见?苍天哪,她做错什么了?!

"温柔!"

仪仗队过去之后,街上有人喊了她一声。温柔愣了愣,抬眼看过去,看见了许久不见的裴方物。

"裴公子。"

裴方物一身青竹长衫,裹了银狐毛,看起来贵气又优雅。他依旧捏着玉骨扇,几步走过来,客套地朝她行了个拱手礼:"久疏问候。"

"啊……久疏问候。"这人客气起来,温柔还有点儿不习惯。她挠了挠脑袋,道:"您也到上京了?"

"都将店铺买在上京了,我自然也是要过来的。"裴方物深深地看了她一眼,低笑道,"不好意思,又得继续碍你的眼了。"

温柔:"……"

所以他们这一票人,就是转移了阵地而已吗?她还以为自己开始了新生活,结果全是她想多了?

温柔深吸一口气,又长长地吐了出来,摆手道:"裴掌柜客气了,您这店铺说是赚了我的钱,其实卖给我也很便宜;而且手续齐全,我省了不少麻烦。"

"嗯。"裴方物微微皱眉,"但我听闻,你这里也出了不小的事情。抱歉,我一到上京就被接去了北边,忙到现在才有空闲过来问候一声。"

"无妨,"温柔客气地说道,"已经都解决了。"

裴方物眼神微黯,低笑道:"那我就不打扰了。"

"哎,等等。"温柔看了一眼街上跟着仪仗队移动的人群,连忙喊住他,"裴掌柜到上京比我早吧?您知道这状元……是怎么回事吗?"

"你也看见了。"裴方物抿了抿唇,"我一早就说过,萧惊堂此人并非池中之物,早晚惊于朝堂,如今也算应验了。人家寒窗苦读专心致志,他忙里忙外地经商赚钱,却将三千学子斩于殿堂之外,实在令人佩服。"

温柔咂舌:"所以他这状元是自己考的,不是买的?"

"买?"裴方物摇头,"状元若是能买,那这天下岂不是大乱了?"

更重要的是，如果状元能买，大皇子绝对不会放任萧惊堂坐上这位置。

皇帝大病一场，一众老臣已经在寻思立储君之事，大皇子与三皇子连表面上的和平样子都维持不住了，纷纷拉拢党羽，巩固自己的势力。

为了这状元能落入己方怀中，大皇子请了不少老学者出山，却没想到，萧惊堂一个商人竟然半路杀了出来，以殿试门槛擦边的成绩进入殿试，却在朝堂上深得皇帝赏识，击败一众才高八斗之人，夺了状元。

这是谁也没想到的事情，大皇子没个防备，还以为萧惊堂只是进来混个小官当，谁知道……

现在采取什么措施都有些晚了，也不知道萧惊堂跟皇帝聊了什么，皇帝留他在宫里过夜，与他秉烛夜谈了一晚上，第二天就赏了他御用仪仗队游街，恩宠滔天。

温柔有些傻眼，仔细想想，萧惊堂每天的确是一大半时间待在书房里，有时候是看账本，有时候是看别的书。她当时以为他是修身养性，不承想这人一直在韬光养晦。

这人真可怕……

"眼下时局动荡，你最好别与萧惊堂有什么牵扯了。"裴方物叹息，"没有别的原因，这是真心诚意地告诫你。"

不管怎么说，现在皇后都比淑妃得宠，萧惊堂选三皇子，胜算怎么看都很小。三皇子一旦失败，新帝登基之时，就是萧惊堂的死期，并且会有不少人被牵连进去。

"多谢提点，"温柔朝他颔首，"我会小心的。"

生意人嘛，只要没有萧惊堂那种本事，那就老实做生意好了，被扯进夺嫡之战里，那就不好玩了。

裴方物深深看了她一眼，拱手告辞，慢慢消失在了人群里。温柔感慨地望了望状元仪仗队的尾巴，小声说道："这人真是变态，IQ 多少啊？是不是就是 IQ 太高了，所以 EQ 那么低？"

"您说什么？"疏芳一脸茫然的表情。

"没什么。"温柔耸肩，拍了拍凌修月："快去瓷窑看看新设计的东西做好了没。"

"好。"凌修月应了，跑得飞快。

温柔扶着疏芳的手跨进琉璃轩，四周都坐着买主，正悠闲地看着东西，讨价还价。

琉璃轩在上京算是站稳了脚跟，现在就是挣钱回本的问题了。

"东家,"徐掌柜从外头回来,一脸的喜气,"又接了个大单子。"

"哦?"温柔一听这话就来劲了,接过订单看了看,好家伙,这一笔生意赚的银子可不少,跟上次那一大单生意差不多,足以安抚她被砸了一批货的心情。

"这些东西刚好仓库里都有,你们按着单子提货就是。"温柔笑眯眯地把订单还给了徐掌柜,问,"这位大客户又是哪儿的?"

徐掌柜说道:"不知道,来人神秘兮兮的,说提货的时候会再过来。"

这样啊,温柔颔首,也没多想,准备了两日,选了些精品货备下,打算在第三天交货。

结果还没到交货的时候,就有人上门了。

"这位是东家吗?"二十岁上下的姑娘笑眯眯地站在温柔面前问。

温柔点头,不可思议地看了看她:"是您订的单子?"

那姑娘笑了笑,没回答她,只说道:"您唤我摘绿便是。温氏琉璃轩的东西咱们主子很是喜欢,今日备了薄礼,吩咐奴婢来拜望东家。"

"啊,是吗?"温柔干笑,看着摘绿,总有种不太好的感觉,"您坐下说吧。"

"东家客气,我只是个下人,您不必用尊称。"摘绿走去内堂坐下,从袖子里拿了一个精巧的盒子出来,放在温柔面前,"这是我家主子送您的。"

对方这么客气?温柔拿过盒子来,打开一瞧,拳头大的一颗珍珠,光泽动人,映出了她一张放大惊愕的脸。

这么大一颗珍珠,也太夸张了吧?温柔咽了一口唾沫,看了摘绿一眼,将盒子放了回去:"这礼物过于贵重,我不敢收。"

"东家客气。"摘绿笑道,"东家卖的东西天下稀有,也帮了我家主子不小的忙,这点儿谢礼不算什么。"

这还不算什么?温柔垂眸,想了一会儿,问:"贵府主子还有别的吩咐吗?"

"东家是个聪明人。"摘绿看了她一眼,颔首,"我家主子以后都会在您这店子里买东西,戴在她身上,那这京中女眷便都会效仿,东家的生意自然会蒸蒸日上。但我家主子有个条件,东家将东西卖给了我家主子,可就不能卖给咱们对面的人了。"

话说到这个份儿上了,再看这丫鬟气度不凡的,温柔干笑了两声,心里已经猜到了这丫鬟的来历。

什么丫鬟,该叫宫女才对。虽然温柔不知道这人是哪个宫里的,但是只要是宫里的人，那就都很危险。

"摘绿啊，"温柔揣着明白装糊涂，叹息道，"我这开门做生意的，人家上门来买东西，我怎么好不卖？"

"很简单。"摘绿说道，"您跟奴婢回去一趟，以后您这店子里的东西，对面的人自然不会来买。"

这还强行拉人站队？温柔要哭了："我就是个做生意的人，得罪了人可怎么好？"

"有咱们主子护着，您怕什么？"摘绿嗔怪地瞪了她一眼，笑道，"您放心，这些东西只要在咱们那儿归咱们主子独有，那少不了您的好处。但……您若是不满足，非得敞开门做全天下人的生意，那这东西人人都有了，咱们主子也不会稀罕，更不会看别人去稀罕。"

温柔浑身战栗，笑不出来了。

这宫女话说得真狠，要么自己跟她家主子站在一起，要么就别想把东西卖给别人。对方怎么阻止她卖东西给别人呢？很简单，杀了她。

温柔咽了一口唾沫，垮了肩膀："我能想想吗？"

"听闻东家已经接了对面的单子，似乎已经没了思考的时间。"摘绿脸上带笑，眼里却全是狠意，"奴婢做事干净利落，也是深得主子喜欢的原因。东家要是不想跟咱们在一起，想去对面，奴婢便不会给您这个机会。"

这贼船，温柔上也得上，不上也得上。

温柔沉默，这情况有点儿危急，对面的人连思考的时间都不给她，那她的决定，就直接关系着整个琉璃轩的生死存亡。

温柔深吸了一口气，抬眼看着摘绿笑道："姑娘的主子，穿的是妃色的衣裳吧？"

自古正室着红色，侧室着妃色。

摘绿愣了愣，眼神深了深，没回答。

这也算是默认了，温柔松了一口气，苦笑道："那还好，至少有条活路。"

"东家这话……倒是有些奇怪。"没想到她是这种反应，摘绿很疑惑，"您怎么知道我是哪儿的人？"

"姑娘气度不凡，出手阔绰，眼神又懾人，威胁起人来一点儿余地也不留，只能是从宫墙里出来的。"这里也没外人，温柔干脆直接开口，"街上的百姓都知道，当朝后宫，皇后专宠，淑妃虽也花容月貌，却始终处于下风。姑娘要是皇后的人，不会这么着急地连思考的时间也不给我，因为就算思考，当朝皇后一方有利，我也会选择帮皇后。只能是淑妃娘娘这方，怕我站了皇后那边，所以让姑娘来了。"

摘绿顿了顿，轻笑："真不愧是以女子之身经商的人，脑袋就是比别人灵光。既然知道我家娘娘落了下风，东家怎么反而还松了一口气？"

废话，淑妃的儿子是三皇子，萧惊堂帮的是三皇子，又与楼东风和木青城这当朝两位重量级人物关系很好，说明三皇子的势力根本不比大皇子差，双方只差在母亲的恩宠上头。

再者，挽眉和妙梦跟木青城和楼东风关系千丝万缕的，在淑妃这边就能更护着她一些，不至于让她成为废弃的棋子。但要是今天来找她的是皇后的人，那情况就更不妙了，挽眉和妙梦不仅帮不了她，木青城和楼东风还有可能来对付她。

更可怕的是，她还要跟萧惊堂那样的人作对。

但是，这些话她是不可能傻兮兮地直接跟人说出来的。温柔笑了笑，表情认真地骗人道："我觉得淑妃娘娘比起皇后来说更有胜算。"

"哦？"摘绿挑眉，"何以见得？"

"因为淑妃娘娘是旧人，皇后娘娘乃后立，虽然皇后娘娘后来居上，早生了皇子又独占圣宠，但衣不如新人不如故，我觉得淑妃娘娘总有翻身的一天。"

这些个零散的信息是先前她听阮妙梦聊天儿的时候说起，没想到今日倒是能拿来糊弄人。

摘绿看她的眼神更深了，她赞许道："东家真是奇女子。"

"哪里，哪里。"温柔抹着汗，说道，"我可以不接皇后娘娘那边的单子，姑娘放心，这就让人去推掉。"

"您没个身家地位的，敢推皇后娘娘的单子，是不要命了吗？"摘绿掩唇笑了笑，拉着她便说道，"您还是随我回宫吧，回宫之后，我家娘娘会帮您将单子给退回去的，这样您也就不得罪人了不是？"

说来说去，她还是得现在进宫。温柔抹了把脸，硬着头皮应了："好。"

先前她才听了裴方物的劝告，说不蹚夺嫡的浑水，没想到命运就是这么让人无法反抗。坐上马车的时候，温柔心如死灰地看了琉璃轩的招牌一眼，然后放下了车帘。

"姑娘能跟我说说宫里的状况吗？"这里离皇宫很远，在车上不说话也尴尬，温柔索性就开口问了。

摘绿笑道："既然是自己人，那奴婢也没什么好瞒着您的……娘娘的状态不是很好,先前借着琉璃首饰和装饰得了皇上青睐,可这两日皇后生病,皇上的心就又被勾了去,娘娘已经束手无策了。"

一听这话,温柔就有点儿崩溃:"怎么能束手无策呢?人家宫斗的法子都有千种万种的,咱们就不能犀利点儿?"

她已经上了这条船,现在这人却告诉她船快沉了,是不是太不厚道了?!

被她这吼声惊了惊,摘绿皱眉:"法子不是那么好想的,娘娘被皇后压制多年,用了无数种办法也不能得陛下欢心,眼下三皇子殿下又处在关键的时候,娘娘半点儿不敢拖累他。"

"总有个不得宠的理由吧?"温柔想不明白,"不是都说淑妃娘娘美貌更胜皇后吗?"

"美貌是美貌,但……"摘绿有些难以启齿,叹了一口气,"您去见过娘娘就知道了。"

温柔满脑子问号,等马车到了朱雀门,便跟着摘绿下了车,经过一系列盘问检查,进入了后宫。

两个人七拐八拐地到了一座宫殿前头……说是宫殿,其实也就是一处院子,进去有壁画,绕过壁画就是四合院,主殿门前站着宫女。宫女们见到摘绿回来,连忙上来屈膝行礼:"摘绿姑姑。"

"我先带人去复命,你们去沏茶上来。"摘绿挥手吩咐,几个宫女便应声离去。

"东家里头请。"

温柔咽了一口唾沫,小心翼翼地跟着进去,见摘绿停下,不管三七二十一,"扑通"一声就跪了下去。

摘绿被吓了一跳,好笑地看了她一眼,便正色朝珠帘后头的人禀告:"娘娘,温氏的东家到了。"

"是吗?"

悦耳的声音从里头传了出来,接着帘子就被掀开了。

温柔跪在地上没抬头,恭敬地请安道:"民女见过淑妃娘娘,娘娘万福金安。"

"快起来。"淑妃娘娘倒是个没什么架子的人,言语亲切,半点儿不吓唬人,"他们给本宫说温氏的东家是个女子,本宫先前还不信,来,抬头给我瞧瞧。"

温柔应了一声,缓缓抬头,就见座上的女子五官秀气,眼神温和叫人,眉目间有股子说不出来的清雅之意，就算已经快四十岁了，这一张脸依旧算得上国色天香。

温柔怔了怔，忍不住就嘀咕道："没道理啊。"

这样的女子她瞧着都心动，跟神仙姐姐似的，那皇帝是瞎了还是近视啊？

淑妃眨了眨眼，掩唇问道："你在嘀咕什么？"

"民女该死！"温柔连忙低头，回道，"民女只是见得娘娘美貌，不明娘娘为何会比不过旁人，故而失言。"

淑妃顿了顿，叹了一口气，眉目间瞬间满是愁色，张口欲言，又有些顾忌，忍不住侧头看了摘绿一眼。

摘绿笑道："娘娘放心，温氏一听奴婢是娘娘的人，松了一大口气，二话不说便跟奴婢回来了。"

"这倒是好。"淑妃微微松了一口气，笑道，"你既然愿意将身家性命都押在本宫身上，那本宫也不能瞒着你。本宫自幼进宫，因容貌得殊宠，却因为难言之隐而失宠。如今要与皇后娘娘抗衡，局势于本宫实在不利，东家若是还相助皇后，那本宫便要连累景儿了，所以今日才出此下策，将东家请进了宫。"

难言之隐？温柔忍不住问："民女能知道娘娘这难言之隐是什么吗？兴许民女还能帮上娘娘的忙。"

"这……"淑妃笑了笑，"还是不劳你操心了。你还是先把皇后的订单给本宫吧，本宫稍后就去还给皇后娘娘。"

温柔抿唇，想想也是，人家这深宫里头活着的女人，要是肯轻信于人，那才是见鬼了。

温柔从袖子里拿出订单，起身递到淑妃面前。淑妃抬手来拿，冷不防地，温柔就闻到了一股刺鼻的味道。

这是……？温柔愣了愣神，看了淑妃一眼。淑妃接过订单仔细看着，也没注意她的神色。

"行了，本宫知道了。不过为了你的安全着想，今晚你还是就在宫里住下吧。"看完订单，淑妃抬头笑道，"我已经让人收拾好了屋子。"

淑妃还真是非把她捆牢实了才肯放手啊？温柔抿唇，点头应下。反正已经上船了，淑妃能护自己那就更好，她听安排便是。

但离开主殿的时候，温柔还是叫住了摘绿。

"淑妃娘娘……是有腋下之臭吗？"

摘绿愣了愣,左右看了看,伸手将温柔推进侧堂,关上了门。

"虽然这在宫里不是什么秘密,但东家最好还是别说出来比较好。"摘绿皱眉看着她,"娘娘有腋臭,这便是她失宠的原因,原先还不太严重,沐浴用花香盖住,尚且能侍寝。可近几年的味道越加重了,娘娘吃了不少偏方配出的药,都没什么用。"

狐臭吃药?温柔翻了个白眼:"腋臭是出汗不畅导致的排汗管异常带味儿,外用的药比较有效,内服的也就起个心理作用。"

"娘娘也试过药浴了,"摘绿摇头,"只能勉强压住,维持不了几日。这大冷天的,也总不能让娘娘天天沐浴。"

"不药浴,也能用外敷的药啊。"温柔说道,"这不是什么大毛病,可对后宫里的女人来说也算是要命了。"

"谁都知道这很关键,可……宫里的御医什么方子都给娘娘用了,都不见效。"

"根除得做手术,你们这儿没这个条件。"温柔嘀咕了两句,看着摘绿说道,"想得宠就要有所牺牲,我恰好知道个外敷除腋臭的配方,只要娘娘不吃辛辣食物,按时清洁,怎么也不至于像现在这般严重。"

摘绿眼眸一亮,来了兴致:"你知道配方?用哪些药材?"

"我想想啊。"温柔努力回忆了一下原来看过的书,"用晾干的艾叶和明矾还有细盐,翻炒即可。"

"这么简单?"摘绿皱眉,"靠谱儿吗?"

"现在不也只能试试吗?"温柔说道,"总比什么都不做来得好,另外你给找找个御医来,我跟他讨论一下,看看他是用什么法子在给娘娘治腋臭。"

"您……"摘绿有些迟疑地看了她一眼,问,"您是真心要帮娘娘的?"

"不然呢?"温柔好笑地反问道,"我是搭着身家性命和万贯家财来和你家娘娘同归于尽的?"

摘绿犹豫地看了她一会儿,放松了戒备,起身出去找御医了。

宫里的夜晚没那么安静,接妃嫔侍寝的春风铃从一条条的宫道上响了过去,淑妃池氏坐在妆台前,看着自己的容颜,长长地叹了一口气。

要不是她天姿国色,这宫里早就没她的一席之地了。可就算她有这天姿国色,又能怎么样?皇后孙氏比她有手段,也比她会留皇上的心,加上她这隐疾被皇后利用,自己想再翻身真是难如登天。景儿比大皇子聪慧,在朝中受的拥戴也比大皇子多,可……

· 553 ·

心里愁绪难解，淑妃堪堪要掉泪，就听得摘绿进来低声禀道："娘娘，温氏将您的御医找了来，正在看您平时用药的方子。"

御医？淑妃愣了愣，回头看了摘绿一眼："她操心这个做什么？"

摘绿抿了抿唇，回道："依奴婢看，温氏是想帮娘娘的忙，她似乎也会些医道。"

那人会医？淑妃皱眉："这人的底细你可查清楚了？"

"查清楚了。"提起这个，摘绿眼神变得复杂了些，"这位温氏委实不太一般，若是真心想助娘娘，必定成为娘娘的左膀右臂。"

"此话怎讲？"

"她原是掌管兵器库的杜家的嫡女，嫁给了江南首富萧家的二少爷，后被休，自己出来开了琉璃轩的铺子，与木丞相和帝武侯爷都有些关系。前些日子闹得沸沸扬扬的京兆尹当街欺压百姓的事，就跟她有关，那京兆尹如今不是因着贪污和目无王法，全家都被关进大牢了吗？"

"温氏不过双十有余的年岁，就已经经历了这么多事情，至今活得尚好，还家财万贯。这样的女子，本事一定不会小。"

一听这人跟木青城和楼东风有些关系，淑妃就笑了："她还真就注定是咱们这边的人。若当真如此，那她倒是值得相信。"

"奴婢也如此认为。"摘绿说道，"眼下御医已经同她说了许久，奴婢也想看看她能有什么法子。"

两个人正说着呢，外头的宫女便小声通禀："娘娘，温氏求见。"

"让她进来。"

温柔一脸凝重的表情，拎着裙子跨进去，行了礼便问："娘娘一直在用御医给的方子吗？可有成效？"

淑妃愣了愣，挥手让摘绿去关了门，然后叹息道："御医给的方子，本宫是一直在用的，只是不能根除这隐疾，一旦隔了一日不沐浴，味道便更加难闻。"

"娘娘是天生有这隐疾，还是后来突然有的？"

淑妃有些难堪地捏了捏手帕，咬了咬唇："是后来有的，本还不严重，但不知怎的，最近越来越厉害了，只有刚服了药并沐浴之后方能好些……"

"那不是娘娘的问题。"温柔长叹了一口气，心里的猜测瞬间被证实，"您用药没有效果，都不会觉得奇怪吗？"

淑妃愣了愣："这……可有什么不妥之处？御医一早同本宫说过，这隐疾不能根治，只能用药压着。本宫用药之后……也的确有些效果。张御医是宫里的老御医了，总不可能害我。"

"他害不害您民女不知，"温柔摇头，"但他给的药方是错的，基本没用，就是补身子的，倒是那沐浴用的药材能勉强让娘娘清爽片刻。正值寒冬，娘娘想必只服用了御医给的方子上的药，不曾沐浴，所以……"

"什么？"淑妃变了脸色，当即站了起来，"你说的都是真的？！"

温柔跪坐了下来，回道："虽然民女不是学医的，可恰好对这病印象深刻。病因是大汗腺管壁肿大，排汗不畅，滋生细菌。细菌跟不饱和脂肪酸发生化学反应，就会产生臭味。要去除这个臭味，内服药基本没什么用，沐浴也太过麻烦，娘娘不妨取艾草和二两明矾、二两食盐放在一起翻炒，炒热包进纱布，在温热的时候用于腋下按摩，每日按摩两次，坚持五日，便会有成效。"

虽然前面那一大串话淑妃都没听懂，不过似乎很厉害的样子？眼睛亮了亮，淑妃连忙将温柔拉了起来："这法子当真有用？"

"娘娘这隐疾不是先天的，自然有法子根治。"温柔说道，"如果娘娘相信奴婢，奴婢会研究药物出来，努力让娘娘远离这隐疾的困扰。"

"那就真是太好了！"淑妃高兴极了，"你需要什么东西，只管给本宫说！要是真的能治好本宫这病，你要什么，本宫就给你什么！"

"娘娘言重了。"温柔笑道，"民女如今是娘娘的人，自然要为娘娘着想，娘娘不用给民女什么。"

听见这话，淑妃才真正有一种温柔是自己的人的感觉，拍了拍温柔的手，感叹道："以后本宫便唤你的闺名可好？"

"民女名温柔，"温柔颔首，"娘娘随意称呼。"

"好名字。"淑妃笑眯眯地说道，"你容貌上等，又这般能干，惊堂是怎么了？他怎么会不要你？"

惊堂？

温柔垂眸，心想，这叫法，看来萧惊堂跟二皇子的关系还真是非同一般。

"民女与二少爷是有缘无分，谁都没错，只是不适合罢了。"笑了笑，她又说道，"如今二少爷高中状元，想必如花美眷一定不少，民女也不必再惦记他了。"

如花美眷？淑妃连连摇头："他高中状元那日，皇上分外高兴，与他秉烛夜谈，赞他有常人所不能及之见解，跑来跟本宫说要给他选个容貌、家世都好的女子为妻。你知道惊堂怎么答陛下的吗？"

温柔挑眉:"他不乐意?"

"当然不乐意。"淑妃说道,"他还跪着义正词严地说自己克妻,几个正妻都没好下场,故而不想耽误人。我原以为他是找借口,如今看见你才明白,他啊,兴许是没放下你。"

温柔挑眉,笑着问了一句:"陛下想指给二少爷的,是哪家的姑娘哪?"

淑妃撇嘴:"还能是哪家?皇后娘娘的侄女。"

那萧惊堂要是想娶才有鬼了。温柔翻了个白眼,笑道:"娘娘不必多想,二少爷与我见面不为仇敌已经是万幸,遑论还放不下我。"

萧惊堂是多骄傲的人哪?眼睛都长在脑袋顶上的,上次他终于放下架子来挽留她,结果被她毫不留情地拒绝了,恼怒之下,可能掐死她的心都有。若真要说放不下,可能他也是觉得此恨未雪,耿耿于怀。

淑妃本也是想跟她谈谈心,没想到选错了话题,当下笑了笑,也就不再提这件事,只说道:"时候也不早了,今日你早些休息,明日本宫带你去御花园逛逛。"

"是。"温柔领首应下,乖乖地退出了主殿,回到侧堂,梳洗完了送走宫女关上门,整个人都不好了。

她这是造了什么孽啊?!温柔抓了抓自己的头发,有点儿崩溃。她就对银子感兴趣一点儿,对宫斗这种把脑袋别在裤腰带上的运动真的一点儿也不感冒!

可是……她有啥办法啊?按照如今淑妃和皇后竞争得这般激烈的模样来看,淑妃宫里的人的一举一动皇后应该都知道,她一旦进来,就再也不能撇清关系了。

温柔烦躁地在屋子里转了两圈,又画了两套首饰的图样,还是倒在床上睡了。明天不知道会发生什么事,她还是留点儿精力吧。

状元府里,萧惊堂皱眉看着面前的人,抿着嘴唇,眼神没点儿温度。

轩辕景尴尬地笑道:"母妃做这事……我也是刚刚才收到消息。"

"她没必要被扯进来。"萧惊堂沉声开口道,"店铺的门打开来,迎的就是四面八方的客,淑妃娘娘太过霸道。"

"我也知道母妃不对。"轩辕景叹了一口气,"可后宫的事情,我的确无法插手。皇后气焰太高,对咱们也都不利。那杜温柔要是能帮我母妃一把,也未尝不是一件好事。"

"她只是个女子。"萧惊堂起身,眼神更深,"自己的事情都未曾处理好过,你还指望她去替淑妃娘娘出谋划策?"

让她赚钱还可以,感情之事……她还不如街上随便拎来的人聪明。

"你也不必太在意了。"轩辕景劝道,"她如今既不是杜家的人,也不是萧家的人,跟咱们都没什么关系,就算真的出了什么事……咱们暗中保住她也不会太难。"

萧惊堂有些暴躁,垂眸"嗯"了一声。

"你可真是……"轩辕景看了他一眼,也有些不悦,"都不是你的人了,她也没有要再跟你在一起的意思,你还这么惦记她做什么?"

是啊,在树林里那么明白地拒绝了他的人,他惦记做什么?萧二少爷自己也不知道,沉默了许久,才"喃喃"道:"我经常梦见她。"

梦里的人眉眼都十分清晰,就像真实地陪在他身边一样,以至他总恍惚地觉得,在府里走着走着,就能在某个拐角处遇见她,她会像一只小兔子似的蹦跶出来,嬉皮笑脸地喊他一声"二少爷"。

轩辕景一脸看疯子的表情看着他,半响才无奈地翻了个白眼:"行了,你还是想想正事吧。如今父皇器重你,你必定会留在上京为官。现在就看你想要哪个位置,咱们再商议怎么办。"

他手里有兵权,也有户部的势力,这两个地方让萧惊堂去就太浪费了,倒是大皇子手里捏着礼部和刑部,叫他眼馋。

"刑部吧。"萧惊堂缓和了神色,淡淡地说道,"那刑部侍郎,不是大皇妃家的亲戚吗?"

轩辕景微微一顿,皱眉道:"别的地方都还好说,那刑部侍郎……你也说是大皇妃家的亲戚,要换走他可没那么容易。"

"不容易又不是不可能。"萧惊堂说道,"您还是先回去吧,看准了位置可行,惊堂自会动手。"

他这么有自信?轩辕景欣慰地点头,拍了拍他的肩膀:"我信你,这便先走了。你若是成了……我会对那杜温柔既往不咎,让母妃好好照顾她。"

萧惊堂看了轩辕景一眼,领首。

三皇子微笑,带着凤七就隐进了夜色里。

屋子里安静下来,萧惊堂闭眼,长长地叹了一口气。

第二天一大早,温柔就起来用了早膳,然后给淑妃娘娘请了安。

"你就暂时委屈一下,换上宫女的衣裳吧。"淑妃挥手让摘绿将衣裳拿过来,解释道,"不然这宫里,以你的身份你也不方便行走。"

温柔顿了顿,抬眼问:"民女要在这宫里停留多久?"

"你别着急,"淑妃安抚道,"你的店铺那边若是有事,会有人来禀告的。今日去给皇后请安,之后你就可以先出宫一趟。"

那还好说,温柔别的不担心,就担心她不在,凌修月等人都会慌了手脚。

跟着淑妃去凤舞宫的路上,温柔与摘绿并排走着,一路上还有点儿忐忑。

听传言这皇后是不太好相处的,脾气大,淑妃这样温温柔柔的人,肯定会吃不少亏。那这些跟着淑妃的丫鬟,会不会一起遭殃?

然而到了凤舞宫之后,温柔发现自己真的是想多了。

"臣妾给皇后娘娘请安。"淑妃一进凤舞宫,整个人的气场就变了,本还是柔软的荷花,现在骤然就成了带刺的仙人掌,瞧着主位上的人就笑道,"两日不见,皇后娘娘气色更好了,就是这首饰老些,也该让内务府送些新鲜的进来了。"

孙皇后轻笑了一声,斜倚着扶手盯着淑妃说道:"本宫的首饰的确没有淑妃的新鲜,这花样一天天都不重复,连皇上都夸呢,说好看。不过……淑妃身上这股子狐臊味儿还是没变,也该好生洗洗了。"

这话一出,在座的嫔妃都下意识地拿帕子掩了口鼻。

淑妃一大早就按照温柔说的用了药,又是冬天不曾出汗,身上的味道其实几乎是闻不到的,但皇后就是单纯为了挤对淑妃,满脸嫌弃之色,让人脸上磨不开。

脸色沉了沉,淑妃走到旁边坐下,双手交叠放在膝盖上,淡淡地说道:"看来皇后娘娘很嫌弃臣妾,那臣妾的东西,娘娘想必也不会要。"

"你的东西,本宫怎么会要?"孙皇后皱着眉掩了口鼻,嫌弃道,"你留着自己用就是。"

"那好。"淑妃笑了笑,从袖子里扯出一张纸,交给皇后身边的大宫女,"那这张订单,娘娘就别往我的店子里下了。到底是我的东西,娘娘非想要的话,不是打自个儿的脸吗?"

孙皇后微微一愣,将那订单接过来看了看,脸色骤变:"你的店子?"

"是啊。"淑妃摸了摸头上的琉璃饰物,眨了眨眼,"这是特供给臣妾的东西,说不定还带着一股子臣妾的狐臊味儿,娘娘还是别要的好。"

孙皇后慢慢将那订单捏成了一团,冷笑道:"淑妃也是好本事,本宫都不知你家有姓温的亲戚。"

"娘娘不知道的事还多着呢。"淑妃笑得十分恭敬，说出来的话却带刺，"那温氏是我刚认的干女儿，做出来的琉璃首饰真是好看又华贵。她很孝顺，好东西就只肯给我，小气地不肯给别人呢。"

一旁站着的温柔目瞪口呆：她啥也没做就多个干妈是什么意思？

大殿里安静了一会儿，孙皇后脸色难看得紧，淑妃也不多坐，起身道："今日似乎该臣妾去御书房伺候，这便先回去准备了。臣妾告退。"

孙皇后冷哼，眼神不友善地盯着她。淑妃就当没看见，带着摘绿和温柔走了出去。

一出那大殿，感觉四周的空气都清新了，淑妃回头看向温柔："怎么样？责任全揽在本宫身上了，皇后一门心思想对付本宫，应该不会为难你。"

温柔白着脸问："您当真这样觉得吗？"

她都成淑妃的干女儿了，琉璃还只给淑妃，退了皇后的订单，皇后娘娘的心是有多大，才会不为难她啊？！淑妃怎么想的？！

"要是当真出事，那本宫也会护着你的。"淑妃停下步子，认真地说道，"本宫刚刚说的认个干女儿，你可愿意？"

淑妃都说得尽人皆知了，她不愿意有用吗？温柔暗暗磨牙，脸上还得笑呵呵的："这是民女的荣幸。"

她总觉得自己被这淑妃娘娘给套路了！

温柔本还想抽身，大不了就是卖东西给淑妃不给皇后，结果这怎么关系越扯越近，分都分不开了？

"有你这么聪明的干女儿，荣幸的是我。"淑妃脸上带笑，甩了帕子继续往前走，"等会儿真的要去御书房，先回去沐浴更衣吧。"

"嗯。"温柔点头，"药浴还是可以继续用，娘娘别吃什么辛辣的东西，多吃点儿蔬菜，这病早晚会消失。"

"本宫会照你说的做的，"淑妃捏紧了手帕，担忧地看了一眼天空，"但是不知道还来不来得及。"

温柔沉默，跟着回了淑妃的玉漱宫，又被拎着一起去御书房。这位娘娘的意思，是让她熟悉一下皇帝的脾性，好更好地辅佐自己。

她还真成个宫女了？！

温柔对人生已经充满了怀疑，表情麻木地跟在淑妃后头往御书房走去，手里揭着食盒，乖巧得跟旁边路过的宫女没什么两样。

"娘娘，状元爷还在里头。"御书房门口的太监笑问，"您是现在要进去吗？"

温柔一听这话，扭头就想走。淑妃像是猜到了她的反应，出手如电，一爪子就将她给按住了，然后对那公公笑道："劳烦您通禀了。"

太监应声而去，温柔铁青了脸："娘娘。"

"咱们是来见皇上的。"淑妃低声说道，"他就算心里记恨你，当着皇上的面，也不会对你做什么。"

"可是……"温柔皱眉，"里头在商量事情呢，您这样贸然进去，是不是不太妥当？"

淑妃笑了笑："傻孩子，这就是你不知道了，有惊堂在，皇上心情会更好，咱们这会儿进去正合适。要是他们有事，公公就不会去通禀了。"

好吧，温柔低头，认命了。

殿门被打开，里头传出了皇帝爽朗的笑声："爱卿实在是太谦虚了，以你这样的才华，朕若是只让你当个刑部管事，岂不是太屈才？"

温柔硬着头皮跟在淑妃后头进去，就听得那久违的清冷声音说道："陛下太过器重惊堂，倒让惊堂惶恐。"

皇帝笑着摇头，一看见淑妃，便说道："姝儿你来说说，朕钦点的状元郎，一不娶高门之女，二不要工部侍郎的位置，却向朕求一个刑部管事，这是什么道理？"

淑妃莞尔一笑，走到皇帝身边，看着萧惊堂说道："状元郎与俗人不同，做事都有他的想法，臣妾可不敢妄言。"

"哦？"皇帝挑眉，"你也知朕点的这状元了不得？"

温柔将食盒里的东西拿出来，小心翼翼地摆在皇帝面前的桌子上，然后便垂着脑袋站在一边，盯着自己鞋子上的花纹瞧。

旁边的萧惊堂不曾移动视线，只听着皇帝和淑妃说话。

"臣妾就算在深宫里，也是听了不少人说，陛下这回点了个了不得的状元，人人都夸呢。"淑妃笑道，"前朝之事，臣妾也不敢妄议，不过还是想恭喜陛下。"

"哈哈哈——"皇帝又笑开了，看样子是真的很欣赏萧惊堂。

温柔就纳闷了：这么不会说话的闷罐子，皇帝看上他什么了，也没被他给触怒龙颜？

"爱卿你瞧，谁都说朕得了个有力的臂膀，你可不能待在那种位置上，让朕使不上力气啊。"皇帝看着萧惊堂道，"刑部管事对你来说，实在是委屈了，朕不答应。"

"陛下，"萧惊堂拱手，沉声道，"刑法之于一国，乃重中之重，恰当量刑能管束百姓，不当量刑会将善良的平民逼成杀人犯，微臣不在乎官职高低，只想去刑部为陛下尽一份力。"

看他表情分外执着，像是被什么事触动了一般，坚定地要去刑部，皇帝顿了顿，笑眯眯地问："爱卿是觉得现在的刑部不够好吗？"

"微臣不敢，"萧惊堂回道，"但最近发生了不少事，不知陛下可有耳闻？"

"哦？"神色正经了些，皇帝看了淑妃一眼，倒没有让她回避的意思，只示意她在旁边坐下，然后问，"什么事？"

"西街有士大夫骑马，撞死三岁孩童，其母发疯，打了那士大夫，被刑部判以死刑，不等刑缓，已经处决。三百百姓围堵刑部大门喊冤，被官兵殴打驱散，多人重伤。"萧惊堂伸手，从袖子里拿出一份折子，呈到了皇帝面前，"刑部侍郎高耀之子高庆于青楼喝醉，言辞激烈侮辱圣上，有书生拦之，被他推下二楼，瘫痪在床，终身无法行走。书生上诉公堂，达于刑部，刑部判其赔偿纹银十两，上京三千学子游街抗议，被刑部派兵镇压。"

折子上头的字清楚而工整，皇帝看得很轻松，但是越看眉头皱得越紧："上京发生这么多起暴乱了？"

"是。"萧惊堂颔首，"陛下乃明君，惯常会居安思危，若是他人为帝，想必会觉得这都是小事，不足为患，但微臣知道，陛下能明白微臣的担忧。"

民为水，君为舟，水能载舟亦能覆舟。当今皇帝有仁爱之心，向来以民为本，只是底下的大臣歌功颂德惯了，这些事情都是瞒而不报的。

皇帝脸色凝重地合上折子，点头："朕的想法爱卿能明白，爱卿的想法，朕自然也能明白。你便先回去歇着，朕会料理刑部。"

"微臣遵旨。"萧惊堂拱手应了，想走，又为难地退了回来，请求道，"这宫中的路微臣还是不甚熟悉，陛下若是与娘娘有话要说，娘娘不妨将这宫女借给微臣带路。"

装了半天鸵鸟的温柔猛地被这一道雷劈中，有些发蒙地抬头看向他。

她站在角落里，确定一定以及肯定萧惊堂没看见她的脸！他不可能知道她是谁，那这是干吗？要她带路？

淑妃也有点儿没反应过来，当着皇帝的面，肯定不好拒绝萧惊堂的要求，只能勉强笑道："好。"

温柔很想说她也不认识路,但是皇帝的气场太强大,导致她根本不敢放肆,生怕自己一个不注意就被推出去砍了。

"谢娘娘。"萧惊堂颔首,转身往外走,一眼也没看旁边的人。

温柔深吸一口气,低头跟着出去,心想出去再换一个人带路就好了。

结果一离开御书房,走在她前头的人便淡淡地开口:"你的胆子可真大。"

啊?温柔一脸呆滞的表情,难以置信地抬头看向他的背影:"你怎么发现是我的?"

萧惊堂冷笑了一声,没答她,只说道:"我一早说过,外头的日子没有你想象中的那么好过,出了萧家,更多的腥风血雨会将你卷进去,你不听。"

温柔撇嘴道:"整个萧家都被卷进了腥风血雨里,你让我去屋檐下躲着,那有一天房子垮了怎么办?"

"不会。"萧惊堂想也不想地说道,"有我在,它垮不了。"

他这种自信是哪儿来的?温柔翻了个白眼:"不劳您操心了。"

前头的人沉默片刻,嗤笑了一声,大步往前走。温柔下意识地跟着,跟了半天发现,她跟着干啥啊,这人一看就知道出宫的路!

温柔站住不走了,抬眼看去,就见那人毫无察觉地走出了老远,拐过一处宫墙,不见了。

温柔撇了撇嘴,也没打算真送他出宫,当即就转身打算往回走。

然而……她刚刚光盯着萧惊堂的背了,根本没注意路是怎么走的,现在看见面前交错的宫道,才发现一个严肃的问题。

她才是那个不认识路的人!

皇宫很大,四周也不是随时有人的,起码现在温柔就连个鬼影子都没看见。宫墙太高,人在里头就像是在迷宫里一样,完全不知道哪里是哪里。

温柔试着往背后的方向走了一段路,遇见了一个十字岔口,一时有点儿蒙,蹲下来思考了良久,眼瞧着还没人来,干脆就采用了一个"科学"的办法:"点兵点将点到哪里哪里就是我要走的路,哈!"

温柔选了一个方向,义无反顾地就走了过去。

宫里嘛,总是有人的,就算她一时迷了路,只要坚持往一个方向走,总能找到人的,到时候有问问就好了。

天已经大亮,温柔遇见岔路口就右拐,已经在宫道上拐了一个时辰,实在没力气了,干脆就靠在墙角休息,等人发现她。

"那边的宫女，哪个宫里的，敢在这里偷懒？"冷不防有人的声音响起，温柔一听，瞬间蹦跶了起来，泪流满面地看向来人。

一个凶巴巴的嬷嬷正瞪眼看着她，嬷嬷身后还跟着个小宫女，两个人的表情都不太友善。

温柔微微一顿，贴紧墙站着："我……奴婢是玉漱宫的，不小心迷路了，嬷嬷可以告知怎么走回去吗？"

"玉漱宫？"那嬷嬷一听这个宫名，表情更加难看了，"迷路了？"

"是啊。"

"你骗谁呢？"后头的小宫女冷哼了一声，"玉漱宫离这里可远了，你再迷路也到不了这里来，我看你是浣衣局里逃出来的吧？"

温柔摇头："我早上随淑妃娘娘去御书房见皇上，然后送状元郎出宫，走着走着……跟人走散了，就到了这里。"

"你？"嬷嬷皱眉，冷笑了一声，"谁都知道淑妃娘娘身边跟的是摘绿，你怎么可能随娘娘去御书房？满嘴谎言，一看你就是居心不良！"

说着，嬷嬷朝背后的宫女使个眼色，两个人一左一右，瞬间就将温柔给堵住了。

解释都没法儿解释，温柔哭笑不得："你们先把我押回玉漱宫，之后不就什么都知道了吗？要是我撒谎，你们把我交给淑妃娘娘处置便是！"

"淑妃娘娘？"那嬷嬷笑了笑，"这宫里做主的是皇后娘娘，要处置也该将你送去凤舞宫。不过最近宫里事情多，娘娘也没空管你一个小宫女的事，你还是随我们回浣衣局吧！"

啥？温柔瞪眼，愣怔之间，这两个人已经将她抓住了。

"哎，不是，你们不能这样啊！"温柔被拽着往前走，有点儿着急了，"大家都是宫人，我也没犯什么错，你们就不能把我送回玉漱宫好好说吗？要是之后淑妃娘娘找着了我，你们还少不了要被怪罪，何必呢？"

"找着你？"小宫女看了她一眼，"看你也像是新进宫的，这宫里有多大，你自己看看一眼能不能看到边儿？"

每天宫里都有人在某个角落死去，没人知道，也没人理会。这偌大的皇宫，可不是会在意宫女的去向的地方。

心里起了一阵凉意，温柔突然反应过来，看了这两个人一眼。

要是她们是淑妃那边的人，肯定二话不说就送她回玉漱宫了，她该不会运气这么差，遇见的刚好是皇后那边的人吧？

温柔倒吸了一口凉气，闷头没敢再吭声，跟着这两个人穿过宫道，七拐八拐地到了挂着个"浣衣"牌匾的院子门口。

"喜嬷嬷,这儿给您送个人来!"那嬷嬷一把将温柔推进去,朝里头喊道,"刚好冬天人不够,嬷嬷就用她吧!这丫头不太老实,您可别让她溜了!"

温柔踉跄两步,差点儿跌坐在地上,抬头看了看,这院子还挺大,挂了几百件衣裳,旁边有两口水井,一圈儿宫女围着洗衣池,正在洗衣裳。

屋子里头出来一个嬷嬷应了一声,她看了温柔两眼:"你去帮忙洗小主们的衣裳。"

"是。"

反抗是没什么用了,那嬷嬷已经说了那话,这个喜嬷嬷肯定就不会相信她放她走。

温柔咬了咬牙,撸起袖子就接过旁边的丫鬟递过来的捣衣槌和衣裳,左右看看,找了个人多的地方蹲下来开始洗衣服。

寒冬腊月的,井水冷得刺骨,这儿的宫女脸上都没什么红润的颜色,面无表情地做着手里的活儿。

温柔摸了摸水,倒吸一口冷气,两根手指捏着衣裳在水里搅了搅,便拎到旁边的捣衣台上一顿乱捶。

一群宫女都顿了顿,诧异地看了她一眼。

"欸?不对吗?"温柔笑了笑,和善地说道,"我没洗过衣裳。"

"你是从哪个宫里被赶出来的?"终于有人开口说话了。

温柔连忙说道:"我是玉漱宫的,没被赶出来,只是迷路,被人硬塞到这里了。"

这人是被硬塞过来的?开口说话的宫女多看了温柔两眼,皱眉"喃喃":"也难怪,玉漱宫。"

温柔抬眼,仔细瞧了瞧那宫女的面容,把五官记住了,然后继续低头捣鼓衣裳。

浣衣局也是有午饭吃的,温柔饿得不行,看见白菜豆腐也觉得香,"吭哧吭哧"就吃了一碗。旁边的宫女没忍住,"扑哧"一声笑了出来:"你这人,还真没个宫女的样子。"

就是这个宫女,温柔笑眯眯地说道:"我本来也不是做宫女的,形势所逼罢了。哎,这位姐姐怎么称呼?"

"我?你唤我蓉儿便是。"

四周的人都吃完去休息了,温柔连忙拉住这个蓉儿,小声问:"蓉儿姐姐,你知道我为什么会被塞到这里来?"

蓉儿抿唇,叹息一声,看了看四周,拉着温柔去了个没人的角落:"你也无意间撞见了什么秘密吗?"

秘密?温柔摇头:"我只是撞见了一个凶巴巴的嬷嬷。"

"这样啊。"蓉儿苦笑了一声,道,"不管怎么样吧,进来你就别多想了,出不去的。"

啥?温柔瞪眼:"为什么?"

"我已经在这里一年多了。"蓉儿垂眸,"一年之前,我也是玉漱宫的人。"

温柔错愕,扭头看了看四周:"这里是有电网吗?"

"电网是什么?"蓉儿茫然地看着她。

"就是一碰到就会触电的东西,"温柔不解道,"不然你为什么在这里一年都没出去?"

蓉儿顿了顿,神色古怪地看了她一眼,然后说道:"没有那种东西,但外头有护卫,平时根本不会让我们离开。外头的人来也有喜嬷嬷挡着,根本没人知道这里有多少宫里走失的宫女。"

这样啊……温柔有些愁了,看看四周的宫墙,高得离谱儿,根本没有爬上去的可能,门口有护卫,那还真的很难逃。

"既然都是玉漱宫的,你晚上便跟我睡吧。"看她脸色不太好,蓉儿柔声安抚道,"我的床算舒服的,也免得你大冬天睡地铺。"

"好。"温柔点头应了,跟着她去看休息的地方,顺便摸了摸自己身上,看有没有能贿赂喜嬷嬷的东西。

然而她换了宫女的衣裳,什么细软、银票都没带,只有一块萧惊堂的玉佩还挂在她的脖子上。

摸着这东西,温柔神色有点儿复杂。这东西很值钱,所以她戴着也没想取下来,真要送人吧……有点儿肉疼。

要不,她再想想别的办法?

下午的时候,喜嬷嬷坐在院子里嗑瓜子,一群宫女继续洗衣裳。温柔插科打诨,只拿两根手指拎衣裳,但还是被冻得发抖。

"咯咯。"瓜子有点儿干了,喜嬷嬷清了清嗓子。

温柔竖起耳朵,立马起身,把手在围裙上擦干净,"噔噔噔"地就跑去房间里倒了热茶,满脸笑意地递到喜嬷嬷手边:"嬷嬷请润润嗓子,瓜子燥热,茶能下火。"

喜嬷嬷愣了愣，接过茶来意外地看了温柔一眼，笑道："你这新来的丫头倒是比谁都上道。"

"嬷嬷在这地方辛苦，奴婢们不体谅着怎么行？"温柔就势在她旁边蹲下，笑得谄媚地替她捶起腿来，"奴婢虽然刚来，可看嬷嬷面善心也好，自然对您体贴着点儿。"

伸手不打笑脸人，这样的奉承话谁都爱听，喜嬷嬷也不例外，看温柔的眼神瞬间就变得和善了："你这讨喜的丫头，来，跟嬷嬷说说，犯了什么事进来的？"

洗衣池边的宫女都朝这边看了过来，喜嬷嬷虎着脸，转头就吼道："看什么看，手里的衣裳不洗啦？！"

于是一个个宫女又将小脑袋埋了回去。

温柔微笑，跪坐在喜嬷嬷旁边继续给她捶腿："奴婢没犯什么事儿，就是得罪了一个嬷嬷，她让奴婢进来受罪。不过奴婢倒不觉得受罪，比起天天挨打，咱们这儿至少有吃有喝的，您也和善，奴婢反而觉得是得救了。"

这宫里每天被打的宫女实在太多，嬷嬷这一辈的人对此都已经看淡了，但不知怎的，听这小宫女说着，喜嬷嬷还真有点儿心疼，瞧她懂事，便提点道："你好生干活儿，嬷嬷不会亏待了你。"

"多谢嬷嬷！"温柔一个头就磕了下去，再抬脸，眼泪汪汪地说，"您真是活菩萨！"

喜嬷嬷哭笑不得，伸手点了点她的额头："小可怜儿，这点儿事就成活菩萨啦？你以前是遇着什么主子了？"

"唉，不提也罢，到底侍奉过，不能说主子的坏话。"温柔咬了咬唇，笑了笑，"嬷嬷，奴婢最会伺候人了，您要是有什么需要，随时叫我便是，奴婢名唤温柔。"

"好。"喜嬷嬷颔首，"你先去干活儿吧。"

"唉。"温柔应了，乖乖地行了礼，回到了洗衣池边。

蓉儿神色诧异地看了她两眼，在她旁边边洗衣裳边问："你这是做什么？"

温柔小声说道："不管做什么，跟上头的人打好关系总没错，会便利很多。"

这样能有什么便利啊？蓉儿皱眉，有些不能理解："反正都出不去的，咱们这里的人都被她欺压得不成样子了，没谁想讨好她的。"

"这就是你们涉世未深了。"温柔摇头，"出来干活儿的人，尊严可以要，但别要得太多了。头顶上有人，那头就得低着点儿，不然撞痛的就是自己。"

蓉儿愣了愣，想了许久，继续洗衣裳。

没过一会儿，喜嬷嬷就喊了："温柔，跟我去送趟衣裳，你的衣裳先给她们洗吧！"

"好嘞！"温柔开心地应了，连忙摆脱冷得要命的井水，麻利地接过喜嬷嬷递过来的衣裳，感激地冲她笑了笑。

喜嬷嬷笑着摇头，神色倒是有点儿宠溺，带着温柔往外走，边走边说道："这堆衣裳是西边宫里那几位主子的，平时都是我自己送。那群丫头没几个靠谱儿的，今日倒是有你能帮我了。"

浣衣局的宫女一般是不能离开的，但温柔既然说她觉得浣衣局好，那喜嬷嬷就放心了，带着她一起出来，反正她也跑不了。

温柔点头，小声说道："奴婢不认识这宫里的路，嬷嬷可别把奴婢弄丢了。"

这一张小脸长得可人，给人的感觉也十分舒服，喜嬷嬷无儿无女，倒是被她激起了点儿母爱，轻笑道："放心吧，你跟着嬷嬷走，不会丢的。"

"好！"

下午的皇宫依旧安静得很，温柔不知道淑妃有没有发现她不见了，或者觉得她是跟萧惊堂一起出宫了，反正目前宫里没有找人的动静。她并不急着逃走，打算先取得喜嬷嬷绝对的信任再说。

两个人走了几个宫殿，温柔乖巧，嘴巴也甜，见着别的宫里的宫女也笑眯眯地喊姐姐，然后自报家门，说她叫温柔，是喜嬷嬷的宫女。

喜嬷嬷听着也高兴，来接衣裳的宫女也觉得这人有礼貌，都回了微笑。一路下来，喜嬷嬷更加喜欢温柔了，拉着她的手看了看，叹息道："可惜你也是做粗活儿的人，不然这一双手，该比宫里的娘娘还好看。"

做琉璃留的烫伤仍在，温柔笑了笑，眨眼道："奴婢在浣衣局陪着嬷嬷就好，哪里还稀罕当什么娘娘。"

这话真是叫人熨帖，喜嬷嬷拍了拍她的手，感动地说道："这大冬天的，你也不必跟着洗衣裳了，先陪嬷嬷偷偷懒聊聊天儿吧。"

她等的就是这句话啊！温柔高兴地点头，连声道谢："嬷嬷对我真好！"

喜嬷嬷心情不错，笑眯眯地就带着她回去了。

蓉儿等人还在洗衣裳，一双双手被井水冻得通红，看着她从外头回来，又羡慕又恼恨。晚上的时候，温柔同蓉儿一起睡，就听蓉儿小声问道："还有这样的？"

"怎么没有？"温柔翻了个身，"这本来就是人组成的社会，是个人就有感情。有感情的人，对自己亲近的人都会多包容一点儿，有什么好处也会先给关系好的人，这是常态。所以我说，要跟上头的人搞好关系。"

"可是，"蓉儿皱眉，"你不觉得这样很谄媚吗？别人会看不起你的。"

"在这儿对喜嬷嬷只能谄媚，她就吃这套。"温柔耸肩，"别人看不起又怎么了？她们看得起我，我还是得跟她们一起在大冬天里用井水洗衣裳啊。比起受那个罪，那她们还是看不起我好了，我不介意。"

蓉儿错愕，想了一会儿，倒也觉得这话挺有道理的，不过更重要的是……

"你能离开这里——"她低声说道，"你有机会回到玉漱宫的。"

温柔睁眼，在黑暗中看见了蓉儿闪闪发光的眼睛。屋子里的另一张床上的人已经熟睡，发出轻微的鼾声。蓉儿咬了咬唇，死死捏着温柔的手："我也想回去，你能救我吗？我知道的东西，一定能帮上淑妃娘娘的忙。"

"你知道什么？"温柔问。

蓉儿顿了顿，抿了抿唇："你救我出去，我便告诉你。"

这是她唯一可能离开的筹码，她总不能轻易脱手。

温柔笑了笑："你以前不是玉漱宫的粗使宫女吧？在内殿伺候的？"

"你怎么知道？"蓉儿惊讶。

"因为你挺机灵的。"温柔夸了她一句，也不追问，打了个哈欠，闭上眼睛说道，"睡吧，只要有机会，我会想法子带你出去的。"

蓉儿抿唇，看了她一会儿，应了一声。

温柔消失一整天了，玉漱宫里，淑妃压根没敢睡觉，着急得不知道该怎么办。淑妃派出去找温柔的人都说没找着，淑妃很担心温柔是落进了皇后的手里，被皇后知道了身份，那温柔就真的危险了。

"娘娘，"摘绿从外头回来，脸上神色也不太好看，"状元爷终于出宫了，但皇上那边在问，奴婢没敢说真话。"

堂堂状元郎，一向是无欲无求的模样，今日突然不知道怎么了，在宫里急躁地转了一整天，说是找东西。皇帝好奇地问状元在找什么，摘绿只敢打马虎眼，说在找玉佩之类的东西。

幸好朝中有事，皇帝也没逮着这事问，只让人帮状元找，但按照规矩，萧惊堂还是得在宫门落钥之前出去。摘绿跟着他，一路上大气都不敢出，把御书房出来到宫门的路走了好几遍，腿都软了，终于挨到现在。

淑妃深深地看了她一眼，叹息："本宫没说错，惊堂就是在意温柔。"

要是他不在意，让人找就好了，何必亲自留在宫里找人？

"娘娘？"从这话里听出点儿别的意思，摘绿眼神微动。

淑妃笑了笑："这是好事，对咱们有益无害。眼下惊堂在皇上眼里是谁也不偏的，只等惊堂到了合适的位置上，他便能借着温柔这条线，名正言顺地站到咱们这儿来，皇上也不会怀疑什么。"

她这个干女儿，是真的认得很好。

摘绿点头，觉得妙极，可转念一想又垮了脸："万一……找不到她了怎么办？"

心跟着沉了下来，淑妃摇头："一定要找到。"

说是这么说，可到底能不能找到温柔，淑妃自己心里也没谱儿。

第二天，温柔一起来就去给喜嬷嬷烧了热水洗脸、擦手、漱口，喜嬷嬷瞧着她笑道："温柔，今日也跟嬷嬷去送衣裳吧。"

"好嘞！"温柔高兴地应下，出门去收晒干了的衣裳。

院子里挤满了人，也不知道是出了什么事。温柔顺便过去瞧了瞧，就听见蓉儿问道："咱们以后会不会都是这样的下场？"

"什么下场？"温柔挑眉。

围着的人看见她，都纷纷散开，只有蓉儿没动，叹息道："昨晚有个浣衣的宫女，被医女诊脉，说是寒气入体，五脏劳损出血，没几天活头了。"

这浣衣局对其他浣衣宫女来说就是地狱。

温柔愣了愣，有些感慨，不过也没什么办法，耸了耸肩，只能继续去送衣裳。

"都别闲着嚼舌根了，小心你们的舌头！"喜嬷嬷出来，对着那群人就是一顿吼，"都洗衣裳去！"

"是。"众人应得都有气无力的，又纷纷蹲在了洗衣池边。

温柔抱着衣裳就跟着喜嬷嬷一起出了门。

萧惊堂一大早就进了宫，脸色难看得紧，跟着皇帝身边的小太监，又开始一遍遍地在宫里找。

"状元爷很喜欢那玉佩吗？"小太监笑道，"咱们陛下听闻了此事，都准备赐您些玉佩了。"

"那是祖传的玉佩。"萧惊堂抿了抿唇，低声回道，"就算有再多更好的东西，在下也得找到它。"

小太监点头，领着他往浣衣局的方向走去："这边您可能还没来过。"

萧惊堂应了一声，走了过去，还没走几步，就听见宫墙另一边有人在议论："浣衣局里的宫女真是太惨了，无论如何也不要被送进去，一进去就相当于没命了啊！"

"可不是吗？大冬天的还要用冷水洗衣裳，而且那些衣裳又多又贵重，洗坏了还要挨板子，里头的宫女，几个身子能好？"

萧惊堂就听见这么几句话，等人走得远了，后头她们再说什么他就听不见了。萧惊堂扫了一眼前头的浣衣局，眉头微皱，心沉了沉，突然开口道："公公稍等，我可以进去这里头瞧瞧吗？"

太监顿了顿，笑道："您想去看看也可以的，不过这里头的人想必是不会捡到的，毕竟她们都是不出来的。"

萧惊堂点了点头，还是跨了进去。

有别的嬷嬷迎上来，惊愕地看了看他这一身装扮，不管如何，先行礼再说。

洗衣裳的宫女们也都停了下来，不知是谁先喊的"回头看"，一群姑娘齐刷刷地就望向了进来的人，接着又齐刷刷地倒吸了一口气。

腌臜之地，来的不是嬷嬷就是公公，这里的宫女离上一次看见男子的时候，最短的都有半年了。况且，来人还真是，让人瞧着……赏心悦目。

正经的锦缎兔毛礼服在他身上穿着显得格外挺拔，他一张脸上没什么表情，可绷着的脸部线条就是很好看，眼睛深黑泛蓝，瞧上人一眼，就像是要把人吸进去似的。

宫女们一个个脸红心跳，大气都不敢出。萧惊堂皱眉扫了四周一眼，没看到温柔，倒是松了一口气。

她不在这里就好。

他昨日以为她会跟上来，走了许久没看见人，还以为她赌气回去了，没想到淑妃娘娘说她人不见了。若她在这种地方受苦，那他可真是罪孽深重。

"状元爷？"旁边的太监小声问，"这儿也要找吗？"

"不用了。"萧惊堂转身跨出浣衣局，说道，"若是实在找不到，公公不如帮我传个消息，只要有人找到我的传家玉佩，在下必有重谢。"

小太监笑道："状元爷言重了，您要是今儿个还找不到玉佩，陛下会下令悬赏的。"

他正是炙手可热的时候,想要什么东西不容易?小太监都只恨自己没捡到那重要的玉佩,不然还能跟这状元爷讨个人情。

"那边还有几处宫殿,奴才去问问吧。"

"好。"看了看那是女眷居处,萧惊堂没过去,只在门口外三步远的地方站着。

院子门口有宫女正站着说话,一见那小太监,连忙笑道:"公公怎么来了?"

小太监说道:"帮状元爷找玉佩呢,你们可曾捡着?捡着有重赏的。"

两个宫女都摇头,小太监叹息,转身就招呼萧惊堂继续往前走。

见他走了,宫女也就继续说刚才的话:"你说那个叫温柔的浣衣宫女吗?我瞧着也觉得她容貌上乘,嘴巴又甜,可惜身处浣衣局那种地方……"

脚步顿住,萧惊堂立马转身,大步走向那说话的宫女,眼神灼灼地问:"你方才说叫什么的宫女?"

两个小宫女被吓傻了,愣怔地看了萧惊堂许久,然后才慌慌张张地回神道:"叫温柔啊,她每次来都会说'奴婢温柔,来给各位姐姐送衣裳'。她就是这两天新来的,可总这么念,咱们也就把名字给记着了……"

没想到他反应这么大,后头的小太监也被吓了一跳,连忙过来问:"状元爷怎么了?"

萧惊堂抿了抿唇,云淡风轻地回道:"没事。"

小太监扫了一眼他背后捏着的拳头,咽了一口唾沫:"您要是想找什么人,奴才倒是可以帮着找找。"

"昨日送我出宫的宫女,也许捡到了我的玉佩。"萧惊堂说道,"只是她不见了,我记得……她就叫温柔。"

"啊,是吗?那就好说了。"小太监拍了一下手,高兴地扭头问两个被吓傻了的宫女:"你们知道那个温柔在哪儿?"

"是……在浣衣局,刚刚她来送过衣裳,现在已经走了。"

她还真的是在浣衣局里吗?萧惊堂抿唇,转身就往回走,步子很快,可没一会儿,又走得慢了。

小太监跟着他,满脸疑惑的表情:"您怎么了?"

"那浣衣局……听着不是什么好地方。"萧惊堂声音有些发紧,"人在里头,会好过吗?"

小太监微微一顿,支吾道:"这种天气,浣衣局里的人怎么都不会好

571

过的。"

一阵风吹过来都刺骨,更别说里头的人还要打井水来洗衣裳了。浣衣局里的宫女每日洗衣裳都是要洗上五个时辰的,一双手基本是生了冻疮又好,好了再接着生,溃烂得不成样子。

萧惊堂沉默了,眼神深沉,一步步踏在宫道的石砖上,周身都被凝重的气息笼罩着。

小太监再蠢也该反应过来了,这状元爷……怕不只是想找玉佩吧?毕竟这冬天的井水冷不冷,玉佩可感受不到。

温柔随着喜嬷嬷将衣裳送完后,回到浣衣局就感觉气氛不太对。一群宫女今天都在走神,一个个眼神都没焦距。

"怎么了这是?!"喜嬷嬷一看就生了气,"让你们好生洗衣裳,都想什么呢?!"

"还要洗吗?"向来沉默的宫女们突然反抗起来,"这么冷的天,就不能等下午暖和些的时候开始洗吗?"

"反了你们!"喜嬷嬷横眉,"主子的衣裳,还得你们挑着时候来洗?!"

"小莹已经要死了,咱们也早晚要死的。"一个宫女"喃喃"道,"与其每天受这种折磨而死,倒不如早点儿死了算了!"

她这话一出,所有宫女的情绪都不稳定了,众人纷纷扔了衣裳站起来,相互传递着眼神。

温柔瞧着觉得不太对,拉了拉喜嬷嬷的袖子:"嬷嬷,她们情绪不太好,您先别骂了,安抚一下吧。"

"安抚?"喜嬷嬷气得够呛,"这群小蹄子跟我造反呢,打一顿就老实了,还安抚个什么劲儿?!"

说罢,她就朝外头喊了一声:"快来人哪!宫女造反啦!"

门口守着的四个护卫都冲了进来。一群宫女有点儿害怕,可一看她们这边人多点儿,反正横竖也要挨打了,不如搏一搏。于是所有的宫女只退了一步之后,就都开始朝护卫逼近。

护卫们被吓了一跳,喜嬷嬷也被吓着了,连忙往外跑。温柔伸手拉了蓉儿过来问:"怎么回事啊?"

蓉儿也有些恍惚,回神之后,苦笑道:"小莹要死的事情刺激了她们,加上刚刚来了个人……见过光亮的话,她们就不会甘心在这里病死了。"

什么光亮？这回轮到温柔听不懂了，正疑惑呢，就感觉身子被人猛地推了一下，接着有宫女低吼道："蓉儿，她是个叛徒，给喜嬷嬷卖命的，你再跟她说话，你也是叛徒！"

温柔跟跄着跌倒在地，顿时皱眉，背后的伤还没好完全，这一扯着又是一阵闷痛，一时间没能爬起来。

那边的宫女已经跟护卫打起来了，这边的几个宫女上了头，也想冲温柔动手。温柔抱紧了头，也觉得没啥意外的，毕竟自己一来就做着最轻松的活儿，有人看不顺眼，实在太正常了，只要她们不打脸就行。

但也许宫女到底是女儿家，比较柔和，没真舍得打她，等了许久没感到疼，温柔松了一口气，抬起头来看了看。

一袭深色锦衣拦在她面前，衣摆微微翻起，又缓缓落下，来人像是从天上跳下来似的，浑身的寒气被风一吹，冻得周围的人都忍不住打寒战。

这人的背影，怎么有点儿熟悉啊？

温柔茫然地盯了他一会儿，拍了拍脑袋："萧惊堂啊？"

前头的人逼退了浣衣宫女，回过头来，双目带血地看着她。

温柔被吓得打了一个哆嗦："您弄啥嘞？"

萧惊堂上下扫了她两眼，紧绷着下巴，一把便将她拉了起来："伤着了？"

"没有。"温柔缩了缩手，眨了眨眼，突然反应了过来，"你在找我啊？"

萧惊堂咬牙，气不打一处来："不，我是来取衣裳的。"

啥？取衣裳？温柔愣了愣，回头看了看这院子里飘荡着的女装："您还有这种嗜好？"

萧惊堂翻了个白眼，一把便扯着她往外走去。

四周的人都愣住了。等她们反应过来时，面前都没人了。只有蓉儿尚算清醒，趁乱就跟着跑了出去。

"我说，"看着前头走得极快的人，温柔皱眉，"我跟不上你。"

萧惊堂稍微缓了缓，抬起手，看了看她的手指和手心，眉头松了松。

温柔收回了自己的手，没好气地说道："别瞎看了，我好得很。"

"你不认识这宫里的路？"他沉声问。

温柔翻了个白眼，说道："我才进宫一天，怎么认识这里的路？"

萧惊堂皱紧了眉，脸色难看得紧。温柔瞧着，觉得他肯定下一秒就得骂她。

然而……有点儿意外的是，面前的人顿了一会儿，竟然低声道歉了：

"抱歉。"

啥？有一瞬间温柔觉得自己的耳朵出了问题，忍不住认真地掏了两下，然后眨了眨眼："您说什么？"

萧惊堂喉头微动，站得笔直，低声说道："我不该把你一个人丢在后头，知道你没跟上来，也没想过你认不认识路。"

温柔浑身战栗，忍不住踮脚伸手摸了摸他的额头："二少爷，您没事吧？"

冰凉的手放在他的额上，萧惊堂下意识地伸手按住了她的手。温柔愣了愣，这才发现有点儿不妥，连忙抽回了手，笑道："难得您也会道歉，那我就不计较了，您将我带回玉漱宫就成。"

萧惊堂抿唇，轻轻颔首。

小太监和蓉儿都目瞪口呆地跟在后头，看着前头的两个人并排往前走着。

没错，一个宫女跟一位新科状元爷并排走着，并且两个人都不觉得有什么不妥之处。

"你打算在这里做宫女？"萧惊堂淡淡地问。

温柔耸肩："骑虎难下。"

"太危险了。"

温柔挑眉看了他一眼，笑道："这世上哪里不危险哪？人走个路都有可能摔死呢。"

"你的铺子怎么办？"

"有徐掌柜，我只管收钱就是。"

萧惊堂停下了脚步，认真地看着她："踏上这条路需要付出很多代价，也需要做你很不想做的事情，你想清楚了吗？"

温柔愣了愣，撇嘴道："我是被逼的。不过既然踏上来了，为了活命，我肯定会尽力把事情都做好。"

夺嫡之路本来就很艰难，她选的还是一个没太大优势的阵营，要付出代价是肯定的，这点她已经想好了。

"很好。"表情松了松，萧惊堂抬脚就继续往前走去。

温柔眨眼，看着他走到前头去，莫名其妙地嘀咕了一句："他刚才是不是笑了？"

奇怪，这有什么好乐的？

没走两步，萧惊堂就停了下来，回头看了她一眼。温柔回神，连忙拎着裙子追上去。

收到宫女的通传，淑妃亲自迎了出来，看见温柔和萧惊堂，顿时就松了一口气："谢天谢地，人没事就好。"

"娘娘，"温柔上前行礼，撇嘴，"奴婢好可怜哪，被人塞到浣衣局去了。"

淑妃心疼地捏了捏她的手，皱眉道："那地方，你得吃多少苦啊？"

"还好，"温柔笑道，"奴婢机灵，没吃太多苦，还给娘娘找回来一个人。"

蓉儿站在后头，闻言就上前行礼，哽咽地喊道："主子！"

淑妃诧异地看着她："蓉儿？"

"托温柔姑娘的福，奴婢有生之年终于能再见您一面。"蓉儿朝淑妃磕了三个头，再抬首时，双目泛红，"真是万幸。"

已经失踪一年的宫女竟然回来了，淑妃惊喜万分，但有些顾虑地看了萧惊堂一眼。

萧惊堂也识趣，拱手道："人既然找到了，那微臣就告退了。"

"状元爷慢走。"

等人都出去了，淑妃只留了亲近的摘绿和温柔，关上门就看着蓉儿掉眼泪："你去哪里了？"

"奴婢被人关进了浣衣局，整整关了一年。"蓉儿呜咽，"若不是心里还想着主子，那里的日子，奴婢当真是过不下去了！"

"你辛苦了，"淑妃俯身将她拉了起来，"能回来就好。"

蓉儿点头，看了看左右，说道："主子当初吩咐的事，奴婢是做好了的，也找到了证据，只是不承想在回来的路上撞见了皇后宫里的嬷嬷。她们不知道我做了什么，拷问半天，见奴婢什么也没说，便将奴婢送去了浣衣局，想让奴婢一辈子都出不来。"

把人扔进浣衣局，这可比直接杀了还狠，里头的浣衣宫女都是只进不出的，有什么秘密进去了都带不出来，还少了处理尸体的麻烦。

淑妃眼眸微亮，连忙俯身问："证据还在吗？"

"在。"蓉儿脱了鞋子，将鞋垫下头藏着的东西拿出来，拍了拍，道，"幸亏奴婢机灵，一直放在这里，没被人发现。"

淑妃将信纸打开，上头的字已经有些模糊不清了。温柔伸长了脖子想看看，淑妃扫了信纸两眼，笑道："看完本宫会跟你们商量怎么办的，你别着急。"

这是一封旧信，上面的字迹是男子，笔锋苍劲，但言辞之间满是关切之意，没称呼，也没落款，可淑妃立马猜到了："这是恭亲王写给皇后的信。"

温柔被吓了一跳，脑海里立马浮现出各种电视剧中的皇后之心另有所属的剧情，倒吸了一口凉气："胆子也太大了吧！"

淑妃笑了笑，将信纸给她："可是这东西根本做不得证据了，一是时间过去太久了，没人能说这是在皇后宫里找到的，二是这字迹已经模糊不清，咱们只能勉强看懂只言片语，就算咱们现在将信拿到皇上面前去，他也只会觉得是咱们小题大做。"

温柔接过信纸看了看，点头。这东西已经算不得证据，有点儿可惜。

"那娘娘打算怎么做？"

淑妃抿了抿唇："只能等待时机了。这时候皇后娘娘小心谨慎，必定不会露出马脚。手里没铁证，咱们做什么事都是徒劳的。"

温柔挑眉："没铁证，咱们不会让皇上自己去怀疑吗？"

淑妃愣了愣，疑惑地看着温柔："你的意思是……？"

"自古帝王疑心病都重。"温柔分析道，"娘娘既然能一眼看出这是恭亲王给皇后的信，那他二人之间必定有什么牵扯，皇上心里也该明白这点，只要有蛛丝马迹指向皇后和恭亲王有染，您觉得皇上还会那般宠爱皇后吗？"

这话很有道理，可是……淑妃皱眉："我们在这个时候动手脚，万一出事，岂不是引火烧身？"

"舍不得孩子套不着狼。"温柔说道，"手法干净利落点儿就行啦，宫斗嘛，处于弱势的一方要是在这个时候还不发起进攻，那以后就没机会了。"

淑妃犹豫地捏了捏手帕，问："你有什么法子吗？"

淑妃问完就见面前的女子歪着脑袋想着，嘴里还"喃喃"道："高中的小说也不是白看的，那么多法子，让我想想啊……哎，对，咱们不是还有个状元爷吗？"眼睛亮了亮，温柔说道，"让状元爷想个法子和皇上讨论书法吧。"

淑妃迟疑地看着她，问道："恭亲王的书法是不错，可……这信你打算怎么送到皇帝面前？"

"这事就交给我去办吧。"温柔回道，"劳烦娘娘先给状元爷说一声，让他跟我好好配合。"

眼珠子一转，淑妃笑着摇了摇头："我可请不动状元爷。若是想请他帮忙，你得自己去。出宫的令牌，我倒是可以替你弄来。"

"好。"温柔点头，二话不说就跟着摘绿去弄出宫的牌子了。

萧惊堂正站在凤凰街一处青楼的二楼上，安静地看着下头的大堂。

今日是刑部侍郎高耀之子高庆与几个狐朋狗友约好出来花天酒地的日子，大白天的，整个青楼就只有那一桌客人，有十几个妓子陪着，拉拉扯扯、搂搂抱抱的，场面分外不堪。

看了一会儿，萧惊堂伸手给了旁边的老鸨一张银票："头牌留给我。"

老鸨很尴尬，接着银票也没看，只说道："这位公子，高公子一早定了要涟漪来陪他，您这半路截和……"说着说着她低头看了一眼银票的面额，倒吸一口凉气，语气立马变了，"您这截和截得真是爽快……老身这就去给您安排！"

萧惊堂轻轻颔首，转身进了二楼的厢房。

高庆家是很有钱，可再有钱，也不会比萧家二少爷出手阔绰。

涟漪很快就到了，见到萧惊堂，双颊泛红，连忙迎了过去："这位公子看着好面生。"

萧惊堂伸手挡住她要坐过来的动作，面无表情地说道："坐那里。"

笑意僵在脸上，涟漪看了一眼旁边的座位，很是不能理解，但还是坐了过去："公子光临，是要听曲儿还是看舞？"

"你坐着即可，"萧惊堂有些不耐烦地说道，"别说话了。"

涟漪："……"

堂堂万花堂的花魁第一次受到这种冷遇，她心里自然不会高兴。但一看这客人的脸，她还是气不起来，眨着眼看着他，眼里满是赞叹之色。

来得起这里的人，要么是歪瓜裂枣的纨绔子弟，要么是上了岁数的官员。像面前这般玉树临风翩翩年少的人，她还是头一次看见。她也不管人家是来做什么的了，转头就让人抱了琴来，欣然起奏。

琴声一响，楼下的人就听见了。高耀皱眉，看向老鸨："这里头还有别的客人？"

老鸨赔笑："是，二楼上还有一位公子，非说要先看看涟漪……老身看高公子这酒还没喝尽兴，便先让涟漪去了一趟。"

这话听着谁高兴啊？高庆一拍桌子就站了起来，不爽地质问道："我先定的人，凭什么送去他房里？"

老鸨干笑："公子莫急啊，一会儿就下来了。"

旁边的几个人嗤笑道："你这万花堂还真是不把高公子放在眼里啊，敢这样怠慢！"

高庆听到这话更生气了，当即站起来踹了凳子就往楼上走。

老鸨"哎"了两声，追上高庆道："公子别急啊，这上门的人都是客，涟漪也很难做的。"

"我去你娘的！"高庆一脚踹开厢房的门，喷着酒气就进去了。

琴声顿止，涟漪惊讶地喊了一声："高公子？"

"我不为难女人。"高庆醉醺醺地看向主位上的人，"你是哪里来的，敢抢本少爷的人？"

萧惊堂喝着酒，眼皮都没抬，脸上满是蔑视之色。

"嘿，聋了？"高庆跌跌撞撞走过去，想伸手扯萧惊堂的衣裳。

萧惊堂往旁边闪去，面前的人顶着矮桌就摔了下去，发出"咚"的一声闷响。

"哎哟！你敢打我？！"高庆气急，不管三七二十一，倒在地上就喊："兄弟们，给我揍他！"

后头跟着的一群人都冲了进来，萧惊堂不慌不忙，轻飘飘地就从二楼的窗户跳了出去。

"啊！"涟漪尖叫，连忙过去看，就见那抹影子轻盈落地，然后那人抬头不屑地向上看来。

"这小子是谁啊？这么嚣张！"一群人都是喝了酒的，平时也嚣张跋扈惯了，当即不爽得很，追下楼就要揍他。

楼下是街上，有不少的人来往，一群醉醺醺的公子哥追着一个男人打，可那男人身姿矫健，任凭他们撞翻多少摊位，也没能碰着他的半片衣裳。

高庆气极了，这本还不是什么大事，可这光天化日之下，被人这么戏耍，身边还有自己今日请来的朋友，这不是打他的脸吗？他当下就沉不住气了，转身去牵了自己的马出来，爬上去就大喊了一声："都闪开！"

马蹄高扬，嘶鸣声吓得四周百姓纷纷躲避。萧惊堂看了高庆一眼，站在路中央，倒是没动。

"老子让你嚣张！"高庆猛地策马，大喝一声，红着眼就朝萧惊堂冲了过去。

萧惊堂没动，双目淡然地看着高庆，周围不少姑娘尖声叫了出来，可没人上去拉萧惊堂一把。

温柔到凤凰街的时候，看见的就是这么一幕场景。

她出了宫本是打算先回琉璃轩看看其他人怎么样了，谁知道这里人山人海地围着。等人群都散开之后，她站在路中央，就看见前头的萧惊堂被一人一马撞上，身子飞得老高，重重地落在了她身边不远处。

像电影慢镜头播放似的，温柔瞳孔微缩，很艰难地转头看去。

萧惊堂安静地躺着，闭着眼睛，身子一动不动，身下渗出了一摊血，慢慢地，那血迹扩大成了一个圆，腥味儿在空气里扩散，让人闻着想吐。

四周的百姓都慌了，尖叫声此起彼伏，马上的高庆也被吓清醒了，看了看这情况，二话没说，掉转马头就跑。

温柔傻眼了，心跳好像都停止了似的，愣怔地看了旁边这人半响，走过去蹲下来仔细瞧了瞧。

还是这好看的眉眼，只是眼睛闭着，没了凶恶的眼神，整个人一点儿生气也没了。

这人是萧惊堂，不是她看花了眼。

温柔深吸一口气，莫名其妙地觉得心口闷痛，眼泪"唰"地就掉了下来。她伸手探了探他的鼻息，颤抖地喊了一声："萧二少爷？"

没有感觉到人呼出的热气，温柔哽咽，伸手想碰他，又怕造成二次伤害，急得没有办法，坐在血泊里"哇"的一声就哭了出来。

她不知道自己怎么会这么伤心，可是……可是萧惊堂这么好看的人，死了也太可惜了啊。况且她还要找他帮忙呢，还有很多事没做完呢，他怎么能就这么死了……

温柔号啕大哭，哭得直抽搐，眼睛都睁不开，只能转头随便朝一个方向喊道："快来人救救他啊……快来人哪！"

肇事的人已经跑得无影无踪，人群里挤出几个状元府的人，二话不说将萧惊堂抬起来便送上了马车。温柔愣了愣，提着裙子追了上去，那马车却没等她，一溜烟地就跑走了。

温柔难受得厉害，也没管自己浑身是血了，边哭边跟在马车后头追。追了一会儿就没力气了，差点儿摔倒，一个踉跄之后，不知道是不是她的幻觉，马车慢了下来。

她连忙追上去坐上车辕，哭花了脸，看着马车夫说道："我是你们的状元爷的朋友，让我跟着去看看。"

马车夫神情古怪地看了她一眼，也没赶她下去，到了状元府，便让人将萧惊堂抬到了屋子里。

温柔被关在门外，焦灼地啃着自己的指甲。萧管家闻讯赶来，看见她倒是被吓了一跳："温柔姑娘？您怎么在这儿？"

温柔泪眼模糊地回头，看见萧管家的脸，瞬间鼻子发酸，忍不住又开始哭，撇了撇嘴，道："我路过，就看见二少爷出了马祸。"

"马……马什么？"萧管家一脸蒙的表情。

"马祸啊！"温柔哭得更厉害了，委屈地说道，"被车撞叫车祸，被马撞不叫马祸叫什么？那是重点吗？他好像死了……"

她抽抽搭搭的，像极了小孩子，萧管家看得都有些难受，连忙安慰她："没事的，没事的，咱们少爷身子好着呢。"

"那么多血……"

"他血多，没事的。"

温柔觉得有点儿不对劲，顿了顿，看了萧管家一眼："您怎么一点儿也不担心的？"

萧管家跟了萧惊堂那么多年，最疼的就是萧惊堂，现在萧惊堂生死未卜，萧管家怎么会是这种反应？

萧管家微微一愣，伸手摸了摸眉毛："这个……我自然是担心的，但看你哭得这么难过，所以……"

他结结巴巴地解释着，更显得有猫腻了。温柔眯起眼盯了他一会儿之后，转身就去把门给推开了。

大夫已经收拾好了东西，正起身出来，撞见她，叹息地摇了摇头，然后出去了。

屋子里安静得一点儿声音都没有，温柔迟疑了片刻，走到床边看了看。

萧惊堂安静地躺着，嘴唇上还有血色，气色看起来不错。

温柔冷笑了一声，怒极，转身就要离开，手腕却被人给扯住了。

床上的人睁开了眼，沙哑着嗓音开口："你没给我解释的机会，我这戏也不是做给你看的，所以你不能怪我骗你。"

他还真的是骗人的！温柔这叫一个气啊！眼里泪花儿还在呢，她甩开他的手，搬起旁边的椅子就要往床上砸。

"哎。"萧惊堂侧身躲开，一把捏住了她的手臂，叹了一口气，将椅子拿下来放好，手上用力，便将这人扯进了怀里，"你可真是凶。"

"我凶？"温柔龇牙，一口就咬在了他的脖子上，气愤不已地说道，"我真以为你翘辫子了，急成这样，结果你是装的，还怪我凶？！"

"好，不怪。"萧二少爷眼神温柔极了，将人抱着，难得好脾气地安抚道，"别咬我了，衣裳这么厚，你牙疼我也不疼。"

温柔忍不住爆粗,眼泪"哗啦啦"地掉:"吓人好玩吗?你说你在人回家的路上演生死大戏,考虑过别人的心情吗?心理阴影你知道吗?!"

萧惊堂一下下顺着她的头发,柔声说道:"我没想到你会在。"

他更没想到……她会是这种反应。

温柔恨得牙痒痒,一脚踩在他的脚背上:"放开我!"

萧惊堂闷哼了一声,抱得更紧:"大概是被马撞坏了,我的手松不开。"

这人骗谁呢?!温柔磨牙,左右挣扎不开,干脆下流地使出了一招"猴子偷桃"!

萧惊堂倒吸一口凉气,终于把人松开了。

"你……"

"我怎么了?"温柔冷哼,抱着胳膊睨着他道,"男人的力气胜于女人,那总不能连阴招也不让女人使吧?"

萧惊堂恼怒地盯着她,脸上难得地染了红晕,看起来……竟然有点儿可爱。

温柔气笑了,只觉得浑身的力气都被抽走了,也懒得跟他贫嘴了,直接说道:"我今日找你有事的。"

萧惊堂神情古怪地看她一眼,问:"什么事?"

温柔勾了勾手指让他靠近一点儿,嘀嘀咕咕地把自己的想法说了一遍,末了总结道:"这对你来说是举手之劳的事,但能帮淑妃娘娘一把。"

萧惊堂眼神深沉地看了看她,说道:"你可真是够坏的。"

她坏?温柔咂舌,上下扫他两眼:"我怎么能跟您比呢?您今儿个这一出是要害死谁啊?"

萧二少爷整理了一下衣裳,云淡风轻地说道:"没谁,一个纨绔子弟罢了。"

高耀最疼的就是这个宝贝儿子高庆,所以哪怕高庆当街杀人,高耀也会护着这儿子。

然而……有点儿不巧的是,这回高庆撞着的是萧惊堂,想将此事遮掩过去,就没那么容易了。

在温柔还哭的时候,刑部侍郎之子闹市策马故意撞死当今状元郎的事情已经传进了皇宫。

听见消息的时候,皇帝正在孙皇后的宫里喝茶。传消息的是皇帝身边的太监,看了皇后两眼,只小声禀道:"陛下,宫外的消息,有人故意策马撞伤了状元爷。"

刚刚还和颜悦色的皇帝瞬间就脸色阴沉得难看，一拍桌子站了起来："谁这么大的胆子？"

孙皇后被吓得手抖了抖，茶盏掉在地上碎了。一听这声音，皇帝更加恼怒，目光不善地看了她一眼。

"臣妾该死！"孙皇后连忙跪下道，"皇上息怒。"

皇帝烦躁地摆手，怒问："到底是谁干的？"

太监斟酌了一二，回道："据说是刑部侍郎家的嫡子——高庆。"

"高庆？"皇帝冷哼一声，怒道，"上次就是他在青楼与人争吵，令上京学子瘫痪，朕还念着他爹的情面，想放一放此事再追究，没想到他竟然如此胆大包天，连朕钦点的状元都敢动手！"

"皇上——"一听高庆的名字，孙皇后就忍不住劝道，"这也许是个误会呢？您先别急着动气，当心伤了身子。"

皇帝深吸一口气，冷静了下来，沉声道："更衣，朕亲自去状元府。"

孙皇后心里一惊，有些意外："陛下，这……他只是个状元，还没被封官呢，这样的待遇，让别的卧病在家的老臣怎么想？"

"他那是卧病吗？！他那是被一个没教好的畜生当街策马撞了！"皇帝勃然大怒，看向孙皇后，"你别以为朕不知道那高庆是你孙家的亲戚！因为这层关系你就徇私舞弊，那你也不配当朕的皇后！"

这话说得重了，孙皇后委屈得不行，当下不敢再吭声，只能眼睁睁地看着皇帝挥袖离开。

"这状元爷是怎么的？"孙皇后擦了擦眼泪，咬牙切齿道，"这人怎么就这么得皇上喜欢？"

旁边的宫女摇头道："奴婢打听过了，这状元爷是凭真才实学得的圣宠，谁也拿他没办法。"

皇后皱眉，想了想，吩咐道："你快去让浅黛进宫来，就说本宫找她有事。"

"是。"

萧惊堂正在屋子里与温柔继续说话，冷不防就听见通传："皇上亲临！"

温柔被吓着了，立马就往床底钻。萧惊堂倒是不慌不忙地脱鞋上床，盖好被子，慢慢闭上了眼睛。

萧管家连忙在床边坐下，掐了掐自己的大腿，老泪纵横。

皇帝跨进来的时候，屋子里的人跪成一片。他看也没看那些人，径直到了床边，皱眉问："人怎么样了？"

萧管家哆哆嗦嗦地回禀道："我家少爷被撞成重伤，险些没了性命，大夫说要观察两日，能否救回来还未知。"

皇帝怒意未消，在屋子里转了两圈，当即下令："御林军，去把那高庆给朕抓住！"

"是。"门外的御林军齐刷刷地应了，声音之洪亮，吓得床下的温柔都抖了抖。

君王之怒，真是浮尸百万、血流成河之状啊，太可怕了。

不过看这个形式，高庆绝对保不住命，萧惊堂的目的还真是轻松达到了。

高庆被抓，高耀自然不乐意了，跟着御林军过来，在皇帝面前哭天抢地："我高家八代单传这么一个独苗，陛下开恩，陛下开恩哪！"

帝王面无表情看着高耀磕了十几个头，火也消了些，正想说话呢，就听得外头传来一声带着哭腔的长啸："二哥——"

接着众人就见萧少寒以滑翔的姿势冲了进来，瞬间滑到皇帝面前跪下，抬脸之时，满脸都是泪："陛下！我二哥心有我大明，故而放弃万贯家财，甘愿苦读十年，只求为陛下效力，福泽苍生，谁知道今日竟然遭此不测，陛下一定要为他做主啊！"

皇帝愣了愣，被他吓了一跳："萧爱卿，你这也太……"

"皇上。"萧少寒一本正经地继续说道，"天可寒，不能寒忠臣之心；鼠可饶，不可饶奸人之命哪！微臣在来的路上就问过了，那高庆看见我二哥在街上站着，二话不说就上马，扬言一定要撞死我二哥。众多百姓都在场，光天化日，天子脚下，此等行径何其恶劣！别说我二哥如今生死难卜，就算能保住性命，陛下饶了那人，天下百姓也必将道不公！"

这话有道理，皇帝的眉头又皱了起来。

高耀听傻眼了，连忙开口道："萧大人，你怎么能这样？"

"我怎么了？"萧少寒横目，满脸被害人家属的怨恨之意，"高大人自己的儿子是什么样子，自己不知道吗？他在上京惹的事还少了？上次的三千学子暴动也是因为他，他不知悔改就罢了，还敢对新科状元下手，也不知道高大人平时是怎么将人宠得无法无天的！"

"你……我……"

"皇上。"萧少寒扭头，拱手道，"国之为国，有法可依，杀人偿命，任何人都当与庶民同罪。泱泱大国，若是法只为罚民而护官眷，此诚殆矣！"

温柔在床下听着这些话，简直是目瞪口呆。萧惊堂嘴那么笨，没想到这萧少寒的嘴炮能力简直是一流，虽然有点儿小题大做的意思，但说的话听起来都好有道理的样子。

皇帝深以为然，手轻轻地在桌上拍了拍："爱卿言之有理。"

"皇上！"高耀有点儿慌，"犬子罪不至此，罪不至此啊！"

萧少寒不说话了，低着头勾了勾唇。为人臣最该懂的就是君王心，他们这皇上啊，明事理，最恨的就是别人护短，因为他才是这全天下最护短的人。

萧惊堂还在床上躺着，这高大人就敢替自己的儿子求情，那不被皇上恼恨才怪呢。

果然，帝王沉了脸，斥责道："高庆无德，是你教子无方，你还有脸来向朕求情？高大人，朕看你也是年纪大了，该回去好生反思了！"

高耀一听这话，吓得脸色惨白，连连磕头："微臣知错！"

"还不回去？"

"是！微臣……微臣告退。"高耀连滚带爬地离开，气得直哆嗦，出去的时候看了一眼状元府的牌匾，咬了咬牙。

皇帝叹了一口气，看了床上昏迷不醒的萧惊堂一眼，转而看向萧少寒："爱卿，你觉得朕该给你二哥什么官职来得好？"

萧少寒拱手："官职之事，当由陛下定夺，微臣不敢妄议。"

"朕让你说，你便说吧。"皇帝为难地皱眉，"你二哥的确是栋梁之材，可你也看见了，前几日刚同朕检举了那高庆，今日就遭此毒手……官职若低，怕是还未替朕分忧，便会英年早逝。"

"可二哥似乎只有意刑部管事之位。"萧少寒说道，"那里也的确有空缺。"

"刑部管事……"皇帝眯眼，脸色不太好看，"高耀那人最在意他的儿子，若还将你二哥送去刑部，你二哥在他的手底下，那岂不是更糟？"

萧少寒不吭声了，一脸苦思冥想的样子。

皇帝心里其实有了想法，但想看萧少寒会不会先说，然而等了半天，这狡猾的人还是没吭声，眼里满是苦恼之色。

皇帝轻笑着摇头道："罢了，高耀也老了，该退下去好生休养了，惊堂这般喜欢刑部，那就任他为刑部侍郎，你觉得如何？"

584

萧少寒愣了愣，然后连忙行礼："陛下大恩！"

皇帝起身又看了床那头一眼，吩咐道："朕回去拟定此事，你好生陪着你二哥吧，务必让人保住他的性命，上次他与朕对弈，还没决个胜负呢。"

"臣遵旨！"

萧少寒一路送驾到门口，然后飞一般地回来，拎起萧惊堂的领子就吼道："你下次要做这种事提前知会我一声，害我急急忙忙地赶来，差点儿没调整好情绪！"

萧惊堂睁开眼，拿开了他的手，翻身起来："这世上还有你演不好的戏？"

这是夸他呢还是损他呢？萧少寒朝天翻了个白眼，却还是笑道："你才厉害呢。高耀那样的人，你竟然也能撬动。"

萧惊堂轻哼了一声："要撼树，先松土，高耀自己最近漏洞百出，被人参了不少本子上去，再加上他儿子这么一闹，陛下自然会想让他告老还乡。"

"可怜的高庆。"萧少寒"啧啧"摇头，"这京里目无王法的公子哥多了去了，他是下场最惨的一个。"

"他有何可怜之处？"突然一个女声在床底下响起，萧少寒被吓得跳脚，低头就见一个脑袋缓缓从床下钻了出来。

"哇！鬼啊！"萧少寒被吓得跳上了床，手足无措地朝自家二哥吼道，"鬼，鬼，鬼……"

"鬼你个头！"萧惊堂一脚将他踹下了床，没好气道，"你穿着鞋踩我的床？"

那是重点吗！萧少寒委屈地噘嘴，抬头却见温柔表情一言难尽地看着他。

"欸？"萧少寒眨了眨眼，恢复冷静，整理了衣衫站起来，优雅地笑道，"是温柔姑娘啊，你怎么在这儿？"

温柔撇嘴："过来看戏的。"

敢情他还成唱戏的了？萧少寒眯起眼，分外恼怒。

温柔见情况不对，连忙转移话题："你知我刚刚为什么反问他有什么可怜之处吗？"

"嗯？"注意力立马被转移了，萧少寒问，"为什么？"

"因为他做的事的确是错事，他半点儿不无辜，踢上萧惊堂这块铁板，算是伏法了。"温柔说道，"就算京中作恶的人多，逍遥法外的人多，那也只能说是其他人幸运,不能说是高庆可怜,你觉得对不对?"

没想到这区区女子,还挺有想法的。萧少寒有点儿惊讶,摸着下巴开始思考哲学问题。温柔见状,朝萧惊堂使了个眼色,脚底抹油,跑得飞快。

天色已经不早了,温柔赶在琉璃轩打烊之前进了店子,见徐掌柜和凌修月都在,才松了一口气。

"温姐姐!"凌修月扑了上来,一把抱住她的腰,"你可算回来了!"

温柔摸了摸他的脑袋,笑问:"怎么只有你们在?妙梦呢?"

"她送货去了,"徐掌柜回道,"估摸一会儿就回来。"

温柔点了点头,长话短说:"我要在宫里忙一段时候,你们好生照看店铺,有什么问题就让人给我传话。"

"好。"凌修月颇为不舍,"温姐姐要去很久吗?"

"不久,每隔几天会回来看你们的。"温柔慈祥地看了修月两眼,"你好生习武,下次温姐姐回来,要看见你进步,好不好?"

"好!"凌修月应下,送她到门口,又目送她远去,长长地叹了一口气。

"年纪轻轻的,叹什么气?"徐掌柜笑道,"练功去吧。"

"嗯。"凌修月点了点头,再看了街上一眼,提着剑就去了后院。

温柔回到玉漱宫,跟淑妃说了情况,淑妃便开始准备。

皇后那边听见皇帝大怒要斩高庆贬高耀的消息,震惊极了,很不能理解地就去找皇帝问原因。

一向宠她的皇帝看了她一会儿,只说了一句话:"后宫不得干政。"

孙皇后惊愕万分,等反应过来自己的行为的确不妥的时候,皇帝已经命人摆驾玉漱宫了。

就人而言,孙皇后年轻貌美,虽然比淑妃少了一股子韵味儿,可胜在肤白如玉,自带体香。在这后宫之中,一眼望去,也没谁能与她媲美的,所以就算皇帝这会儿生气了,她也不是很着急——玉漱宫留不住他的。

不过这状元爷是个极为厉害的人物啊,要是能为她所用还好,要是不能,那可就糟了。

温柔正伺候淑妃沐浴呢,就听见了皇帝要过来的消息,连忙将淑妃扶出浴盆,用了炒好的艾叶之后,给淑妃换了一套轻薄纱质的寝衣,再扶她出去。

淑妃有点儿紧张,跪在前殿小声说道:"皇上已经许久没宠幸本宫了,先前来也只是坐会儿便走,今儿本宫这样的装束,合适吗?"

温柔笑道:"怎么不合适?娘娘方才在沐浴,眼下头发都没干,别有一番风情。再说,您如今按照奴婢说的饮食用药,隐疾已经好了不少,侍寝不成问题,这点您总得给皇上证明证明。"

想想这话也有道理,淑妃颔首,继续跪着。没一会儿,圣驾就到了。

温柔耍了小心机,没事就在淑妃的寝殿里焚香,用的不是复杂的香料,只用清新自然的花香,且就用当季的花料。外头院子寒梅开得好,这屋子里就是一股子梅花香气,皇帝进来便轻吸了一口气,笑道:"姝儿这儿的梅花开得真是好。"

淑妃笑了笑,伸手搭着皇帝的手站了起来,应道:"都是几年前陛下赏臣妾的梅树,陛下会挑,臣妾也用心养了,如今终于吐蕊,也不枉费陛下和臣妾的一片苦心。"

这话听得就让人舒坦了,皇帝乐呵呵地笑了,拉着她的手,扫了一眼她这装束:"你这是刚刚沐浴完?"

脸上一红,淑妃扯了扯裙摆,分外不好意思地回道:"臣妾失礼,实在是没来得及。"

温柔偷偷看了一眼皇帝的眼神,扯了扯摘绿的袖子,两个人无声地退了出去,关上了门。

摘绿长出一口气,双手合十,朝天祈祷:"娘娘今夜一定要顺利啊。"

温柔撇嘴,拉着她就往小厨房走:"求天不如求己,皇上最近想必为朝中之事操碎了心,火气旺,咱们备点儿降火的甜品,等时间差不多了,就送到那公公手里去,皇上还会夸咱们娘娘有心。"

摘绿想想也是,连忙走得比她还快,拖着她道:"你心思巧,你说怎么弄,我来帮忙。"

"行。"到了地方,温柔一边忙碌一边嘀咕,"皇上心里本就有娘娘的一席之地,那娘娘争起宠来就只是方法的问题。"

"你比我看得透。"摘绿叹息,"我时常不懂皇上在想什么。"

"有什么不懂的?"温柔说道,"当皇帝的男人,不喜欢太过聪明的女人,更不喜欢会威胁到他的利益的女人。也许他会一时为色所迷,可这后宫姹紫嫣红,一朵花迷得了他多久啊?女人除了容貌要好还该有内涵,懂事识大体的女人,皇帝怎么都喜欢。脑子不好仗着宠爱胡来的女人,往往死得快。"

摘绿点头:"道理是这样说,可……皇后犯的错也不少了,皇上都容她呢，当心头肉似的捧着，让人瞧着就来气。"

后头的话她说得小声，温柔挖了挖耳朵："这皇后家里，是不是势力挺大的啊？"

"那可不。"摘绿说道，"孙家在朝中有不少人，门客、徒弟、亲戚，真列个名单出来的话，得有三十多人在朝为官，五品以上的都得有好几个人。"

温柔耸了耸肩："那就不奇怪了，咱们这边……朝中的势力，大的那几条鱼，皇上都还不知道吧？"

摘绿深深看她一眼，声音更小了："娘娘说她自有打算，总不能坏了三皇子的事。"

坏事？温柔翻了个白眼："都到这节骨眼上了，还有底牌不亮出来，就得憋死在手里。"

不过这种事不用她操心，萧惊堂那人精，绝对不会让三皇子吃亏。她要做的事，就是帮淑妃娘娘巩固恩宠。

这一夜春宵，皇帝到早朝前才离开玉漱宫。温柔和摘绿进去伺候的时候，就见淑妃满脸羞意，眼睛水灵灵的。

摘绿高兴得直拍手，温柔轻咳了两声，提醒道："娘娘，明日状元爷可能会在御花园里与陛下论书法。"

明日？淑妃愣了愣："那本宫要去看看吗？"

"不用，您受累了，好生休息就是。"温柔回道，"奴婢偷溜去瞧瞧，要是被发现了，就说是您让奴婢送点心去的。"

"好。"淑妃咬了咬唇，应下，又捏了捏她的手，"等会儿本宫会继续用药的，昨儿陛下……说我身上很香。"

废话，淑妃擦了香粉，又没原来的味道了，当然很香。温柔笑了笑，鼓励了淑妃一句："皇上这是喜欢您呢，以后的恩宠，想必也不会少的，一切都会好起来的。"

淑妃点了点头，捧着脸就继续上床休息了，看样子也没打算去给皇后请安。

皇后生着闷气，一整天没出凤舞宫。晚上皇帝去看她的时候，她耍了小性子，沉着脸赌着气。

皇帝皱眉，叹了一口气正打算哄她呢，就听得外头传来消息，说状元爷醒了，命保住了。

"当真？"皇帝大喜，也没顾上皇后，看着报信的太监就问，"他身子怎么样，能下床吗？"

小太监笑道："能呢，状元爷一听闻陛下亲临过状元府，感动不已，说明日便进宫谢恩。"

"他都那样了，还谢什么恩？"皇帝摆手，"告诉他好生养着，刑部还等着他上任呢。"

皇后一听这话，更加不乐意了，当即便说道："年纪轻轻的状元爷，一去就坐刑部侍郎的位置，不惹人非议吗？"

皇帝愣了愣，认真地道："惊堂才华不输长者，若谁有异议，与他比个高下也可。"

皇后冷笑道："您这是拿他当宝贝了，他怕是知道，所以才来这么一出，惹得您又是亲临又是给侍郎之位的……别是被他给耍了。"

这话显然就是在骂皇帝蠢，皇帝自然不乐意了，起身看了她一眼，开口道："朕的眼睛和心都没瞎，谁在耍朕，朕一清二楚。"

孙皇后气不过，委屈地说道："臣妾一心为您，您倒好，还怨上臣妾了。"

"一心为朕？"皇帝深深地看了她一眼，"你若是当真一心为朕，便不会护着你家的这些个害虫！"

朝中孙家为官之人甚多，都是怎么坐上那些位置的，皇帝的心里不是没数，可他疼孙氏，也就睁一只眼闭一只眼，没想到孙氏越发不知足，还无理取闹。

这个时候皇帝就念淑妃的好了——淑妃温柔，又从不在他面前提起前朝之事，实在让他省心不少。

皇帝没了再留在凤舞宫的兴趣，转身就要走。

"皇上？"孙皇后慌了，"您不休息吗？"

"书房里还有折子没看完。"皇帝脚也不停地说道，"你自己歇着吧。"

帝后之间起了隔阂，孙皇后顾不得耍小性子了，第二天一大早就让人准备了补品给皇帝送去。谁承想，她才走到御书房门口，就见淑妃带着宫女红着脸出来。一见着她，淑妃莞尔一笑："臣妾给皇后娘娘请安。"

孙皇后扫了一眼她身后的宫女端着的东西，黑了脸："你起得倒是早。"

"早起的鸟儿有虫吃，这是祖宗说的话，臣妾不敢不听。"淑妃抬头，看了一眼她的宫女端着的东西，笑得更欢，"娘娘这是要给陛下送补品吗？娘娘还是回去为好，臣妾刚才看着陛下将补药喝完的，眼下陛下也是不宜再喝了。"

孙皇后气得手帕都快揉烂了,咬牙切齿道:"你不是向来不做这些事的吗?"

淑妃不争不抢的,从来不会玩这些谄媚手段,以前还暗讽过自己就知道逢迎讨好,如今怎么的,想开了?

淑妃傻笑,装作没听懂的样子,行了礼就带着摘绿走了。

她从前的确自命清高,不做这些刻意讨好皇帝的事情,可是温柔说,她不讨好,也总有别人讨好,还说后宫这么大,她不在皇帝跟前争取点儿出镜率,清高有啥用啊,又不能当饭吃。

淑妃想想也觉得有道理,孙皇后刚进宫时也只是德妃罢了,可就是比自己会献殷勤,皇上嘴上责备孙皇后,可瞧瞧,最后人家还不是越过自己坐上了后位?

"娘娘,"她背后的摘绿禀道,"状元爷等会儿就要进宫了,东西温柔已经准备妥当了。"

"好。"淑妃轻松地笑道,"有她在,倒当真省了本宫不少事情。"

摘绿点头。

用过午膳,皇帝便听人禀告,状元爷进宫了。

"他不是还伤着吗?"皇帝惊愕,"他能走路了?"

旁边的太监叹息道:"回皇上,不能,状元爷是坐着木轮椅进宫的,说无论如何也要先谢隆恩浩荡。"

皇帝感动了一下,吩咐道:"如此,便在御花园的暖房里接见吧。"

"遵旨。"

萧惊堂是被宫人推着进来的,饶是坐在轮椅上,他也背脊挺直,一身风华半点儿不减,倒是多了两分病态美。他嘴唇微白,脸上也没血色,一看见皇帝就挣扎着起来行了礼:"微臣拜见陛下。"

"免礼,你快坐下。"看着他这惨白的脸色,皇帝皱眉,"身子都这样了,还非得进宫,你说你……唉。"

"圣上予臣以厚爱,臣就算只有一口气,也会朝着圣上所在的方向跪下。"萧惊堂认真地说道,"如此,臣方能不负圣恩。"

别总说女人喜欢听甜言蜜语,男人也一样啊,话说得好听谁听了都高兴。这不,皇帝听得眼里都闪水光了,抚案长叹:"此生能得忠臣如爱卿,朕足矣。"

男人,就喜欢在彼此吹捧之中建立对方是天下第一英雄的友好共识,这就是他们的友谊。

跟皇帝建立了友谊,一切事情就都好办得多,萧惊堂看了外头一眼,轻笑道:"今日雪如鹅毛,倒是让臣想起了前些日子淘到的名家书画,陛下可愿与臣同赏?"

下那么大的雪,他身子又不好,总不能让人冒雪出宫吧?想了想,皇帝点头:"好,正好朕已经无事要忙,便看看你淘到了什么好东西。"

萧惊堂颔首,让人将他带的卷轴给送了上来。那是一幅汉代的书法,名家真迹,那一笔一画,颇有历史厚重之感。

然而皇帝看着却笑了一声,得意地说道:"爱卿哪,这名家可算不得有太大本事,字写得还不如朕的恭亲王。"

"哦?"萧惊堂挑眉,"微臣虽一早听闻恭亲王书法了得,却还不曾见识过,陛下那儿可还有他的墨宝?"

皇帝大方地挥手,对外头吩咐道:"快,去把书库里恭亲王写的陈年的奏折给朕翻两本出来。"

"是。"太监应了。

温柔从书库里出来,抱着本书笑眯眯地对管事行礼:"有劳。"

管事捏着她给的银票,挥手:"快走吧。"

难得见有宫女想读书的,不过这书库里放的都是还没被烧的奏折和陈年的老书,管事不觉得借给她一本有什么大碍。反正他收了银子,谁也不知道。

温柔点头,提着裙子跑得飞快,回了玉漱宫就关上房门,将衣裳里藏着的奏折拿出来,通通烧了个干净。

萧惊堂说的,这书库里会放不重要且多为歌颂圣恩的折子,半年才会烧一次,她只需要把那信塞在恭亲王的折子里,只留两本,其余的都偷走烧掉,那信就怎么也会到皇帝跟前去。

折子拿来后,皇帝打开一本看了看,再递给萧惊堂:"你瞧。"

萧惊堂双手接过折子看了两眼,感叹道:"恭亲王真是写得一手好字。"

"爱卿的字也不赖。"皇帝笑道,"只是朕这弟弟自小爱书法,苦练了许久,也应当有所成就。"

说着,他又翻开另一本折子,一页页拉开,却见有封叠着的信掉了下来。

皇帝微微一愣,旁边的太监连忙将信捡了起来,递到皇帝手里。

萧惊堂装作没看见,继续看折子上的字。皇帝眯起眼,盯了那信纸两眼，接过来展开看了看。

"恭亲王的字，微臣不知道能不能模仿。"萧惊堂装作没看见皇帝有些凝重的神色，径自说道，"要是有笔墨一试，那臣也能在陛下面前讨个好。"

皇帝抿唇，无声地看了王公公一眼。王公公轻轻摇头，微微躬身。

这是帝王与老奴多年的默契，看到王公公这样的表情，皇帝就知道，王公公不知道这东西是怎么来的，折子被拿过来后也没人动过。

"皇上？"半晌得不到回应，萧惊堂疑惑地抬起头来。

"啊？"帝王回神，笑道，"爱卿想要笔墨，那便让人拿上来，这下雪的天气，外头也冷，倒不如在这儿暖暖身子，写写字。"

萧惊堂微微颔首，看着旁边的小太监跑了出去，便转动轮椅到一旁的书桌后头等着。

将手里的书信看了一遍，皇帝低头沉思半晌，突然问了一句："爱卿，人有相似，笔迹可也有相似的？"

"自然是有的，"萧惊堂回道，"微臣就最擅长模仿他人笔迹。"

"哦？"皇帝来了点儿兴趣，捏着信纸就去了萧惊堂旁边站着。太监拿了文房四宝来，萧惊堂拿过一本恭亲王的折子，照着就开始写，一笔一画，都学着恭亲王的写字习惯。

皇帝认真地看着，发现萧惊堂的字写得也真不错，能将恭亲王的字模仿七成。但……像只是像而已，这信纸上的字虽然模糊不清，皇帝却能认得，那根本就是恭亲王的笔迹。

那信上内容言辞关切，又刻意疏离，没写称呼，却道"野花多且贱，宫花寂寞珍"这种话，明显是写给宫里的人的，却不知道怎么落在了这里。他今日要是不想起拿折子来看，这东西是不是就被卷在陈年的折子里一起烧了？

皇帝想起些旧事，脸色不太好看，低声说道："爱卿的字很好，只是模仿得再像，也不如他亲手写的像。"

说罢，他转身往外走去："爱卿就在这儿休息吧，等雪停了再出宫，朕去将今日的事情都处置完。"

"微臣遵旨。"萧惊堂颔首，恭敬地送皇帝离开，然后做头疼状地抚了抚额，对旁边的公公"喃喃"道："我睡上一会儿，外头冷，公公还是回去吧。等会儿醒了，我自会叫人。"

"奴才明白。"

屋子里的小太监也走了个干净，萧惊堂到内室的软榻上躺下，安静地等着。没过一会儿，就有个兔子一样的人"噌"的一下从窗户外蹿了进来，带着外头的寒气，在他面前直跺脚："好冷哪！"

萧惊堂斜眼看了看她，若无其事地就从软塌上起身，走过去扯着自己的狐毛披风，将她整个人裹了进来。温柔只露了个小脑袋，瞪眼看着他："你干吗？"

萧惊堂轻蔑地看了她一眼，问："暖和吗？"

"暖和！"

"那你管我干吗？暖和就行了。"

温柔：好像很有道理的样子？

她往人家怀里蹭了蹭，直到头上的雪化了，整个人暖和了，才卸磨杀驴，一把将萧二少爷推开，正经地问："怎么样？"

"顺利。"萧惊堂低声道，"你别用力过猛，皇上自己就会思量。"

孙皇后与恭亲王原是青梅竹马，二人小时候，先皇后开玩笑还曾说要将孙氏许配给恭亲王，这一直是皇帝心口的一根刺。后来恭亲王对皇后不理不睬，格外冷漠，皇帝心口的刺才算是消了。

不承想，如今竟然会有这样一封信冒出来，那就证明恭亲王与皇后并非无情，相反，正是因为有情，这么些年他才会对皇后故作冷漠。

那皇后呢？皇后是什么态度？

皇帝没回御书房，直接就去了皇后宫里。

孙皇后正气恼呢，听闻皇上驾到，立马迎出来，委委屈屈地行礼："参见陛下。"

皇帝没像往常那样扶起她，而是径直往里走，开口道："出了点儿事，朕有些生气。"

孙皇后微微一愣，连忙跟着进去，问："出什么事了？"

"朕先前才下旨，表彰两袖清风之官，重罚贪污受贿之人。朕本是赞赏了恭亲王多年廉洁的，谁承想如今竟然有人告发，说恭亲王背地里受贿，这不是打朕的脸吗？"

孙皇后愕然，想也不想就说道："恭亲王肯定是被冤枉的啊！他那个人，哪里有贪污的胆子？"

"哦？"皇帝意味深长地看了她一眼，皮笑肉不笑道，"朕都不知道，你却知道？"

心口一凉，孙皇后连忙低头道："臣妾毕竟与恭亲王幼时相识，对他的人品尚算了解……"

哪壶不开提哪壶，这要是放在平时，按照皇帝对她的宠爱，他肯定也就睁一只眼闭一只眼，笑笑就过去了。

可是眼下不一样了，皇帝专门来试探，皇后给他的结果让他非常失望，皇帝的心情瞬间就更差了。

"行了，朕自己会看着办的。"皇帝挥袖起身，摆驾便走了。

孙皇后愕然，呆愣地看了帝王的背影许久，问身边的宫女："陛下最近这是怎么了？"

宫女叹息："大概是朝中事务繁忙，陛下心情不佳，娘娘也别往心里去。"

"不。"孙皇后皱眉，"本宫觉得，一定是有人在背后使坏，不然陛下不会对本宫如此冷淡。"

宫女愣了愣："娘娘是说……？"

孙皇后冷笑一声，看了外头一眼："也没别人了。"

这两日淑妃行径有异，想必是被逼急了，要对她下手了。

跟她比手段，那淑妃肯定不如她能抓住皇上的心。孙皇后抿唇捏手，转身就回了内殿去。

接下来几日，皇帝再也没去过皇后宫里，要么在御书房，要么在淑妃的寝宫里。

淑妃温柔可人，从不干涉政事，加上隐疾渐消，皇帝便开始反思自己是不是冷落她太久了，毕竟淑妃是最早陪着他的人，他却宠了皇后这么多年。

懊悔之下，皇帝对三皇子的态度也就慈祥多了，甚至跟几个老臣提了提，既然大皇子都在朝听政了，同样为皇子，三皇子也该被一视同仁。

一听这消息，孙皇后坐不住了，当天晚上便病倒在床。

可是温柔跑得比凤舞宫的丫鬟快多了，跑去王公公面前就哭道："公公，劳烦通传一声，我家娘娘发了高热，一直在喊陛下的名字。"

王公公愣了愣，立马进去通传。皇帝刚好处理完手上的事情，二话没说就摆驾玉漱宫了。

装病这一套已经老掉牙了，温柔是不屑用的，但是听闻皇后最擅长这一招，那就没办法了，招数不在老，管用就行。你生病是吗？咱们淑妃病得比你还严重呢！不仅病，咱们还要病得有内涵，有水准。

淑妃就是伤寒，不敢见圣驾，皇帝去了都只能在帘子外头站着，焦急地问:"怎么回事?"

"娘娘昨儿晚上熬夜给皇上绣披风呢,结果窗户没关,吹了雪风,发高热发了一夜。"摘绿红着眼睛禀道,"一般的小病奴婢是万万不敢在陛下百忙之中有所惊扰的,但娘娘病得厉害,一直在念叨陛下,故而……"

眉头微皱,皇帝掀开帘子就要进去,却听得里头的人一阵咳嗽:"陛下,别进来,臣妾没事了!"

他听这声音就万分嘶哑,她这还能叫没事?皇帝微怒:"朕连看看你都不成?"

淑妃边咳边说道:"龙体重要,是哪个不懂事的把您给请过来了?这种小病惊扰陛下,耽误陛下的要紧事,臣妾万死难辞其咎!"

"姝儿,"皇帝叹息,"你就是太懂事了。"

"臣妾能陪伴陛下这么多年已经很知足了。"淑妃苦笑道,"陛下只要闲时能想起姝儿即可,别的,姝儿再不敢多求,更不愿因病连累陛下不能专心朝政。"

什么叫真爱?这才叫真爱啊。皇帝感动极了,转头就朝王公公命令道:"把闲着的太医都请过来,只要能治好娘娘,用什么药材都无妨。"

"是!"太监应声去了。

皇帝在外头站着,正想再远远看淑妃两眼,就见皇后宫里的人来了,怯生生地过来禀道:"陛下,娘娘病了,请您过去一趟。"

这就是细节决定成败啊!温柔看了一眼那表情麻木的宫女,觉得还是她的表演更有感染力,一看淑妃就是真的病重。而皇后,瞧这宫女的样子皇后也病得不重。

果然,皇帝看了那宫女一眼,冷声说道:"皇后身子骨好,向来都是小病,你去找太医就是。"

宫女错愕,愣在了原地。

旁边的小太监低声斥道:"还不下去?"

"是。"

没遇见过这样的情况,宫女呆了许久才回神。温柔看着她的背影,心也定了定。

淑妃完全争得过皇后,只是小手段没有皇后多,太过含蓄,所以才落了下风罢了。只要隐疾不再复发,这后宫里,淑妃当与皇后平分秋色。

而温柔自己的小命和身家,似乎也没那么危险了。

"温柔,"见皇帝在里头陪淑妃,摘绿一把将温柔拉了出来,低声说道,

"娘娘的意思是，她这儿已经没事了，你可以先出宫休息几日。"

放假啦？温柔长出一口气，伸了个懒腰："那敢情好，有车送我吗？"

摘绿笑道："有，马车会在青龙门附近等你，你出去便是。"

"好！"温柔高高兴兴地应了，东西也不收拾，拔腿就跑。

青龙门外头真的有马车，温柔一边朝自己的假期奔跑，一边感叹道："卖力工作就是有好待遇，这么好的马车来接我……"

话音还没落地，温柔掀开车帘看见里面的人，脸上的笑意僵住了。

萧惊堂冷漠地看着她，两个人对视了几秒，温柔"唰"地把车帘盖了回去，转身就想跑。

然而她没跑出几步，后衣襟就被人拎住，下一秒整个人飞到了温暖的车厢里。

马车往前行驶，温柔抱着身子哈了两口热气，神色古怪地瞪着面前的人："竟然劳烦二少爷亲自来接，我的面子也真是大。"

萧惊堂面无表情地说道："淑妃娘娘吩咐的，说你脑袋灵光，让我有什么事都与你商量商量。"

他说是这么说，眼里分明全是蔑视之色。

温柔鼓嘴："您瞧不起人哪？娘娘这么吩咐就有娘娘的道理。"

"嗯。"萧惊堂扫了一眼她身上单薄的宫女衣裳，别开头，伸手将自己的披风扯了，扔到一边，还扯了扯自己的衣襟，似乎有点儿热。

车内放着好几个汤婆子，比外头暖和多了，不过还是很冷！见他不要披风，温柔一点儿没客气，拿过来就披上了，捧了个汤婆子，舒服地眯了眯眼，像只满足的小仓鼠。

萧惊堂忍不住笑了笑，又轻咳一声绷住了脸，说道："看你在宫里混得还不错，没让自己吃亏。"

"那是。"温柔打了个哈欠，"干一行就得学一行的技术，当宫女也是需要技术的，当好了，我自然就不会吃亏。"

就是辛苦了点儿，她每天睡得比狗晚，起得比鸡早，现在看见床就想睡觉。

马车摇摇晃晃的，旁边的人一不说话，温柔就犯困，没一会儿就迷迷糊糊地打起了瞌睡。

萧惊堂正襟危坐，很有气势，就看见旁边这一团东西挪啊挪，挪啊挪的，最后靠到了自己的大腿上，舒服地睡了。

他眯了眯眼，低头端详着这人的脸。

她好像瘦了些，身子本就不好，这么冷的天一直在宫里，怕是该冻坏了。

淑妃本是不打算放人的，这丫头也是厉害，能在这么短时间内就取得淑妃的信任，淑妃还将她当成了心腹。不过一听闻她身子不好，淑妃也明事理，终究是让他把人先接走了。

小丫头没少吃苦，斗气什么的暂且放在一边不提，他得先把这身子给她养好再说。

温柔这一觉睡得特别踏实，也没人叫她起床，她醒来的时候就在温暖的屋子里了，外头夜幕低垂，桌上还有冒着热气的饭菜。

肚子"咕噜"叫了一声，温柔立马扑向桌子，狼吞虎咽地吃了起来。

"你也不怕我下毒？"旁边乍然响起个声音，温柔被吓得差点儿呛死。她转头看去，萧惊堂正躺在软榻上拿着书看着她，眼神漠然。

咽下嘴里的东西，温柔瞪眼："下毒对你有什么好处？倒是别真的吓得我呛死了，你还白白损失一名大将。"

"大将？"听见这个词，萧惊堂笑了笑。

"喏，看不起人了是不是？"温柔撇嘴，夹了肘子肉来吃，"要是淑妃不得宠，你还指不定怎么头疼呢。你不感谢我就算了，还嘲讽我？"

萧惊堂合拢了书，起身走到她旁边坐下："你有功不假，可因功自傲就不是什么好事了。"

温柔撇嘴，哼了两声，懒得管他，先将这桌上的肉都塞进肚子里再说。

"这个肉倒是好吃。"温柔夹着一盘东西，吃了好几筷子，"喃喃"道，"好熟悉啊。"

萧惊堂看了一眼那道菜，眼神微黯。

那是二两肉，她曾经很爱吃的东西，如今却连名字都记不得了。

时间过了很久了吗？也不过是数月罢了，换了个地方，他什么都还记得，她倒好，就跟重新投胎了一般。

吃饱喝足，温柔压根没注意二少爷低落的情绪，起身就打算离开。

"你想去哪里？"萧惊堂沉声开口道，"皇后的人将这状元府盯得滴水不漏，你现在出去，是想送死？"

温柔微微一愣，诧异地回头："这么严重？"

"淑妃最近硬生生夺了皇后的恩宠，以至连皇后有恙，皇上都不再去看，皇后之恼可想而知。"萧惊堂抬眼看向她，一脸严肃的表情，"再加上我夺了刑部侍郎的位置，伤皇后一族两分，她自然会对我多加戒备。你是淑妃宫里出来的人，又在我府里。现在离开，一旦被皇后的人抓住，你觉得会是什么下场？"

这古人的手段，到底是萧惊堂更加了解一些，温柔想了想，摸着下巴问："那我是要住在你府上？"

"可以。"萧惊堂看她一眼，"当个丫鬟吧。"

丫鬟？一听这词温柔就炸毛了，龇牙咧嘴地说道："凭什么啊？我好歹是淑妃名义上的干女儿，虽然没将此事公布天下，但也不至于在你状元府里当丫鬟吧！"

萧惊堂不动声色地看着她这浑身毛倒竖的模样，问："那你要什么待遇？"

"自然是要贵宾待遇！"温柔仰了仰下巴，提要求道，"好吃的、好喝的都给我，我要什么东西你得给我买什么，不得辱骂我，不得欺负我，跟我有关的事，请务必尊重我的意见。"

萧惊堂眸色微动，深深地看了她一眼，而后颔首："好。"

这都可以的话，那住下就住下吧，温柔拍手，立马问："我的房间在哪里？"

萧惊堂看她一眼，去内室拿了一件银蓝色的狐毛披风扔给她，淡淡地说道："跟我来。"

女式的披风啊，温柔捏着，歪了歪脑袋，心想这人可真是没闲着，才刚住进状元府，就又有女眷陪着了。

不过大冬天的，她穿得又少，不用白不用了。

温柔披着披风出门，外头正在下雪，萧惊堂打了把伞等着她，温柔也就自然地蹭到了人家的伞底下去。

"你府里怎么没人的？"温柔左右看了看，好奇地问。

萧惊堂嫌弃地说道："这么冷的天，下人不回去烤火，难不成在外头冻着？"

"你可真人性化啊。"温柔感叹，"在宫里的时候，下大雪咱们都得在门外站着等主子呢。"

萧惊堂皱了皱眉头，脸色有点儿难看。

温柔没看他，一边踩雪一边继续说道："这种冷得刺骨的天气最讨人厌了，整个人都得被裹在棉衣里不能动弹，你们这儿又没有羽绒服……"

"羽绒服是什么？"萧惊堂问。

"就是把鸭绒、鹅绒之类的东西填充在夹层里的衣裳，"温柔解释道，

"可暖和了。"

萧二少爷抿了抿唇，没再说话。

前头两步远的地方就是她的房间，不大，但是有地龙，里头还烧着炭火，一踏进去温柔就长叹了一口气："天堂啊！不过二少爷，这么烧炭窗户还关着，会一氧化碳中毒的。"

"一氧化碳又是什么？"

"哎呀，反正就是毒气，你管那么多呢？"温柔"噔噔噔"地跑去将窗户打开，哈了一口雾气，看着外头纷纷扬扬的雪花，眯了眯眼，"你们这儿的冬天可真尴尬，在屋子里关着就看不见外头的雪景，可出去站着吧，又冷。"

"是。"萧惊堂看了窗外一眼，"圣上喜爱自然之景，想必也爱观雪。"

脑子里有个小灯泡亮了亮，温柔猛地回头，欣喜万分地看着萧惊堂，激动得张了半天嘴都不知道怎么开口。

萧二少爷好笑地看着她，挑眉："抽风？"

"哎呀，不是！"温柔指了指自己，"我是做什么的？"

萧惊堂眯起眼看着她，认真地想了想，然后咬牙切齿地说道："作孽的？"

"我呸！"温柔气得跺脚，怒道，"我做琉璃的！琉璃可以做成窗户你知不知道？！"

琉璃窗？萧惊堂愣了愣："将琉璃镶嵌在窗户上？"

"不！"温柔说道，"整面墙换成一块大的透明琉璃，叫落地窗，冬天人坐在屋子里头，可以看外头的雪景，而且不会冷。若是要睡觉，装上窗帘遮挡即可。"

萧惊堂想象了一下她说的东西，轻轻拍手："可行。"

"我这便去让琉璃轩的瓷窑做！"温柔激动地蹦跶了一下，转身就跑。

萧二少爷想喊住她也来不及，只能无奈地追上去。

两个人一起乘车去琉璃轩，车上，萧惊堂一脸淡漠的表情，旁边的人则不停地"叽叽喳喳"："皇上不是喜欢新奇事物，又喜欢自然吗？把淑妃的后院的那个凉亭用琉璃挡住四周，皇上定然爱去那里赏雪。淑妃的寝宫窗户也可以换成琉璃的，那样皇上不得多去两次？"

外头的车夫是知道这状元爷的脾气的，状元爷喜欢安静不喜欢吵闹，所以这一路上车夫汗流浃背，几次想提醒里头那姑娘：别说啦，让状元爷静一静！不然等会儿状元爷发火了可怎么是好？

然而从状元府一直走到了凤凰街，里头的姑娘还在"叽叽喳喳"地说着，状元爷不但没生气，车夫听他偶尔说的两句话，语气还不错。

这是什么情况啊？车夫有点儿茫然，正走神呢，前头就有人拦车，吓得他立马勒马。

"状元爷。"来者是个女子，穿着富贵，温和可人，身后还跟着一个丫鬟。

萧惊堂一听这声音就眯了眯眼。

温柔闭了嘴，眨眼看向他，就见对面的人摇了摇头，示意她不要出声。

"这是状元爷的车吧？奴婢不会认错的。"外头的小丫鬟看着车夫，仰了仰下巴，问，"是吗？"

车夫愣了愣，下意识地点头。

丫鬟拍了拍手，朝自家主子笑道："相请不如偶遇，皇后娘娘几次让您与状元爷见面，都有事错开了，今儿个竟然会在这儿遇见，不如就去喝口茶？"

孙浅黛看了那一点儿动静也没有的马车一眼，咬了咬唇，道："罢了，状元爷应该是有事。"

"状元爷不是一直在养伤吗？他能有什么事？"

一听这语气，温柔就有点儿不爽，抬眼看向了萧惊堂。萧惊堂皱着眉，有点儿手足无措。

他对付男人可以，但对付女人，他的手段真的不是很够用。

温柔眯起眼，站起身二话没说就坐进了他的怀里，手勾着他的脖子，脸骤然就凑近了他。

萧二少爷被吓了一跳，一张脸上没什么波澜，身子却撞在了车壁上，发出"咚"的一声响。

外头的丫鬟一听这动静，大着胆子就将车帘给掀开了。

车厢里头香暖的气息散了出来，孙浅黛抬眼看去，就见一个女子披着披风坐在萧惊堂的怀里，两个人脸对脸，又快速地分开，刚才想必是……

脸上一红，她连忙低下头："绿苔！别冒犯了状元爷！"

绿苔也惊呆了，手一松就将帘子放下了。车厢里半响也没有声音，孙浅黛跺了跺脚，扭头走了。

车夫瞧着她的背影，略微担忧地朝车厢里的人说道："状元爷，这……是孙小姐。"

萧惊堂自然知道来人是孙浅黛——皇后的侄女。屡次有人想将这女子塞给他,他都装聋作哑地搪塞了过去。今日按照礼节,他本也可以打个招呼就过去了,谁承想……

身上的人抽身离开,坐回了对面的位置,斜眼看着他问道:"二少爷打算怎么谢我?"

萧惊堂抿了抿唇,反问道:"你怎知这是帮我,不是坏了我的好事?"

废话!温柔翻了个白眼:"你当我聋了?那丫鬟都说皇后娘娘了,摆明外头的人是皇后家的姑娘,你也敢收?"

"若不是皇后的人呢?"萧惊堂抬眼看着她,突然问,"若不是皇后的人,你方才也会那样做吗?"

温柔愣了愣,用看神经病的眼神看了看他:"不是皇后的人,我管你去死呢?你爱收谁就收谁,这不都是你的自由吗?"

眼神沉了下来,萧惊堂嗤笑了一声,转头吩咐车夫:"继续走。"

"是。"

车厢里安静下来,两个人都不再说话。温柔莫名其妙地觉得,对面这人可能在生气,至于气什么……她也不是很在意。

男人就是这么难伺候。你吃醋吧,他说你不懂事、小气;你什么醋也不吃吧,他心里反而不舒坦。她拿他能有什么办法?幸好她跟他没什么关系了,就算他气死,她也不用去讨好他。

马车在温氏琉璃轩门口停下,温柔下车一看,嚯,店铺门口人进人出的,看样子生意好得很。

"温姐姐!"凌修月就站在门口,一看见她,立马飞扑过来抱住了她,撇嘴道,"又是好久没见着你了。"

温柔笑了笑,目光柔和地看着他:"有好好练功吗?"

"有!"凌修月笑眯眯地正要炫耀一番呢,冷不防地觉得旁边有刀子似的目光射过来。凌修月惊了惊,立马一个后空翻,戒备地往那处看去。

温姐姐是坐马车来的,后头还有一个人,是萧家的二少爷。萧家二少爷正目光淡然地看着他,仿佛什么事也没发生地站在温姐姐的旁边。

凌修月疑惑地扫了萧家二少爷两眼,皱起了眉。

"怎么了?"看他这动作跟耍杂技似的,温柔忍不住笑了,"跟我展示呢?"

"啊……是啊。"凌修月笑了笑,若无其事地就回到了温柔身边,拉着她的手说道,"温姐姐还是快进去瞧瞧吧,也不知咱们这店子怎么了,生意极好。"

温柔颔首,转头看了萧惊堂一眼:"二少爷是不是该回去了?"

是,但是看到她身边这小鬼,萧二少爷很不爽,板着脸就跨进了琉璃轩:"我说过外头不安全,等你处理完事情,我同你一起回去。"

"咱们这里怎么能算'外头'?"凌修月不高兴了,"有我护着,温姐姐能出什么事?"

萧惊堂平静地看了他一眼,没吭声,沉默地站在柜台旁边看起了琉璃。

"他……"凌修月被这眼神给气着了,恼怒地跟温柔告状,"他是什么意思?"

"修月乖。"温柔笑道,"那个大哥哥一向这样目中无人,你不必在意。"

徐掌柜也看见了她,连忙过来说道:"东家,你可算有空回来了。咱们需要增设些瓷窑,您不在,阮东家也不在,咱们不好做主。"

妙梦不在?温柔愣了愣:"我上次回来的时候她就不在,这次怎么也恰好不在?"

"不是恰好,"凌修月撇嘴,"她是一直没回来。"

啥?!温柔被吓了一跳,瞪眼:"怎么回事?"

"那日她说出去一趟,似乎是去帝武侯府,"徐掌柜详细说道,"但是一直就没回来。帝武侯府倒是有家奴过来报过平安,说阮东家要在他们府上住一阵子。"

"那你们也就信了,不去看看妙梦到底是怎么了?!"温柔要急死了,"就算是楼东风,也有可能伤害妙梦的!"

一听她这急躁的声音,萧惊堂便大步跨了过来,一把抓住她的手腕:"冷静点儿。"

温柔眼眶泛红地瞪着他:"这都几天了?你让我怎么冷静?"

"他们没什么身份,也不可能去侯府要人。"萧惊堂安抚道,"你若是想去看看她,我现在同你去。"

"我也要去!"凌修月皱眉。

萧惊堂看了他一眼,拒绝道:"我没空照顾孩子,你别添乱。"

说罢,他扯着温柔就往外走去。

凌修月气了个半死,但看温姐姐也没有要带他的意思,就只能站在原地眼睁睁地看着那两个人上了马车。

"徐掌柜,"凌修月不服气地扭头问,"我像个孩子?"

徐掌柜慈祥地看了他一眼,伸手摸了摸他的头:"乖,谁说咱们修月像个孩子了?一点儿也不像的。"

萧惊堂带着温柔换了辆普通的马车，在上京里绕了一会儿，才去了帝武侯府。

温柔有点儿着急，手无意识地扯着萧惊堂的衣袖。萧惊堂看了她一眼，没吭声，只带着她穿过侯府后院，直接去了楼东风的院子。

"怎么？"刚打开门就看见外头两张严肃的脸，楼东风被吓了一跳，皱了皱眉，"来也不通传一声？"

"通传的话，侯爷还不将人藏得好好的了？"萧惊堂扬了扬嘴角。

温柔趁机就溜进了房间，一看床上有人，连忙喊了一声："妙梦！"

楼东风愣了愣，皱眉看着她："你捣什么乱？"

床上的人拥着被子坐了起来，一张陌生的俏脸上满是惊慌之色。

这不是阮妙梦。

心猛地一沉，温柔错愕地看了床上这姑娘许久，缓缓转身，盯着楼东风问："妙梦呢？"

楼东风有点儿暴躁："她在哪里，与你有什么关系？"

"当然有关系！"温柔眯起眼，"她是我在乎的人，也是我的朋友，更是我的店铺的股东，人不见了，我不该过问？"

"你可真是胆大。"楼东风冷笑，"你当这里是什么地方，也敢在我面前叫嚣？"

"侯爷，"萧惊堂侧身进来，挡在了楼东风的视线前头，开口道，"扰了侯爷的兴致，是我与温氏不对，但她寻人心切，听说人又是在侯府里，故而莽撞，还请侯爷谅解。"

楼东风看了萧惊堂一眼，低声说道："都说不该被情事羁绊，不可留重要之物，你倒是好，都犯了。"

萧惊堂微微一笑，回道："因为我不想步侯爷的后尘。"

"你……"

"这里既然没有人，也就别打扰侯爷了。"萧惊堂转头看了温柔一眼，伸出手，"跟我走。"

温柔浑身都有点儿发冷，看了楼东风一眼，把手给了萧惊堂。

萧惊堂的手掌很大很温暖，瞬间让她的心镇定了下来。她回了点儿神，看着楼东风说道："侯爷若是对妙梦无意，何苦留她在府里？若是有意……"温柔扫了床上的人一眼，眼含嘲讽之色，"也不是多深的意，还是放过妙梦吧。"

楼东风嗤笑道："我与她之间的事，什么时候轮到你来指手画脚了？"

这人……还真是不怎么招人喜欢。温柔撇嘴，顺着萧惊堂的力道就出了房间。她本以为楼东风会继续进去享受，谁知道他竟然关上门跟着出来了，皱眉看着他们道："我让人送你们出去。"

出去？温柔挑眉："侯爷，我还没找到妙梦呢。"

"她很好，不劳你费心。"帝武侯唤了一声，外头就有家奴进来，站在他们旁边，一副要送客的样子。

萧惊堂面无表情地站着，没想反抗，也没想出去。但他旁边的温柔气炸了，咬牙切齿道："你定然是将妙梦囚禁起来了，她不会选择留在这府里的。若是她自愿留下，你怎么会害怕到见都不让我们见她？！"

楼东风不语，挥手就让人送客。两边站着的家丁看了萧惊堂一眼，还是去抓温柔。

温柔想跑，肩膀却被一个家丁给按住了。她正要挣扎，身上的力道却松了。

萧惊堂脸色深沉地捏着家丁的手腕，看了帝武侯一眼。

楼东风微恼："是她上门冒犯我在先。"

"她只是想找人。"萧惊堂开口道，"若是阮氏无碍，你让她见一面又何妨？"

"你……"楼东风咬了咬牙，"你帮她做什么？她现在又不是你的什么人！"

"她好歹也是淑妃娘娘的干女儿，"萧惊堂沉声道，"没道理让你府上的家丁来动手。"

杜温柔是淑妃的干女儿？楼东风愣了愣，皱眉看了温柔一眼。

温柔立马躲在了萧惊堂背后，不管三七二十一，扯着嗓子就喊："妙梦——"

声音响彻四周，楼东风变了变脸色。

"温柔？"有声音远远地从别的地方传来，温柔竖起耳朵，立马朝有声音的方向跑！楼东风想拦她，萧惊堂却站在他面前，令他动弹不得。

"惊堂！"楼东风红了双眼，"你这样未免太过分了。"

"侯爷是囚禁了阮氏吧？"萧惊堂没有理会他的怒火，认真地看着他说道，"您觉得囚禁能留人一辈子？"

楼东风捏紧了拳头，别开头："为什么不能？"

"人在，心不在又有什么意思？"萧惊堂轻笑，"况且，您也未必有多喜欢阮氏,为什么就不能放了她?"

"放了?"楼东风难以置信地看着他,问道,"你这是什么想法?她是我的女人,你让我放了她?"

萧惊堂一瞬间突然有点儿明白温柔为什么说不会喜欢这里的男人了。这样的想法每个男人都会有,但今日他听起来……感觉还真是挺自私的。

萧惊堂摇头叹息,转身往温柔的方向追了过去。

楼东风紧随其后,过去的时候,温柔已经在撞门了。

一众家奴都不敢上去拦人,温柔一下下拿身子撞那不知怎么锁着的门,着急地喊道:"妙梦,你把门打开!"

"我……"阮妙梦在房间里无奈地苦笑道,"我过不去。"

这是什么意思?温柔愣怔,正想着呢,背后就来了人,一把将她抱在了怀里。

楼东风一脸煞气,萧惊堂抱着温柔站远了几步,扫了那门一眼,低声对温柔说道:"去开窗户。"

温柔愣了愣,立马照做。窗户一拉就开,温柔往里头看去,隐约能看见阮妙梦在床上。

"妙梦?"

阮妙梦低声应道,声音里带了点儿哽咽:"嗯,我在。"

温柔着急了,直接翻窗进去,看见床上的场景的时候,倒吸了一口凉气。

阮妙梦好端端的,但是脚踝上有银色的锁链,整个人只穿着寝衣,被锁在了床栏上,分外憔悴。

"妈的畜生!"温柔看红了眼睛,上前就要扯那锁链,一扯才发现,锁链结实得很。

"你竟然找过来了。"阮妙梦笑了笑,眼泪却"哗啦啦"地掉,"我还以为我要一个人死在这里,没人知道了。"

温柔看了一眼闩着的门,深吸了一口气,用被子把妙梦给盖好,然后起身,一把将门给拉开了。

楼东风站在外头,神色阴森恐怖地看着温柔。

温柔抬眼,双目通红,一字一顿咬牙切齿地说道:"你这个恩将仇报的畜生!"

楼东风怒极,伸手就要打她。萧惊堂沉了脸,立马将温柔往屋子里带,低声劝道:"你少说两句。"

"我怎么少说？他做得出来，还不让人说了？！"温柔气狠了，不管不顾地对楼东风说道："你是怎么坐上这侯爷之位的？这里头有没有妙梦的功劳你自己知道！她为了你抛弃亲人，你却另结新欢弃她在前，锁链囚禁困她在后！楼东风，你还是人吗？！"

楼东风冷笑一声，淡淡地说道："惊堂，你若要护着这女人，就赶紧带她离开，如若不然，我便不会留她的性命。"

"要我的命是吗？好啊！"温柔怒道，"你来拿，我化为厉鬼也会让你这宅子不得安宁！"

"温柔。"萧惊堂皱眉，嘴里呵斥着她，身子却挡在她面前，看着楼东风。

两相对峙，楼东风看了阮妙梦一眼。

她坐在床上，眼神有些呆滞，嘴唇上一点儿血色也没有。

楼东风心里微慌，沉声道："妙梦该吃药了，你们出去。"

吃药？温柔愣怔地回头看了阮妙梦一眼："你生病了吗？"

"是啊。"阮妙梦呆呆地应了一声，声音里一点儿生气都没有，"是病了，你也不必来救我了，我时日无多，死前能见你一面，已经足够了。"

"你瞎说什么？！"楼东风呵斥了一声，整个人都暴躁了起来，从袖子里拿出药瓶，便走到床边去，将她捏过来，硬要掰开她的嘴。

"萧惊堂，"温柔哽咽了，扯了扯旁边的人的衣袖，红着眼睛说道，"我没求过你什么吧？现在我求你，救救妙梦。"

萧惊堂微微一愣，皱着眉深深地看了她一眼。

迎着他的目光，温柔眼泪直掉："我知道你有法子，你救她，只要你救她，你要什么东西我都想办法拿给你。"

萧二少爷眼神微软，轻轻地叹息了一声，伸手摸了摸她的头顶，只一下便收了回去，大步走向床边。

"你做什么？"楼东风怒喝，"萧惊堂！"

萧惊堂伸手震开锁链，侧身化解了他揍过来的拳头，一把将阮妙梦从床上拉起来推到了温柔的怀里，然后起身挡住了楼东风的身子。

"她是阮家的人。"迎上帝武侯暴怒的神色，萧惊堂淡淡地说道，"就算阮家人嘴上不认她，她也是阮家这一代的独女，死在你府上，你未必没有麻烦。"

"谁说她会死？"楼东风咬了咬牙，"有我在，她就不会死！"

"有你在，只会让我更想死而已。"阮妙梦开口了，声音里半点儿感情也没有，被温柔扶着，冷冷地回头看了他一眼，"我阮妙梦活了这么多年，从来没像现在这样后悔过。为什么我会爱上你这样的畜生？为什么我会因为你这样的畜生，连家人都不要了？楼东风，你真让我觉得恶心，多看你一眼，我都觉得这人世了无生趣。"

心口一窒，楼东风震惊地看着她。

"没听过这样的话，是吗？"阮妙梦虚弱地笑了笑，继续说道，"那趁着我还有一口气，一并让你听个痛快吧。

"是我看走了眼，觉得你肯上进。哪怕你一开始什么都没有，我也愿意陪你一点点奋斗。现在我知道错了，父亲说的'门当户对'不是没有道理，你这样的男人，心里永远只有你自己，自大、狂妄、目中无人，若不是我，你一早就因为得罪上位之人，而被发配边疆了。可怜你还觉得今日这一切，全是你自己的本事。

"你有武力，能打仗，能效忠于皇帝。可是你没有人性，不念糟糠，吃着碗里的，看着锅里的，你这人的人品有问题，这才是最致命的。

"你要是不放我走也可以，我死在你府上，阮家的人会来带我的尸体离开。"

阮妙梦冷漠地看了他一眼，笑了笑："只是闹起来，你的把柄被我抖出去，侯爷之位也未必有多稳固。"

"阮妙梦，"楼东风脸色煞白，用一种难以置信的眼神看着她，"你觉得，我最稀罕的是这侯爷之位吗？"

"不是吗？"阮妙梦笑了笑，"哦，的确不是，您最稀罕的，是您自己的利益。那咱们玉石俱焚吧。"

温柔和萧惊堂都看傻了，一时间不知道该说什么。阮妙梦靠在温柔的身上，像是什么都不在意了一般，整个人冰冷得像一块铁。倒是对面的楼东风，手里捏着药瓶，像是受了什么巨大的刺激，整个人微微发着抖。

这么一来，温柔反而冷静了，扶着阮妙梦问了一句："你得的是什么病，脸色怎么这么难看？"

她这么一说，楼东风便回了神，皱眉伸手："不管怎么样，先把药吃了。"

萧惊堂伸手将药接过来，阮妙梦摇头，低声说道："温柔，咱们能走吗？不能的话，你们就先走，我留在这里，圆了侯爷占有我一辈子的心愿。"

喉头腥甜，楼东风弯腰便吐了一口血，眼前一阵发黑。萧惊堂伸手扶了他一把，看了看他这样子，开口道："我们先带她走，侯爷好生休养吧，药我拿着，会给她吃的。"

楼东风没拦着他们了，温柔见状，连忙扶着阮妙梦往外走。

出门上了马车，温柔二话没说便让车夫回状元府。

萧惊堂表情有点儿古怪，看了看阮妙梦，又看了看自己手里的药瓶："解药？"

阮妙梦苦笑，算是默认。

温柔茫然地问："什么解药？"

"解毒的药。"阮妙梦答道，"为了让我离不开他，楼东风说，他在我身上下了毒，每月一解才行，不然我便会慢慢死去。"

温柔愕然地看了那小瓶子一眼，第一反应就是："他骗人的吧。"

这种药也就武侠小说里能有，毒药都是破坏人体系统的，一个月解一次人也不会好，真是毒药，阮妙梦活不过几天就得死。反之，那就一定不是什么厉害的毒药，楼东风拿解药吓唬人的。

萧惊堂看她一眼，打开瓶塞闻了闻，脸色一黑，看向阮妙梦问："你为什么这么恨他？"

"为什么？"对这个问题，阮妙梦觉得有点儿荒唐，动了动自己的脚腕，嗤笑道，"我都这个样子了，你问我为什么恨他？"

温柔皱眉，忍不住问："你们之间到底发生什么事了？本还好好的，这才几天工夫，你们怎么就结了不共戴天之仇？"

上次楼东风在琉璃轩门口，分明还是护着阮妙梦的。

阮妙梦抿唇，眼眶微红。

她是念楼东风的恩的。因着他相助，她也打算去侯府道谢，然后他们从此互不相欠，一刀两断。可当她站在楼东风面前说了那些话后，楼东风却冷笑了一声："你想与我再无瓜葛？"

"是。"阮妙梦平和地说道，"侯爷已经另有娇妻，妙梦也不是没有男人要，我们各自好过，没什么不好的。"

这话音一落地，楼东风便笑了，深深地看着她道："你可真是绝情。"

她绝情吗？阮妙梦不觉得，行了礼之后，转身就要离开，结果背后的家丁却拥了上来，直接将她扣住，关去了房间里。

那一瞬间阮妙梦觉得楼东风可能是开玩笑的，可是整整一天，他都没有将她放出去的打算。晚上过来看她的时候，他只淡淡地说了一句话："与其放你离开再不相见，不如我就自私一点儿，留你在此终老吧。"

阮妙梦睁大了眼，生气了："你囚禁我？"

"是。"他看她一眼，伸手将她按住，给她的脚上戴了锁链，"这样你就离不开了。"

一阵寒气从心里升上来，阮妙梦觉得可怕又可笑。可怕的是这人竟然会这样做，可笑的是，就算这样做了，他为的也不是不想她离开，而是不想他的女人嫁给他人。

自私自利的楼东风啊……

她被锁在那房间里，一日三餐是不曾被亏待，可也有府中娇客来看她，满脸嘲讽神色地说道："您就是阮氏啊？真可怜。"

娇俏的女人，这府上有很多，曾经她住的院子，现在也不知道给了谁。阮妙梦都懒得生气了，心里一片死寂。

过了一天，她尝试了逃跑。铁锁链被她撬开，她翻窗就跑了出去。然而她还没出院子就被人发现，抓了回来。这样的举动可能惹怒了楼东风，他回来后就给她换了银锁链，没有豁口可以撬开的那种。

她气急，怒火攻心，晕了过去，醒来的时候楼东风还在她的床边，神色复杂地看着她，伸手就给她塞了一颗药。

她将药咽下去后才觉得可怕，嗤笑了一声，问他："你想毒死我？"

楼东风冷声说道："是啊，剧毒之药，必须每月在我这儿拿解药，不然你就会死，这样就算你跑出去了，也必须回来。"

阮妙梦被气得头晕，不再理他，也不再进食。她饿了一天之后，楼东风就亲自掰开她的嘴，强硬地让她喝了一大碗粥。

这样粗暴的对待方式跟对畜生没什么区别，她是想过死的，然而活动的范围太小，身边又一点儿尖锐的东西都没有，一不吃饭就会被硬灌。阮妙梦放弃了，安静地躺在床上，不跟楼东风说话，也不理会周遭任何人。没过几天，人就憔悴了下来，直到今日温柔和萧惊堂来。

"你们若是不来，我其实也想过。"阮妙梦哽咽，"他下次喂我吃药，我假装吃下，再吐出去，这样也不用再受很长时间的苦。"

温柔听得有点儿疑惑，虽说楼东风是很过分吧，但听着……似乎还有点儿不清不楚的地方。

萧惊堂捏着那药瓶，面无表情地摇头："这不是解药，也不是毒药，闻起来像是宫里常用的补心丸。你不吃，也不会有什么大碍。"

阮妙梦微微一愣，错愕地看了他一眼。

"东风是被你气着了，故意那么说的。"萧惊堂继续说道，"你让他觉得绝望，所以他用了这种狠戾的方式留下你，但他不可能害你。"

"怎么不可能？"阮妙梦皱眉，"他的夫人还专门过来跟我冰释前嫌，说楼东风都舍得对我下毒药了，看来心里是一点儿也没有我，她不会再担心了，会好好照顾我。"

"你傻啊？"温柔翻了个白眼，"人家诓你呢。就算楼东风真的对你下毒，也是为了留下你，他的夫人有什么可高兴的？她分明就是故意打击你。"

阮妙梦愣了愣神，垂眸："她是不是打击我都不重要，我不想再看见他了。"

"不看就不看。"温柔拉起她的手道，"要不咱们去隐居山林？反正现在银子也赚够了，我们不要店铺抽身离开，下辈子也是衣食无忧的。"

"杜温柔，"萧惊堂微微黑了脸，"你这么大的摊子，说不要就不要？"

她已经被牵扯进淑妃和孙皇后的斗争之中了，哪里能说走就走？

阮妙梦轻笑："不用管我，我会回阮家去的。我回了阮家，他就不能再欺负我了。"

温柔朝萧惊堂做了个鬼脸，拉着阮妙梦的手说道："能回家就是好事，家里人怎么也比外头的人来得靠谱儿。你先养身子，其余的事情，咱们再商量。"

"好。"阮妙梦疲惫地闭上眼，很快就陷入了梦乡之中。

温柔一把将萧惊堂拽了出来，走出去老远，确定阮妙梦听不见了，才咆哮道："变态啊！他自己三妻四妾留不住妙梦，还想出囚禁的法子来了？本来我还觉得他和妙梦不是没有可能，眼下看来，他们是彻底完蛋了！"

萧惊堂微愣，扫了她一眼："三妻四妾怎么了？"

"没怎么啊，你们这儿的风气就这样，我没有要反对的意思。"温柔撇了撇嘴，"只是真爱你的女人，没有能完全接受这种事的，你给她的爱只有几分之一，她凭什么把一生都花在你身上？自己去包个小白脸不好吗？又不是没有钱。"

萧二少爷轻笑一声，抱起了手："你想包养小白脸？"

"找到合适的人的话也不是不可以。"温柔说道，"小白脸多省心哪，不会要我三从四德，也不会给我娶七八个姨娘回来，什么都听我的，还能陪我。"

萧惊堂眯了眯眼，嗤笑了一声："先用午膳吧，都这个时辰了，用完了晚上还得去桃花庙给淑妃娘娘求个符。"

610

桃花庙？温柔一脸蒙地问："娘娘要求姻缘符啊？"

"嗯，"萧惊堂颔首，"那边的雪景很美。"

雪景美，跟淑妃要求符有什么关系？温柔皱眉，萧惊堂却已经大步往大厅走了。

想了想，她还是蹦蹦跳跳地跟了上去，吃饭的时候看了他两眼，有些迟疑地问："今儿个你帮了我跟妙梦，会不会得罪帝武侯？"

"会。"萧惊堂面无表情地点头，镇定地吃着饭。

会？！温柔瞪眼："那你怎么办？"

帝武侯怎么说也是侯爷，皇帝面前的红人，萧惊堂就算有了官职，也只是刑部侍郎，万一被为难了……

萧二少爷微微一顿，抬头看了她一眼，眸色微动，脸色也柔和了下来："我自有分寸。"

说是这么说啊，温柔还是有点儿担心。毕竟是因为自己，要是因为别的，她才不愧疚呢。

"有什么事是我能帮忙的吗？"她问。

萧惊堂抬了抬嘴角："你做好你的'大将'就可以了，有要你答应我的条件的时候，我会告诉你的。"

刚才还担心呢，一听这话，温柔直接翻了个白眼。

他还惦记着她说的什么东西都能给他的话呢，那她就不愧疚了。公平交易嘛，风险他自己担着好了。

用过午膳，萧惊堂没立马出门，而是让她先在他的房间的软榻上休息。虽然不知道为什么是他的房间，不过已经到了，温柔便懒得出去吹雪风，就趴在他的软榻上，盖着厚厚的狐毛被子，香甜地睡了个午觉。

她醒来的时候，榻边就多了一件衣裳。

"穿这个出去吧。"见她醒了，萧惊堂合拢账本站起身来，"外头的雪正大。"

"我有衣裳和披风，你给我这个做什……"温柔拎起衣裳来嘟囔了两句，可还没说完，就摸到了这衣裳里的绒毛。

锦缎长袍，里头有夹层，塞满了不知道什么绒毛，不是很重，但是非常暖和。

温柔诧异地看了萧惊堂一眼，一时有点儿回不过神来。

羽绒服……

萧二少爷去了外面，帘子被放了下来。温柔愣了半响，还是将这衣裳给换上了，戴上了披风的大帽子，整个人在暴风雪里都不会冷的样子。

冰凉的手脚暖暖的，温柔心里也有点儿动容。她随口说的一句话，这人竟然真的记在了心上，并且在这么短的时间内就做出来了……

"换好了？"外头的人出声道，"快出去吧。"

温柔掀开帘子，乖顺了不少，感动地看着萧二少爷，走到他身边正想说点儿什么，就被他一把给推了出去。

雪风刮了过来，温柔有点儿茫然。

"冷吗？"门口的人问她。

"不冷，"温柔摇头道，"汤婆子都不用抱。"

"那就好。"萧惊堂裹了披风出来，面无表情地说道，"真的不冷，我就再做两件给母亲和我自己。"

敢情他把她当小白鼠了？

这人分明还是这样讨厌，她刚刚是不是脑子坏掉了，竟然觉得他很好？

温柔鼓起嘴想踩他一脚，岂料这人身法极好，往旁边一闪，她这一脚就踩进了雪里，整个人差点儿摔下去。

华尔兹专业踩脚选手温柔不服气了，提起裙子就继续踩。结果她踩一脚，这人就闪一步，跟逗她玩似的。

温柔越踩越来劲，抓着萧惊堂的手，蹦起来两只脚踩他，终于把他的靴子上踩了两个脚印！可是她还没来得及欢呼，就重心不稳，整个人朝着前头倒了下去。

萧惊堂也没躲，承受着她的重量就倒在了雪地里。雪花飞溅，身上的人扑了他满怀，他垂眼看着她，勾了勾唇。

温柔"嗷"地叫了一声，半天才站起来，嫌弃地看着萧惊堂："你身上的骨头怎么这么硬？"

"你的骨头是软的？"萧惊堂斜眼。

他说得好有道理的样子……温柔龇牙，甩了袖子就蹦蹦跳跳地往前继续走了。

地上积雪很厚，下人扫了一条路出来，可没一会儿路就没了，温柔只能蹦跳着走，走到门口上了马车后，身上已经出了一层薄汗。

"你们这儿的冬天可真累人。"温柔坐在车上粗喘道，"穿这么厚就算了，走路也这么难。"

"想走得轻松吗？"萧惊堂问。

"想啊！"温柔问道，"你有办法？"

"很简单。"萧惊堂上下扫了她一眼，"按十斤肉一两银子算，你有多重我收你多少银子，然后我背着你走。"

十斤肉一两银子？温柔掰着指头算，然后就怒了："你背我一下，就是十两银子？！抢钱呢！"

"我是个商人，不亏本也不会坑人。"萧惊堂斜眼，"十两银子我可以一直背你，到这冬天过去。"

温柔眯着眼想了想，双手抱胸："花钱让你占我的便宜，我有那么蠢吗？"

萧惊堂深深地看了她一眼，没吭声了，等马车到了地方，便先下车，径直往前走去。

温柔跟着跳下车，差点儿没被雪给埋了。

"怎么会这么厚？！"看着地上这雪，温柔抓狂了，"这怎么走啊？"

前头的人一步步走得头也不回。

"喂！"温柔咬牙，"你真的不打算带我一程吗？！"

"十两银子。"萧二少爷冷漠无情地说道。

"八两，不能再多了！"温柔咬牙，"我一点儿也不重的！"

前头的人顿了顿，像是在思考，不过只一瞬，还是转身回来，将她拎到肩上扛着走了。

"不是说好的背吗？！"温柔惨叫。

"十两银子是背，八两银子就打。"

"你个奸商！"温柔气急，"十两就十两！"

唇边扬起没人看得见的笑意，萧二少爷手一转便将她背在了身后，深一脚浅一脚地往那桃花庙走去。

眼下大雪，庙里只有和尚，一个香客都没有，格外寂静。温柔坐在屋檐下喝着热茶看看雪景，"啧啧"了两声："这儿可真像世外桃源。"

阡陌交通，鸡犬相闻。

萧惊堂捏了符回来，看了她一眼："世外桃源是什么地方？"

"就是隐世的一群人住的地方，没有战乱，也没有剥削和压迫的情况。"温柔解释道，"理想的居所。"

萧惊堂用看疯子的眼神看了她一眼，倒也没急着走，只在她旁边坐下，与她一起喝茶看雪。

这一刻的时光特别静好，好到温柔恍惚间觉得自己什么烦恼都没有了，身边是自己的爱人,在下大雪的下午喝着茶聊着天儿。

然而旁边这个人不开口就算了,一开口就是:"你最近好像变丑了。"

什么叫不会聊天儿?这就叫不会聊天儿!好好的气氛全被破坏了,温柔血红着眼转头看向他:"你说什么?"

萧惊堂看了她一眼,转头看向外面,淡淡地说道:"不信你去照镜子,瘦得颧骨突出了。"

温柔紧张地摸了摸自己的脸,然后才发现,哦,这又不是她的脸。

"丑就丑吧,"温柔无所谓地耸肩道,"我也没指望靠脸吃饭。"

萧惊堂怔,眯起了眼:"有个问题我想问很久了,你到底是谁?"

要是先前,他觉得杜温柔可能是性情大变,可事到如今了,这人跟杜温柔完全不是一个性子,大变也没这么变的。

温柔笑了笑:"我是谁重要吗?反正现在同您也没什么关系了。"

"正是因为没什么关系,你便可以说实话。"萧惊堂说道,"我实在好奇。"

"你想知道是吗?"温柔狡黠地笑了笑,伸出手,"五百两银子,我就给你说实话。"

萧二少爷眼睛也没眨,立马拿了五百两银票出来,放在她的手里:"说。"

这人随身带这么多银子吗?她开个玩笑而已啊!谁要真说啊?!

温柔拿着银票,感觉这场面就有点儿尴尬了,笑了笑,正想要怎么说呢,钟声响起,竟然有和尚端着点心过来了。

温柔已经很久没见过和尚这种生物了。现代的和尚看起来都不是很清心寡欲,瞧着也就不能让人心生敬畏。可迎面走过来的这和尚不同,没穿袈裟,身上就是普通的青色僧衣,慈眉善目,脸上隐隐有光。

身子莫名其妙地动不了了,温柔瞳孔微缩,有些恐惧地看着那和尚一步步靠近——他眼里满是了然之色,令温柔忍不住倒吸了一口气。

"温柔?"察觉到她的不对劲,萧惊堂皱眉,看了那和尚一眼,起身挡在了她前头:"这位大师……"

"阿弥陀佛。"和尚笑了笑,朝他行礼,"贫僧法号苦海,云游至此,听闻有贵客到,就来送些点心。"

苦海递给萧惊堂一碟青团,看了温柔的方向一眼,笑道:"您的这位朋友,似乎身子不太舒服。"

萧惊堂回头看了看温柔,皱眉:"不劳大师费心,我这便带她走了。"

苦海也没拦着,只念了一句佛号,便站在原地看着两个人。

萧惊堂转身,抱起手脚僵硬的温柔就往外走。直到离开了桃花庙,温柔才缓过神来,一身冷汗,脸色煞白。

见状,他心里微沉,上了马车,替她轻轻揉着太阳穴,等她恢复得差不多了,才问:"你害怕苦海大师?"

"不是害怕,"温柔皱眉,"我也不知道怎么的,看见他就身子难受。"

萧惊堂垂眸,看了一眼她手里捏着的银票,说道:"现在不难受了,不如就来说说吧,你到底是谁?"

她胸口有属于杜温柔的小红痣,他看见过了,但她的确不是杜温柔,又怕和尚……

心里凉了凉,萧惊堂已经有了不好的想法,抱着她的手臂也分外僵硬。

温柔长叹了一口气,问:"要是我不是杜温柔,你会不会把我捆起来烧了?"

"不会。"呼吸都快没了,萧惊堂脸色微白,却还是低头看着她,"所以你真的不是她?"

"嗯,"温柔点头,"不是。"

这是他一早就猜到的结果,不过当真被证实,萧惊堂还是有点儿震惊的,呆呆地看了她许久才回神,"喃喃"道:"也对,哪有人像你这般只爱吃肉?不过,什么动物喜欢吃猪肉啊?"

猪肉?他这反应就让温柔有点儿奇怪了。他不问她是怎么回事,却问她什么动物喜欢吃猪肉?

想了想,温柔还是认真地回答他:"老虎啊狮子之类的,就喜欢吃猪肉,准确来说是什么肉都吃。"

脸色更白了一点儿,萧二少爷沉默了许久,看着她问道:"为什么书里的妖精都是母狐狸变的,你却是母老虎变的?"

嗯,母老虎……啥?母老虎?!

温柔瞪眼,朝他的胸口捶了一拳:"你想什么呢?!你才是母老虎变的,你全家都是母老虎变的!我是人!只是不是你们这儿的人,睡一觉就成杜温柔了,怪我吗?!"

萧惊堂错愕地看了她半晌,想说这真的很荒唐。可是面对活生生的现实,他似乎不得不信。

"你……原来是死了吧。"他低声说道,"你的魂魄飘散无主,就进了杜温柔的身子。"

温柔也懒得跟他多解释了，要是这个解释他能接受的话，那就当是这样吧。温柔叹息："总之我没有法力，也不会害人，现在就是个普普通通的人，想混口饭吃，给自己找条活路，二少爷可否当作什么也不知道？"

萧惊堂眼神有点儿呆滞，点了点头，却不知道在想什么。

要一个古人一下子接受这个事实，也实在有些难为人家，温柔挣脱开他的禁锢，自顾自地到旁边坐下，也不出声了。马车"吱呀吱呀"地从桃花庙回了状元府，萧惊堂一句话也没说就回了自己的屋子。温柔耸肩，去看了看妙梦，也就自己歇着了。

然而她做了个很不好的梦，梦里杜温柔从坑里爬了出来，坐在不远处冷冷地看着她笑。

"你抢了我的男人。"杜温柔开口道，"我是让你来帮我的，然而你抢走了他。"

温柔有些慌，皱眉道："你要的是离开他，我已经离开了，是你不守诚信，没让我回去，不然现在他就是你的。"

"你这个骗子。"杜温柔嗤笑，"不管说什么你都是骗子！你会有报应的，他是我的，始终会是我的……"

温柔浑身一僵，从梦里惊醒，醒来的时候屋子里还燃着炭火，一个人也没有。

她抹了一把汗，不解地嘀咕："没道理啊，杜温柔的身子已经离开萧惊堂了，我为什么还回不去？"

杜温柔看起来很生气，是不是因为太生气了，所以不让她回去？

这人是不是傻啊？只要自己回去了，那萧惊堂不就是杜温柔的了吗？杜温柔何苦跟她过不去呢？！

不管了，船到桥头自然直，她还是先睡觉吧。温柔打了个哈欠，重新睡了下去，这次没做什么噩梦了，一觉就睡到大天亮。

外头一片寂静，又隐隐传来一个尖细的声音在念着什么。温柔打开门，就听见了后头的几句话："任命刑部侍郎，望尔两袖清风，不负圣恩，钦此。"

萧惊堂跪在正堂里，听王公公念完圣旨，谢了恩，便接了旨。

王公公笑眯眯地将圣旨给他，低声说道："圣旨任命这侍郎，还是咱们朝里头一回。陛下是护你得紧，生怕你被人刁难，萧大人可要好生报答圣恩才是。"

"臣明白。"萧惊堂朝他颔首道，"臣一定会为君分忧。"

王公公微笑，接过旁边的家奴递来的银子，塞进衣袖，有礼地拱手之后便走了。

温柔裹着羽绒服跑过来的时候，就见萧惊堂已经穿了一身官服，煞是有气质。

"你要进宫啊？"温柔问道，"我也去。琉璃窗已经在做了，我得去跟淑妃娘娘说一声。"

萧惊堂身子微僵，也没看她，只说道："宫里有法事，你还是在府上等我吧。"

法事？想起昨天遇见的和尚，温柔浑身又不舒坦起来，连忙点头："那你去吧。"

萧惊堂头也没回，径直就出了状元府。

萧管家什么也不知道，笑眯眯地看着温柔道："正好您在，咱们要搬去侍郎府，少爷进宫，那这些琐碎的事就得您来操心一二了。"

凭什么啊？温柔瞪眼："我跟他又没什么关系，他搬家，与我何干？"

萧管家微微一顿，说道："可是阮氏还在这儿，咱们若是冲撞了，也不太好。少爷说，她不能离开咱们府。"

那是自然，阮妙梦一离开说不定就被楼东风给抓回去了。想了想，温柔叹气："行吧，行吧，我帮他搬家，你们整理一下行李，然后带我去侍郎府看看。"

"好。"萧管家高兴地应了，转身就往外走。

萧惊堂进宫的时候，刚好遇见轩辕景。

"萧大人，"轩辕景客气地朝他拱手，笑问，"可愿与本宫同行一路？"

萧惊堂正要点头，旁边突然就冒出一个声音："三皇弟，真巧，你也去给父皇请安？"

轩辕景和萧惊堂都愣了愣，转过头去，就见大皇子轩辕离缓步走来，脸上带着和善的笑意。大皇子先看了轩辕景一眼，便朝萧惊堂笑道："新晋的刑部侍郎也在？"

"见过大皇子，"萧惊堂拱手行礼道，"微臣也正要去给陛下请安。"

"是吗？"轩辕离叹了一口气，带着他们就往前走，"昨日宫里不知怎么的闹了鬼，父皇受惊，又大病一场，看样子立太子之事已经迫在眉睫了。"

此话一出，轩辕景心里一沉。

本来最近母妃在后宫里已经颇得圣宠，形势稍有好转，可根本还不是提立储君之事的好时候。现在提，父皇难免还是会偏向孙皇后，孙皇后一族势力不小，一旦将太子之位纳入囊中，他就再也不能轻举妄动了。

　　三皇子很担忧，脸色不太好看，下意识地看了旁边的萧惊堂一眼，却见后者面无惶恐之色，甚至还颇为悠闲。

　　轩辕景微微一愣，反应过来，恢复了镇定的样子，笑道："父皇身体康健才是我担忧的事情，至于立储君之事，随父皇高兴吧。"

　　大皇子轻笑："三皇弟真是孝顺。"

　　前头就是御景宫，萧惊堂跟在两位皇子身后进去，一齐行礼。

　　孙皇后和淑妃都在，皇帝正靠在龙榻上，脸色苍白。一见他们，皇帝没说别的，而是问："萧爱卿身子好了？"

　　众人都顿了顿，萧惊堂出列拱手，恭敬地回道："多谢陛下关心，臣已无大碍。"

　　被马撞得要死了的人，现在活蹦乱跳地站在这里，孙皇后看着就来气，忍不住阴阳怪气地说道："萧大人真是年轻气盛，身子骨好，前几日还说是要死了呢，这会儿就还阳了。"

　　"多谢皇后娘娘关心，"萧惊堂拱手，"臣有皇恩庇佑，性命无碍。陛下有龙气护体，想来也会身体康健，与年纪无碍。"

　　轩辕景忍不住低头勾了勾唇。

　　谁说萧惊堂不会说话啊？瞧这话将孙皇后堵得厉害。

　　孙皇后有点儿慌，连忙低头朝皇帝解释："臣妾不是说年纪大了身子就不好……"

　　"娘娘还是别说了。"淑妃温和地说道，"皇上正值盛年，年纪如何就大了？先皇在吾皇这个年纪，还生了三个皇子。"

　　皇帝看了孙皇后一眼，没吭声。孙皇后讪讪地闭了嘴，朝旁边的忠国侯使了个眼色。

　　忠国侯立马出列："陛下，先前议事院就提过立皇储之事，陛下身子有恙，会导致国本不稳，还得早些立下太子，以安民心才是。"

　　皇帝皱了皱眉，没说话，眼里略有沉思之色。

　　轩辕景张口欲言，却被萧惊堂轻轻扯住了衣袖。轩辕景侧头，就见萧惊堂摇了摇头。

　　他不说吗？可现在不说，父皇要是当真想立太子了怎么办？

　　淑妃也有点儿着急，大殿里气氛正僵持，众人冷不防听得外头太监通传:"帝武侯求见。"

"宣。"

楼东风慢慢地走了进来,脸色看起来比病榻上的皇帝还难看,跪下行礼,声音都没什么温度:"臣给皇上请安。"

"爱卿快起。"一见他这样子,皇帝有点儿惊讶,"爱卿这是怎么了?病了?"

"回陛下,臣无碍。"楼东风站起身道,"只是最近长林军有异动,臣屡次询问,都说是圣上旨意,让长林军移守幸城。如今长林军已经越过幸城,往水城靠拢,臣实在疑惑此举意欲何为,故而来请示皇上。"

长林是忠国侯的封地,长林军自然就是忠国侯的人。这种小规模的军队调动活动,其实是不必惊动陛下的,私下交流即可,但没想到楼东风软硬不吃,直接将此事捅到了陛下面前。

自古君王多疑心,皇帝一听这话,脸色就不太好看了,转头看向忠国侯:"爱卿这是做什么?"

忠国侯背后冒了冷汗,连忙回道:"臣只是听闻水城一带有山贼为乱,当地的兵力不济,水城县令又与臣有私交,所以臣便借他些兵力,为民除害。"

这理由说得过去,却也有点儿荒诞了,皇帝笑了笑:"爱卿方才说,想立储君?"

这人一边说立储君,一边调动兵力靠近上京,这是什么意思?是不是一旦自己立了大皇子为太子,他们就要逼宫了?

"臣……"忠国侯进退两难,额头上冒汗,只能抖着身子沉默。

孙皇后见状,连忙说道:"这也不是忠国侯想立储君,是议事院的老臣们提的。"

"议事院的老臣可真是关心社稷。"淑妃状似抱怨地说道,"陛下都受惊病倒了,他们不来请安,倒是先想着立储君,安的什么心哪?"

"皇上,"萧惊堂拱手,"昨日宫内闹鬼之事,微臣已经在派人彻查,不过……这宫里龙气笼罩,作法的大师们都说不曾有鬼气。"

不是鬼怪为之,那就是人为。

皇帝垂眸,疲惫地说道:"萧爱卿继续查吧,查个水落石出,朕有重赏。你们都下去,朕要休息一会儿。"

"是。"

孙皇后皱眉,不情不愿地准备离开,却听得皇帝下令道:"淑妃留下伺候。"

凭什么啊？孙皇后不乐意了，转身跺脚："皇上？"

皇帝没理会她，转身闭上了眼。淑妃就在床边坐着，笑眯眯地看了孙皇后一眼。

这算是什么事？孙皇后错愕，出了御景宫，半晌都没想明白。

"本宫是不是失宠了？"她问大皇子。

轩辕离皱眉："为何失宠？"

"是啊，本宫也想知道自己为何失宠。"孙皇后"喃喃"念了两声，不解地说道，"不知道从什么时候开始，陛下就更偏爱淑妃了，一有空也是去她的宫里坐，本宫说什么，陛下也不是很在意了。"

轩辕离神色凝重地说道："母后还是得花点儿心思在父皇身上，不管我与三皇弟怎么斗，最后的决定权都在父皇手里。"

"本宫明白。"

明白是明白，可她到底要怎么做呢？

轩辕景与萧惊堂一路出宫，为了避嫌，楼东风先走了。看着他那背影，轩辕景忍不住问："侯爷那是怎么了？整个人跟丢了魂似的。"

萧惊堂摇头："惊堂不知。"

大概是魂真的丢了吧，只是理智仍在，楼东风知道自己该做什么事，但做完之后……只怕是了无生趣。

一生追求地位的帝武侯啊，总会什么都得到，也总会什么都得不到。

"对了，听母妃说，她认了杜温柔做干女儿。"轩辕景问，"你怎么看？"

萧惊堂微微勾唇，拱手："臣无异议。"

眼里满是叹息之色，轩辕景摇头："我就不知道那女人有什么好的，你怎么就这么稀罕她呢？本还有更好的人选，你都不考虑一二？"

"有最好的，为何还要考虑其他的？"萧惊堂平静地看着他道，"各花入各眼，殿下觉得更好的，臣未必喜欢。"

"行了，我说不过你。"轩辕景叹息，"你自己喜欢就成，我也不强求什么。"

反正如今的杜温柔也算乖顺，是他们这边的人，他没什么好担心的。

萧惊堂点了点头，与三皇子在宫门口辞别，然后乘车回了状元府，结果到状元府门口，就有门房出来恭敬地禀道："萧大人，您的府邸已经搬到侍郎府了。"

萧二少爷有点儿蒙。他进个宫来回也就三个时辰罢了，这就给他搬完府邸了?

他难以置信地进门去看了两眼,发现真是一个人都没了,四处只有安静躺着的雪,萧管家也没出来迎他。

萧惊堂皱了皱眉,不太高兴。这么匆忙之下搬府,侍郎府那边肯定就是一片兵荒马乱的场景。进宫跟人玩心计已经很累了,他就想坐下来好好喝口茶而已。

萧惊堂颇为怨念地回到了马车上,让车夫去侍郎府,一路上都沉着脸准备骂人。可到了侍郎府门口,他没看见家丁进进出出,萧管家倒是笑眯眯地来迎他了:"二少爷,您回来了?"

萧惊堂有些疑惑地看了萧管家一眼,又看了看后头一片祥和之状的侍郎府,纳闷了:"搬完了?"

"是。"萧管家一边引着他进去,一边说道,"房间已经全部收拾出来了,温柔姑娘说,这院子的风水不错,景致也上乘,您繁忙之余,可以好生歇息、品茶赏雪。"

"所有东西都被搬过来了?"

"是,老奴看过,没什么遗漏的。"

"怎么会这么快?"萧二少爷还是觉得很诧异,"咱们的东西不少。"

状元府和侍郎府之间隔得也挺远的啊。

萧管家笑道:"温柔姑娘聪慧,雇了许多脚力,租了几辆木板车,一次性就将所有东西都运了过来。这府里的地图老奴给她看了,她便在门口指挥,所有东西都是直接搬进去放好,只用了两个时辰就收拾了个干净。"

"姑娘心善,给脚力都煮了肉汤吃。那些个脚力感恩,便将这府里打扫了一遍,里里外外干净得很。"

萧惊堂面无表情地听着,点了点头:"那她人呢?"

院子里他所到之处的确干净,地上的雪都没多少。

萧管家回道:"姑娘说还缺点儿化,在后院捣鼓呢。"

萧惊堂点了点头,转了方向就往后院走去。

这侍郎府的景致的确不错,饶是下雪的天气,假山水池、亭台楼阁都半点儿不萧条,每走几步就能看见万年青和冬花,让人心情瞬间轻松不少。

萧管家一边走就一边说,这个是温柔姑娘布置的,那个是温柔姑娘刚让人移植过来的。萧惊堂都沉默地听着,心里没什么情绪波动,直到走到了后院。

后院是一片梅花林,有一抹芽黄色梅花长袍的影子正踮着脚去剪梅花。

听见背后的脚步声,她下意识地转头看过来,怀里一捧梅花开得正好。

女子眉眼如画,气质清雅,眸子里含着粼粼水光,看得人心里突然就动了。

温柔正觉得累,看见萧惊堂终于回来了,当即翻了个白眼,扔了剪子走过去将梅花塞在他怀里:"你来!我累死了!"

萧惊堂恍惚间回神,接着梅花,低声问:"怎么不叫下人来做此事?"

"都累了好几个时辰了,还不让人休息啊?"温柔撇嘴,"大冬天的,我烧了羊肉汤,让他们都去吃了。"

"那你呢?"

"我?"温柔没好气地抱着胳膊道,"我等着萧大人您回来给我算工钱呢!这府邸也忒大了,没累死我!"

雪风吹过来,萧管家眯了眼,揉弄之间,仿佛看见自家少爷笑了,少爷整张脸都柔和了下来,像冰山化成了水。

萧管家怔了怔,连忙抹了把脸,仔细睁眼看了看。

萧惊堂面无表情地抱着梅花,淡淡地说道:"你自己乐意帮忙,又哪里有跟我要工钱的道理?"

说罢,他抱着梅花就走。

温柔气得直跺脚,骂骂咧咧地追上去,声音响彻整个庭院。

冬天好像突然就活了似的,萧管家愣了半晌,失笑,连忙跟着走出后院。

第十九章
赐　婚

温氏琉璃轩的琉璃窗做好了,温柔连忙带着进宫,去找了淑妃娘娘。

淑妃大喜,一边让人按照温柔说的安装,一边拉着她的手欣喜地说道:"我的隐疾大有好转了!"

"恭喜娘娘。"温柔笑道,"娘娘的福运来了。"

"可不是吗?!"淑妃眼里都是亮晶晶的笑意,"皇上最近很不待见皇后,总爱往我这里来。有了这琉璃窗,皇上想必会来得更勤,你真是立了大功。"

萧惊堂站在旁边,盯着那凉亭看了许久,开口道:"怕是不只陛下会来得勤。"

前头的两个人愣了愣,不明所以地转头看着他。萧惊堂颔首,也不多停留,只说道:"娘娘,微臣先告辞了,等温柔要出宫的时候,微臣便在朱雀门等她。"

"好。"淑妃点了点头,愣怔地看着他离开,过了好一会儿才反应过来:"他与你一起进宫的?"

"是啊。"温柔点头,"他说顺路,就让我搭个顺风车。"

淑妃错愕地瞪眼,跺脚:"这可怎么办?"

什么怎么办?温柔一脸蒙的表情,她坐个车进宫而已啊,怎么了?

萧惊堂去面见了皇帝,汇报了宫中闹鬼一案的进度,已经查到人为的蛛丝马迹。

"爱卿厉害，"皇帝颔首，"这么快就有眉目了。"

"世上无不漏风之墙，"萧惊堂说道，"只要此事是人做的，就会留下痕迹。臣已经将陛下的寝宫附近都查了一遍，确定是有人半夜翻墙，越过了护卫，扮鬼惊扰陛下。"

"可是……"皇帝皱眉，"朕的护卫都是精挑细选的，扮鬼之人怎么可能一点儿也不惊动他们，就到了朕的面前？"

萧惊堂垂眸，轻叹了一声。

皇帝立刻反应过来，脸色变得很难看。

"议事院催着陛下立皇储，想必有些操之过急。"萧惊堂继续说道，"皇上还是当保重龙体。"

他操劳半辈子，坐上皇位才二十年，这就有人惦记他的位置了？皇帝冷笑："朕在皇子的位置上安分了三十年，才得先皇垂青，授以皇位。他们才多大，就念着这些事了？"

萧惊堂低下头。

"朕不傻，不是不知道老大和老三争抢得厉害。"皇帝咳嗽了两声，冷着脸道，"要是他们上进地争抢，朕喜闻乐见，耍些手段也是在所难免的。可要是他们以伤害朕的方式争，那就是罪该万死！"

"陛下息怒。"王公公连忙劝慰，"太医说了，您不宜动怒。"

"他们分明是想气死朕！"皇帝拍了拍床，怒道，"他们眼里还有朕这个父皇吗？还是因着朕坐着这皇位，他们才对朕恭敬一二？！"

王公公笑道："陛下说的什么话？您这一病，两位皇子不是都来请安了吗？"

"你看他们请的什么安？"皇帝越想越气，捏紧了拳头，"朕只是病了，还没死呢，一个个就催着朕立太子，甚至不惜扮鬼吓朕！要是朕当真立了太子，那朕是不是就会直接被鬼索命了！"

萧惊堂没吭声，皇帝怒喝了半晌，转头看向他："爱卿没什么话要说的吗？"

"微臣惶恐。"萧惊堂拱手，"这毕竟是陛下的家务之事，微臣不宜置评。"

不用他说，皇帝自己心里也清楚，昨儿个说立太子之事的是皇后那边的人，三皇子和淑妃从头到尾一声没吭，只关心圣上龙体。谁为利，谁有情，皇帝一眼便知。

皇帝收敛了些怒气，很快平静下来，用探究的目光看了他半晌，突然说道:"有人同朕说,你与三皇子私交甚好。"

"陛下明鉴。"萧惊堂应道,"微臣与三皇子不过点头之交,进宫路上碰见,按礼随之后行,算不得甚好。"

"哦?"皇帝眯起眼,"眼下朝臣纷纷选人而站,有支持大皇子的,也有支持三皇子的,爱卿既然入了官场,难免会随俗。"

这话从皇帝的嘴里说出来,给人的压力就很大了,旁边的王公公有些担忧地看了萧惊堂一眼。

萧惊堂身子站得笔直,头低垂,脸上却没半点儿惧色,沉默了片刻,语气认真地说道:"微臣只对陛下一人称臣,大皇子和三皇子都是陛下的子嗣,微臣一视同仁。"

皇帝神色微动,坐起来看着他:"朕也是从皇子过来的,知道下头的争斗会牵扯多少人,你若只效忠于朕,不怕为人所害?"

"听陛下今日所言,想必已经有人在背后中伤微臣了。"萧惊堂淡淡地回道,"忠臣最难为之事,不是抵挡他人诬陷,而是取得帝王信任。微臣忠心于君,君若眷顾微臣,那任何谗言也不会于臣有伤,反之……如陛下所言,臣会为人所害。"

这一番话听得皇帝怔然,皇帝盯着他看了许久,沉吟道:"你的意思是,若是这朝中忠于朕的人少,是朕不信任他们的缘故?"

"并非全然是陛下的过错,他们不尽力争取陛下的信任,陛下自然也没有信任他们的必要。"萧惊堂答道,"臣现在所为之事,于任何皇子无益,只遵从陛下的吩咐,为的也只是能让陛下相信臣的忠心,保臣性命,以便臣能更好地为君效力。"

对帝王而言,这样的话是非常受用的。皇帝知道萧惊堂是个不善言辞的人,萧惊堂能说出这些话,那就一定是真心的,皇帝当下也松了一口气。

他日理万机,在深宫里久了,对外头的很多事是不知道的。有人说萧惊堂是受三皇子庇佑而中的状元,他虽然不信,但也对萧惊堂是否与三皇子有私交心存芥蒂。但现在听了这一番解释,他释怀了。

忠于他的人,处境果然更加艰难一些。萧惊堂查到闹鬼是人为,就会有人想害他,自己的确……该多信任他一些。

自我反省了一会儿,皇帝和颜悦色道:"既然如此,那皇后那边想塞给你的亲事,朕便替你推了,爱卿只管选自己喜欢的人为妻,朕不干涉。"

萧惊堂听了这话,撩起袍子就跪了下去:"关于臣的心上人之事,臣还想请陛下做主。"

"怎么？"皇帝挑眉，"爱卿有心上人了？"

"是。"萧惊堂深吸了一口气，神色复杂道，"臣之心上人，本是一介布衣，奈何有些手艺，会做琉璃首饰，被淑妃娘娘看中，强行认了亲。臣颇为无奈，不敢拒绝淑妃娘娘的好意，又怕人误会，实在难为。"

琉璃首饰？皇帝愣了愣，想了想："是不是淑妃最近戴的那些黄黄绿绿颇为好看的玉？叫琉璃？"

"是。"萧惊堂拱手，"她做首饰，臣不想阻拦，东西卖给了淑妃娘娘，臣也实在没办法。但……臣想娶她，淑妃却认她做了干女儿，那臣……"

皇帝微微皱眉，听懂了："这就是淑妃不懂事了，朕等会儿便去说说她，你也别往心里去。"

萧惊堂长叹了一口气，垂首。

皇帝宽慰道："无妨，此事你与朕说清楚，朕便知道是淑妃的手段，而不是你有意与淑妃结亲。"

"皇上英明。"

演这一出戏，最后的目的也只是这个而已，一达到这目的，萧惊堂便轻松了。

正在此时，外头有人通传："陛下，皇后娘娘求见。"

皇帝微微一顿，挥手让人传进来，却对萧惊堂说道："爱卿去后头回避一二。"

"是。"萧惊堂没问为什么，侧身就进了暗室。

皇后提着裙子进来，行了礼便看了看里头："萧大人走了？"

"嗯。"皇帝颔首，"你有什么事吗？"

"陛下，"皇后坐在床边，皱眉道，"臣妾已经查清楚了，那萧惊堂与淑妃早有勾结，这几天一直与淑妃宫里的人有来往不说，今日进宫，他还先去给淑妃请了安。您说，这像话吗？！"

皇帝看了她一眼，问："淑妃宫里的哪个人？"

"这个臣妾就不知道了。臣妾听闻那人是她宫里的宫女，不过又有人说，是淑妃认的干女儿。臣妾就奇怪，这萧大人怎么都是偏帮着淑妃那头说话做事的，如今一想，倒也不奇怪了。"

皇帝垂眸，似乎是在沉思。

皇后见状，立马继续说道："不是臣妾要说人坏话，但是这萧大人一看行为就不太对劲，先是说被人撞成重伤，可您瞧，如今他不是好端端的，还去刑部就任了？再说宫里闹鬼要查，可鬼神之事，有什么好查的？臣妾看他就是居心不良,想栽赃陷害……"

"晚晚,"皇帝终于开口打断了她的话,低声说道,"朕跟你说过,不要插手前朝之事。"

"这怎么能算是插手呢?"皇后不能理解地看着他,一脸苦口婆心的模样,"臣妾只是怕陛下被人蒙骗,上了小人的当!"

皇帝意味不明地笑了一声,摆手道:"你先回去吧,朕还要歇息。"

"皇上!"皇后皱眉,"您为什么不肯相信臣妾?非要等那萧惊堂明着站在淑妃那边了,您才肯相信?!"

"好了!"皇帝沉了脸色,怒道,"妇道人家,相夫教子即可,朕做什么事、信什么人,不用你来指手画脚!"

皇帝说罢,一挥手,旁边的王公公连忙将皇后扶起来:"娘娘,您先让陛下歇息吧。"

皇后一脸莫名其妙的表情,委屈极了,站在床边低声劝道:"以前臣妾说什么皇上都会听,如今皇上被奸人迷惑,像是失了心智一般,这叫本宫怎么不担心?!"

王公公笑了笑,也没多说,径直将皇后送出了门。

皇帝颇为生气,一气皇后不会说话,二气她总把自己当傻子!要不是萧爱卿先来,说不定他还就信了她的鬼话!

"爱卿。"

"臣在。"萧惊堂从暗室里出来,单膝跪地,拱手行礼,"多谢陛下厚爱。"

"唉。"皇帝长叹了一口气,"你辛苦了,皇后骄纵,把你视为眼中钉,你也不要太往心里去。"

真不愧是皇帝,就是这么不讲道理:我的女人要害你,你不要记仇,因为她毕竟是我的女人。

萧惊堂了然,恭敬地颔首:"臣明白。"

皇帝转头看了外面一眼,挑眉问:"是不是又下雪了?"

王公公回来,拱手道:"回陛下,是下雪了,淑妃娘娘那边来人说,请您过去赏雪。"

"淑妃?"皇帝挑眉,披了披风坐起来,"她不是一向怕冷吗?今日倒是有了赏雪的兴致。"

王公公笑道:"娘娘说,有惊喜在玉漱宫等着您,还得请您移步。"

"哦?"皇帝来了点儿兴趣,笑道,"正好朕也有事要跟她说,萧爱卿,咱们不如同去？"

"遵旨。"

皇帝还记得萧惊堂的心上人的事情，总要过去梳理梳理，淑妃都来请了，那他正好去看看萧爱卿喜欢的人长什么模样。

"臣妾恭迎陛下。"皇帝到了玉漱宫，淑妃带着个人在门口跪迎。要是平时，皇帝定然不会注意那人是谁，可今儿个便多看了一眼——那人不是摘绿。

"免礼吧。"皇帝边抬脚往里头走，边笑问，"妹儿有什么惊喜给朕？"

淑妃莞尔一笑，扶着他的手就带着他去后院。萧惊堂看了温柔一眼，走到她身边，悄悄拉了拉她的袖子。

温柔正兴奋呢，毕竟那凉亭一装琉璃贼好看，所以当这人扯她的时候，她只不耐烦地挥了挥手："等会儿。"

萧惊堂黑了脸，一把捏住她的腰，看了前头的人一眼，低声说道："你能不能配合一下我？"

温柔表情茫然地看着他，问："配合什么？"

萧惊堂低头跟她嘀咕了两句，就见这傻妮子眼睛睁得老大，难以置信地看着他："你！"

"没别的办法了。"萧惊堂无奈道，"配合一下，这是你答应过我的。"

温柔："……"

她是答应过要回报他没错，可这也太过分了啊！

"哈哈哈，妙极！妙极！"

后院传来了皇帝的大笑声。摘绿跑了出来，看温柔还和萧惊堂站着，连忙拉了她一把："快走，娘娘让你过去呢。"

"我……"温柔苦着一张脸，问，"我能不过去吗？"

摘绿坚定地摇了摇头。

温柔叹了一口气，捏拳，不得已地走了过去，就听得皇帝刚好问了一句："哪个是做这东西的人哪？"

淑妃见状，连忙就将温柔拉了出来，笑道："臣妾正有一件事想说呢。皇上，这位姑娘心灵手巧，臣妾想认作干女儿，以后她也好嫁个好人家。"

脸上的笑意淡了淡，皇帝看了淑妃一眼，又看了看温柔，问："姓甚名谁？"

"民女温氏，单名一个柔字，拜见圣上。"不管三七二十一，温柔先跪下去行了个大礼。

"温柔？"皇帝笑了，"好名字，只是，你当真愿意做淑妃娘娘的干女儿吗？"

她若做淑妃名义上的干女儿，那也就只是名义上的，可当着皇帝的面说，意义就不一样了。她若是淑妃的干女儿，那又是皇帝的什么？

温柔胆子小，嗫嚅了半晌才回道："民女自然愿意。"

皇帝笑了，看向淑妃："你啊，怎么见着好姑娘就想认干女儿，是后悔没给朕生个公主吗？"

淑妃愣了愣，有些错愕："这……"

皇上怎么会是这样的反应？

"也罢，既然你想收，那不如朕收了可好？"皇帝看向温柔，慈祥地笑了笑，"正好朕子嗣单薄，只有二子，还没有个女儿。"

温柔被吓了一跳，淑妃也被吓了一跳，连后头的萧惊堂也惊了惊。

皇帝要认干女儿？

"陛下……"淑妃半晌才找回自己的声音，傻愣愣地问，"这是为何？"

"这姑娘不是萧爱卿的心上人吗？"皇帝笑眯眯地说道，"她能做出这么好看的琉璃，又能弄出这么舒适的赏雪凉亭，朕自然要赏她。别的也没什么好给的，朕就给个名分，她好嫁给萧爱卿为妻，如何？"

淑妃瞪大了眼。

温柔低着头，一脸生无可恋的表情。

古代的皇帝是不是都这么喜欢当红娘，动不动就给人赐婚？什么萧惊堂的心上人，皇帝问过她的意见吗？

但是现在，皇帝就算问，她也没胆子说有意见。

天杀的，她来帮淑妃是不是来错了？为什么做点儿东西而已，她就要被给个这么大的"恩赐"啊？！

萧惊堂知道皇帝会想法子让温柔和淑妃撇清关系，但是没想到皇帝想的是这个法子。皇帝认温柔做干女儿，那就算之后自己迎温柔过门，与淑妃之间的关系也可以说挣断就挣断。

但还有一点，若是他们不想与淑妃撇清关系，那……那就相当于皇帝与淑妃是一条战线的了。

萧惊堂深深地看了皇帝身上的龙袍一眼，了然。最近皇后和大皇子一党太过着急，加上他推波助澜了一把，帝王的心里怕是对大皇子有了芥蒂，因此皇帝宁愿帮扶三皇子一把。如此，轩辕景也算是得偿所愿。

"你愣着做什么，"看温柔不声不响的，淑妃连忙催道，"还不谢恩？"

温柔回过神来，朝皇帝磕头，尽量让语气充满感激之意："多谢陛下。"

皇帝"哈哈"笑了两声，挥手让她起来，然后就看向外头纷纷扬扬的雪。

"往常看雪，坐不了一刻钟就得回屋，这个地方好，想必司马国师也会喜欢。"皇帝伸手敲了敲琉璃，"明日朕就让他进宫来赏雪。"

司马国师是谁？温柔不认识，但是皇帝这话一出，淑妃的眼睛顿时都亮了。

淑妃连忙说道："国师若是来，臣妾一定会准备好东西，不会怠慢。"

"好。"皇帝颔首，拉了淑妃坐在自己身边。

萧惊堂见状，便拱手道："那微臣就带温氏先告退了。"

"嗯。"

温柔跟着行礼，乖乖巧巧地随着萧惊堂出了玉漱宫，一路到朱雀门，上了马车。

然后温柔整个人就炸毛了，扑到萧惊堂身上就拧着他的衣襟，龇牙咧嘴地问："怎么回事？"

萧惊堂眼神镇定地看着她，很是无辜："什么怎么回事？"

"好端端的，陛下怎么会给咱们赐婚？"温柔眯起眼打量着面前的人，问，"你是不是动了什么手脚？"

"我能动什么手脚？"萧惊堂伸手捏住她的手，微微皱眉，"这一切都是皇上的想法，我什么也没做，只是送你进宫被皇后告了一状，陛下护我，就决定将你赐婚给我。"

他竟然被皇后告状了？温柔愣了愣，立马松开了他的衣裳，颇为紧张地问道："没什么大问题吧？皇后说什么了？"

萧惊堂深沉地叹了一口气，揉了揉太阳穴，神色颇为苦恼："她说我与淑妃勾结，我只能否认，陛下为了消除皇后的戒心，所以才做这样的决定。"

温柔歪着脑袋想了想，坐好，撑着下巴道："这么看来，皇上还是有些偏爱淑妃的啊，我要是又嫁给你，那你不就成淑妃这边的人了？"

"皇上的意思，是要我效忠于他。"萧惊堂说道，"不管与谁成亲，我都只能为他谋事。"

他已经表了忠心，表面上是淑妃的人，实际上还得替皇帝做事，这样皇帝会非常信任他，但皇后会非常厌恶他。厌恶之下，皇后必定有所动作，一有动作，那就会露出破绽。

这是一场环环相扣的棋局，他赢得了圣上，自然也赢得了皇后。

面前的小家伙还在冥思苦想，半晌之后，终于想起了这件事的重点："所以我还得嫁给你？还是皇帝赐婚？"

"是。"萧惊堂点头，表情看起来很不乐意，"圣命难违。"

温柔感觉跟吃了只苍蝇下去似的，脸色铁青，瞪眼看着他。

"你放心，即便你再同我成亲，我也不会约束你什么。"萧惊堂保证道，"你爱做琉璃就做琉璃，爱卖琉璃就卖琉璃，只要立场与我一致，并且不出墙，其他的事我都不会管你。"

听这条件是不错，可是温柔就是觉得硌硬，沉着脸想了好半天，没答应也没拒绝，马车一到地方，就下去了。

"你去哪里？"萧惊堂掀开车帘问。

"还能去哪儿？"温柔没好气地翻了个白眼，回道，"回去吃饭！"

"凤凰街上新开了一家肉糜铺子，"萧惊堂问道，"要去试试吗？"

耳朵动了动，温柔回头："你请客？"

萧二少爷上下扫了她一眼，微微皱眉，犹豫了片刻才答应道："可以。"

这人什么眼神哪？她是不值一顿肉糜还是怎么的？温柔鼓嘴，不服气地重新回到了车上，气势磅礴地说道："我能吃穷你！"

萧惊堂忍不住勾唇，又迅速将笑容压了下去，颔首："你若有那么大的肚子，那随你吃，我不拦着。"

他瞧不起谁啊这是？温柔撇嘴，一到那店铺就冲进去，找了位置坐下，嚣张地拍着桌子道："小二，你家店里什么贵上什么，都往这桌来！"

店小二愣了愣，看一眼后头跟着进来的人穿着的衣裳，当即点头，立马去传菜。

萧惊堂皱眉，扫了一眼人多混杂的大堂，走到温柔旁边问："你就不能上楼去找厢房？"

"我不！"温柔拒绝道，"我就喜欢人多一起吃饭，热闹，跟食堂似的。"

萧惊堂嫌弃地跟着坐下，顶着四周的人投过来的目光，眼神深沉。一顿肉糜，旁边的小家伙吃得高兴得很，他愣是一口都没吃下。他结账的时候，旁边还有不少姑娘推推搡搡地挤在他身边，胆子大一点儿的，红着脸就上来问："这位大人，敢问名姓？"

萧惊堂冷冷地看她们一眼，额角青筋跳了跳，一言不发，拉着温柔就

· 631 ·

往外走。

"哎,你去哪儿啊?"温柔问。

"回去。"

"好不容易出来散散步,你就要回去啦?"温柔不高兴地嘟嘴,看了看旁边,"这上京我都没逛过呢。"

脚步顿住,萧惊堂满脸戾气地回头看了她一眼,又看了一眼后头跟着的一堆姑娘。

温柔觉得,他下一秒肯定就要骂她了,脸都捂好了,却见面前这人深吸了两口气,平静了下来。

"走吧,带你去尝尝杜康酒庄的酒。"

温柔诧异地挑眉,蹦蹦跳跳地跟着他走,两个人车也没乘,往前走了几百米就是一间酒庄。萧惊堂二话没说,买了两个小酒壶装了两壶酒,递给温柔一壶,然后便拉着她边喝边往前走。

温柔有点儿恍惚,对着壶嘴喝了一小口酒,发现里头是米酒,跟饮料似的。

然而萧二少爷的脸很臭,他一步步往前走着,浑身都是生人勿近的气息。

温柔笑眯眯地喝着酒,看了一眼身后跟着的人群,小声问他:"二少爷,您这么有魅力,他们怎么敢把女人放在您的院子里?"

脸色更黑了一点儿,萧惊堂瞪她:"你能不能说点儿好话?"

"这不是夸您吗?"温柔说道,"我看书上说,美男出行,掷果盈车,您要是坐着敞篷车出来,估计也能开个水果店。"

"你给我闭嘴。"

温柔撇了撇嘴,喝了一口米酒,看了看前头的路:"您这是要去哪儿?"

萧惊堂板着脸,一言不发地扯着她就走。温柔跟跟跄跄地跟着他,没一会儿就离开了热闹的街道,到了旁边的胡同里。

有敲敲打打的锣鼓声传来,温柔挑眉,往四周看了看,就见一个院子门口挂着"皮影戏"的牌匾,大门敞开,人来人往。

"您要看这个?"温柔挑眉。

"陛下说,要体察民情。"萧惊堂一本正经地说道,"皮影能表达出百姓的一些意愿,进去看看也无妨。"

敢情他还是出来办公的?温柔撇嘴,跟着他进去,交了钱找了长凳坐下。

不大不小的皮影屏幕上，正在演的好像是什么小姐爱上书生的桥段，在座的都是男男女女，气氛不错。

温柔疑惑地看了旁边的人一眼，觉得这人是不是故意找机会跟她一起看戏啊？

然而是她想多了，萧惊堂正襟危坐，一脸深究的模样盯着那皮影屏幕，看起来正在思考这皮影戏的中心思想和百姓意愿。

于是温柔也就只能陪着他，一本正经地看皮影戏的内容。

壶里的米酒没了，手里又被塞了一袋子干果，温柔"咔嚓咔嚓"地吃着，"喃喃"道："你们这儿的思想不是很严肃、很封建吗？为什么演的都是半夜私会的戏码？"

萧惊堂看了她一眼，回答道："所以我说，皮影戏会表达百姓内心真正的想法。"

这话也太有道理了！

戏散场，温柔看了看天色："是不是要下雪了？"

"上京有断桥绝景。"萧惊堂问道，"雪景尤其好看，你要看吗？"

"不看白不看！"温柔睨着他，"你带路？"

"嗯。"萧惊堂转身往外走，"我顺便去考察那一带的民风。"

温柔挑了挑眉，蹦蹦跳跳地跟了上去，问："我这样跟着你出差，有补贴吗？"

萧惊堂嫌弃地看了她一眼："你抠这种小钱做什么？"

"不是抠，要是你给的话，我不就赚了吗？"温柔眨眼，"赚钱的感觉很爽的！"

他才是正儿八经的商人，这人为什么比他还精？

萧二少爷摇摇头，也懒得跟她说了："按照刑部规定，出远门务公，一天有一两银子的差旅费，我便补你一两银子，可好？"

苍蝇再小也是肉啊！温柔立马点头，整个人顿时更开心了，上车后还主动塞给他一个汤婆子。

萧惊堂神色复杂地看着她，忍不住问："你最在意的到底是什么？"

要说是银子，他有的银子足够她挥霍一辈子，她却没有想跟他在一起的心思。要说她不在意银子吧……瞧这小财迷的样子！

温柔心情很好，捏着嗓子就说道："人最重要的就是开心嘛，管他在意什么呢，日子开开心心的，不就好了吗？"

萧惊堂嘴角微抽，别开了头。

他竟然企图跟她正常地对话，真是忘记了她这咋咋呼呼的本性。

外头果然又开始下雪了，断桥在城南，他们过去的时候，地上的雪又深了。萧惊堂一下车，转头就看见后头的人蹲在车辕上，朝他伸出了双手。

"怎么？"心里微动，萧二少爷控制住自己没过去抱住她，表情冷漠地问。

温柔古怪地看了他两眼，开口道："二少爷健忘呢？您说好的十两银子一直背我走的。"

萧惊堂深深地看了她一眼，嗤笑道："你还真是舍不得吃一点儿亏。"

说着，他转身背对着她，伸出了手。

温柔一个飞扑就扑上了他的背，跟个树袋熊似的挂在人家身上，接过车夫递来的伞，撑开打在两个人的头顶上。

"举高点儿，"萧惊堂皱眉，"你挡得我看不见前头的路了。"

温柔撇嘴，小声嘀咕："给你打伞就不错了，这么多要求？"

"你说什么？"

"没什么。"感觉到这人有要把她扔在雪里的趋势，温柔立马改了语气，伸手替他擦着脸上不存在的汗水，笑得很谄媚，"二少爷知道白娘子的故事吗？"

"不知道。"

"哎？"温柔眨了眨眼，"你连白娘子都不知道，那这儿怎么会有断桥绝景的？"

萧二少爷一脸不能理解的神色："断桥跟白娘子有什么关系？只是城南这座桥断了，也没人来修，桥边开满了梅花，故而此处被称为绝景罢了。"

原来是她多想了。温柔垮了脸："就一座破桥，一点儿故事都没有的话，有什么好看的？"

"故事吗？"萧惊堂皱眉，想了一会儿，说道，"民间倒是有传说，说有一对爱人被家里人拆散，约定好到这座桥上碰面一起私奔，结果桥断了，两个人一人在一边，相见不能相守……这个故事可以吗？"

温柔抽了抽嘴角，问："你编的？"

萧二少爷心虚地没吭声。

"这很不合理好吗？两个人要私奔选个啥地方不好选座破桥，直接出城去会合不是更好？"温柔撇嘴，"反正换成是我，我一定不会选这个地方。"

"可是,"萧惊堂不服气地说道,"很多人选择在这里碰面,然后出城的。"

断桥已经在眼前了,温柔懒得跟他讨论那蹩脚的故事,从他背上跳下来便瞧了瞧。

桥下竟然是万丈深渊。

"这地方好看吗?"温柔咽了一口唾沫,有点儿腿软,抓着萧惊堂的手就没松开,"就不能把一个安全的地方当景点?若有人掉下去谁负责?"

感觉到自己的衣裳被紧紧抓着,萧二少爷挑眉,不但没退,反而往那悬崖边走了一步。

温柔"咩"的一声就叫了出来,死命拽着他的衣裳,闭着眼睛说道:"有话好好说!你想死我还不想死呢,先放开我!"

萧惊堂看了一眼自己空空的两只手,又看了一眼被她抓得死紧的衣袖,嗤笑道:"谁放开谁?"

"甭管谁放开谁,咱们回去那头再说啊!"温柔声音都抖了起来,"拿什么开玩笑,也不能拿性命开玩笑啊!"

看她是当真被吓着了,萧惊堂抿唇,抓着她的手腕就将她带得后退了几大步:"我以为你会喜欢这里的景色。"

睁开眼看看四周安全了,温柔松了一大口气,立马将手里的东西扔开,跌坐在地上翻了个白眼:"谁会喜欢这样的景色?拿命看啊?"

天色已经开始暗了,萧惊堂抿了抿唇,转身就往马车的方向走去:"回去吧。"

"哎,你不是要视察民情吗?"温柔站起身来,追着他问,"这儿一个百姓都没有,你就这么回去了?"

"你不饿?"萧惊堂挑眉。

温柔摸了摸肚子,肉糜好像消化得差不多了,于是她没骨气地点头:"饿,回去吧!"

雪下得"簌簌"响,温柔抱着汤婆子,在马车上缩得像是一只仓鼠,摇啊摇啊地就睡着了。

萧管家在侍郎府门口,看见的就是温柔抱着圆圆的东西,萧惊堂抱着圆圆的她,面无表情地下了马车。

"二少爷,"萧管家打着伞过来,笑道,"已经备好晚膳了。"

萧惊堂微微颔首,抬脚正要走,身子却顿了顿,目光陡然凌厉地看向右边的墙角。

管家心里一惊,跟着看过去,却什么都没看见。

"怎么了少爷?"

萧惊堂眯着眼盯了那头一会儿,收回了目光:"没事,你晚上让人加强戒备,最近上京里不是很太平。"

"是。"

夜幕低垂,淑妃与皇帝在玉漱宫歇息,皇帝难得地柔情,揽着她的腰低声说道:"景儿比离儿更有天赋,朕都知道。"

淑妃愣了愣,垂下了眼眸:"多谢陛下夸奖。"

皇帝摆了摆手,叹息道:"这是事实,不是夸奖,只是朕多年以来养虎为患,离儿是嫡长子,议事院那群人又都偏帮皇后,一旦要立皇储,定然会选离儿,所以朕……一直不想提立太子之事。"

心里微跳,淑妃难以置信地看了他一眼,感动地喊:"皇上?"

皇帝拍了拍她的肩膀,笑道:"萧侍郎是可造之材,只要他能助朕平衡朝内势力,拔掉多余的爪牙,总有一日,朕会亲自提册立太子之事。"

身子紧绷,淑妃垂眸:"萧侍郎……臣妾不太了解他,强行留了温氏在宫里,似乎有些得罪他了,不知道……"

听着这话,皇帝看了她一眼,微微思量片刻,而后笑道:"无妨,他不会记恨你。"

孙氏又不是肯吃亏的人,一旦与萧爱卿杠上,他哪里还有记恨淑妃的精力?

温柔起了个大早,去陪阮妙梦用膳。

阮妙梦的气色看起来好了些,但是大夫说,心疾有些严重,必须仔细养着,不宜动怒或者大喜,温柔也就不敢跟她说笑话,只安静地坐在她身边,跟她讲琉璃轩的事情。

"咱们买下第二个瓷窑了,现在每天的利润很可观,比在幸城的生意好得多。"温柔拿着勺子给她喂粥,笑道,"等你身子好了,咱们游历四方都可以,住最好的客栈,吃穿都是最好的,可好?"

阮妙梦轻轻勾了勾唇,颔首,可一双眼里毫无波澜,分明是半点儿兴趣也没有。

温柔叹息,正想再说话,外头就有人进来了。

"阮姑娘，喝药了。"

听到没听过的声音，温柔怔了怔，回头一看，就看见一个老实巴交的汉子，七尺多的高个儿，身子结实，一张脸上五官还好，可不知怎么的瞧着就是有股傻气。

"这是……？"

阮妙梦回神，看了那人一眼，开口道："他曾经是侯府的人，如今在侍郎府做事了，叫曲理，颇懂药材香料。"

温柔眨了眨眼，看了看阮妙梦："侯府的人，竟然来伺候你？谁干的？萧惊堂吗？我找他算账去！"

"不必了。"阮妙梦连忙拉住了她，皱眉道，"这个人跟楼东风没什么关系，心地也挺好的，你不必介意他。"

是吗？温柔皱眉看了这人一眼，脸上满是戒备之色。

曲理抓了抓后脑勺，不太好意思地说道："我不是坏人，这药材我最懂，求了侍郎大人让我来照顾阮姑娘的。阮姑娘人好，以前在侯府经常照拂咱，咱也得报个恩不是？"

这人好像还真是挺傻的。

温柔缓和了神色，说道："会照顾人就好，我等会儿还得去趟琉璃轩，那你便记得提醒妙梦按时吃药。"

"好！"曲理字正腔圆地应了，连忙将药端到床边，嘀咕道："现在就是该吃药的时候啊，阮姑娘快吃药，我放了蜂蜜，不苦的！"

温柔被他给挤到了一边，哭笑不得地看了阮妙梦一眼。阮妙梦也在笑，无奈地摇头，接过碗把药喝了个干净。

"对了，萧二少爷呢？"放下药碗后，阮妙梦问了一句。

温柔耸肩："他一大早就去上早朝了，趁着他不在，我自己回去琉璃轩整理一下东西，也交代徐掌柜一些事情。"

"好，"阮妙梦颔首，"你小心点儿。"

温柔笑着应了，穿了羽绒服，蹦蹦跳跳地就出门上了车。车夫也是老司机了，二话没问就驾车启程。

第二十章
惨遭绑架

萧惊堂很好奇自己一个侍郎为什么要参加早朝。一般来说都是刑部尚书参加早朝之后跟他们传达些重要的事情就可以了，但今日，据说三皇子和大皇子同时上朝听政，三皇子就派了人来请他助场。

"萧侍郎。"萧惊堂有些恍惚地走在宫道上，正觉得不安，就听见了轩辕景的声音。萧惊堂转身一看，轩辕景正惊讶地看着自己："你怎么来了？"

萧惊堂微微错愕，停下步子，看着轩辕景问："昨日半夜，不是凤七姑娘来我府上，说让我今日与您一起上朝吗？"

凤七？轩辕景皱眉："本宫未曾给她这样的命令。"

什么？萧惊堂心里一沉，想起昨晚看见的影子，二话没说，立马转身往宫外跑去。

轩辕景喊了他一声，然而来不及了，人已经跑得没了影。

这是怎么回事？轩辕景眯着眼想了想，自己冷落了凤七两日，最近都不曾见过她，该不会她胳膊肘往外拐，帮着人来对付他了吧？

"三皇弟，"轩辕离从他身边经过，扫了他一眼，笑道："还不走吗？上朝可要迟了。"

轩辕景回过神，笑了笑，低着头连忙往前走去。

萧惊堂一路出宫，乘车赶回侍郎府，却听得管家说温柔去琉璃轩了。

心里一沉，他呵斥道："我不是说过让她不要一个人出门吗？"

萧管家愣了愣，低声回道："温柔姑娘说有事，反正您不在，她就去处理了……"

萧惊堂气急地一扯缰绳，转头就往琉璃轩跑，平静的表情被打碎，整个人都变得焦躁起来。

"东家吗？"看着面前这气喘吁吁的人，徐掌柜一脸莫名其妙的表情，"东家刚走啊，好端端的，她说要去散散心，还说您要是找来了，就告诉您，她去看看上京的景色。"

萧惊堂眯了眯眼，问："你确定是她本人说的这些话？她一个人来的，身后没跟什么人？"

徐掌柜仔细回忆了一番，回答道："是东家自己来说的，就一个人。"

"她穿的什么衣裳？"

"红白相间的棉裙，"徐掌柜比画着，"就是她先前常穿的那件。"

萧惊堂皱了皱眉，转身就开始在上京里找人，还问衙门借了人，往东南西北四个方向搜查，然而直到晌午，也是一点儿音信都没有。

心往下沉，萧惊堂正觉得慌，就见萧管家拿了信来给他："少爷，温柔姑娘的信。"

萧惊堂皱眉接过信来拆开，就见温柔那鬼抓一样的字迹张牙舞爪地写着："不愿与君守四方之天，只愿与君闯无涯之路，君心若有妾，便与妾断桥会合，一同出京，远离是非。君若能舍，那妾便葬身断桥之下，独自成眠。"

萧惊堂翻来覆去地看了两遍，没有多余的话，笑了笑，眼里却没半点儿温度。

"怎么了？"萧管家接过二少爷递来的信，也看了看，接着就皱紧了眉，"怎么会这样？温柔姑娘……这……"

温柔姑娘怎么看都不是会写这样的信的人哪。

萧惊堂扬了扬嘴角："她被绑架了。"

"什么？！"

"这不是她的字，去琉璃轩跟徐掌柜见面的人也不是她。"萧惊堂说道，"她写字喜欢把毛笔掰开写，纸上会有划痕，这一张上没有。她很怕冷，给她做了羽绒的衣裳，她不可能还穿以前的衣裳出来。更可笑的是，她昨天才同我说，不会约在断桥那么傻的地方私奔。"

不管怎么看，这都是有人布了局，在请他进去。

"要报官吗？"萧管家惊慌地问。

"你去衙门提前说一声，我可能会用到他们的人。"萧惊堂深吸了一口气，道，"先回府，少安毋躁。"

少安毋躁这话与其说是萧惊堂说给萧管家听的，不如说是说给他自己听的。

萧管家已经很久没在自家少爷脸上看见过这么没底气的神色了，自家少爷的眼眸在乱转，整个人显得很慌张，没有半点儿平时的镇定自若样子。少爷策马往侍郎府走时，还差点儿撞着了人。

府里经常有丫鬟议论，说二少爷冰冷无情，遇见什么事都不见有什么表情变化，真想看看房子着火了他会是什么样的反应。

要是她们现在在这里，大概就得偿所愿了。这时候的萧二少爷紧张得跟普通人没什么两样。

阮妙梦正在屋子里休息，就听疏芳进来，着急地跟她说了温柔不见了的事情。错愕之下，阮妙梦问："萧惊堂呢？"

"二少爷在屋子里坐着，不知道在想什么。"疏芳急得眼泪直掉，问道，"阮主子，二少爷会不会不救咱主子了？"

"不会的。"阮妙梦摇头，其实自己也没多少把握，只说道，"他若是有人性，就怎么也会救的。"

"萧二少爷……"曲理在旁边，闻言好奇地问了一句，"有人性？"

他虽然是侯府的人，但来萧家也算是有些时候了，每次看见二少爷都是一副不食人间烟火的样子，二少爷哪里来的人性啊？

面前的两个女子同时瞪了他一眼，曲理觉得很莫名其妙："我没说错啊，二少爷做什么事都很冷静的，他能在乎什么？"

阮妙梦闭眼，疏芳哭得更凶了，整个侍郎府被大雪笼罩，突然就变得萧条起来。

温柔是被吵醒的。

她不知道发生了什么事，只感觉这马车开得真久。她能感受到走了很长的路，却怎么也醒不过来。

现在她睁眼，就见四周是简陋的墙壁，一群穿得灰不溜丢的人正站在前头"叽叽喳喳"地说着话。

"这妞儿贼漂亮，反正是要死的，不能让咱们尝尝味道吗？"

这令人恶心的声音刚落地，旁边就有人拍了他一扇子："都说了不能碰，这妞儿要换大价钱的，给你尝了还值什么钱？都老实点儿。"

　　心里一惊，温柔连忙闭上眼，却慢了一步，旁边有人瞧见了，喊了一声："她醒了！"

　　屋子里顿时安静下来，为首的人上来，用扇子戳了戳她："醒了就别装睡了，起来陪哥儿几个说说话啊。"

　　温柔咬了咬牙，睁开眼，慢慢坐起来扫了这群人一眼："我能问问我在哪儿吗？"

　　"能啊！"床边的人笑道，"这是龙首山，咱们是这儿的老大，俗称山大王，抢了你来做媳妇儿，你愿不愿意？"

　　温柔一脸蒙地看了看这人，问："您贵姓啊？"

　　"免贵姓赵，名长春。"赵长春彬彬有礼地说道，"我是他们的脑子，换句话说，他们都没脑子。有什么话啊，你同我说就成。"

　　温柔干笑两声，按了按自己的心口，让自己平静了一会儿，才问："我给自己赎身成吗？你们拿着银子，可以换更多的媳妇儿。"

　　"哈哈哈。"赵长春大笑，可就笑了一瞬，整张脸就阴沉了下来，看着温柔道，"换媳妇儿？别家的媳妇儿我可不喜欢，我就喜欢萧惊堂的媳妇儿。"

　　心里一沉，温柔暗喊了一声"完蛋"。

　　这人是萧惊堂的仇人。

　　要是一般的山贼，那她还能想法子抽身，可这些人要是冲着萧惊堂来的……温柔想哭，委屈地看了这人一眼："我与萧惊堂似乎也没什么关系吧？我们早和离了，我算什么媳妇儿？"

　　赵长春嗤笑了一声："和离过的也算是媳妇儿，就算你被休了，那也曾是他的女人，他多多少少会在意你一些。"

　　"谁告诉你们的啊？"温柔翻了个白眼，表情认真地说道："我是最早被休的，后头他还休了一个，说在意，他更在意的也该是后一个人，不然就不会休前一个了对不对？你们冤有头债有主，怎么都不该找到我这失宠被休了快大半年的人头上啊！"

　　赵长春微微一愣，低头想了想，竟然觉得温柔说得很有道理。

　　"可是……"他"喃喃"道，"上头的人说的萧惊堂最在意你，你被绑了，他肯定来救你。"

　　"上头的人坑你们的吧？"听见这话，温柔灵机一动，面上却是义愤填膺的表情,"不信你们把我绑去断桥看看,约他出来,看他会不会来?"

"还用你说?"赵长春撇嘴,"已经有人去送信给他了,估计过不了多久他就会到断桥。"

"那咱们就打个赌呗大哥?"温柔说道,"要是萧惊堂来了,我便给你五千两银子;他要是没来,你就放我走,怎么样?这样怎么算您也不亏啊!"

要是萧惊堂来了,他不仅能成事,还能有五千两银子拿;要是没来,那就说明这女人对萧惊堂真的不重要,他绑了她也没用。

思量了片刻,赵长春问:"你真能拿出五千两银子?"

"能,你们押着我一起去钱庄取都可以。"温柔保证道,"我这个人不撒谎的。"

五千两银子不是小数目,就算给在场的人分了,他们也都能吃香的喝辣的一辈子。赵长春沉默了许久,点了点头:"成交。"

"这位大哥一看就是讲道理的人。"温柔笑了,眼里都是崇拜之色,扫了屋子里的众人一眼,问道:"看你们不像山贼,倒像是绿林好汉,一个个眉目间都有正气,怎么会来做这种事的?"

被人一夸,尤其是被花容月貌的女人一夸,男人就容易飘飘然,屋子里的气氛瞬间就缓和下来,赵长春叹了一口气。

"你以为我们想这样吗?我们都是被萧惊堂那兔崽子逼的!本来我们在萧家做工,工钱足够咱们养家糊口,可他偏生辞退了我们!"

温柔讶然,跟着皱眉:"太过分了!看各位这浑身的力气,你们怎么能被辞退呢?!"

萧惊堂不是苛刻的资本家,萧家大大小小的店铺也需要很多人帮工,如果这些人被辞退,那一定是犯了原则性的错误,这一点温柔是知道的。但是眼下她只能跟他们站在同一立场上,才不至于激怒这群人。

"是啊,他真的太过分了!我在萧家做工都有二十年了,"后头一个半老的人开口道,"没有功劳也有苦劳,捞点儿东西的事情谁不会干哪,他就偏生抓住了我,杀鸡儆猴,什么都没给我留下,这不是把人往绝路上逼吗?"

"没错,这人太没人性了!"温柔拧了一把自己的大腿,泪眼婆婆地说道,"我比你们都惨,嫁来萧家,别看是二少奶奶,表面上风光,实际萧惊堂可不是人了,天天毒打我,还说我害死了他的心上人!一找到人,他就把我休了,两年的恩情都付诸东流……我……我怎么就嫁给过这么一个人啊？！"

尾音悠长，充满怨念。

屋子里的人顿时都同情她了，赵长春的神色也缓和了些，他摇头道："你这么惨，也不知道他们是抽的什么风，竟然觉得能拿你威胁萧惊堂。"

"大哥，你们该不会是被人骗了吧？"温柔瞪眼，"就冲绑我这一点来看，你们上头的人就不怎么靠谱儿啊，让你们做这些犯法的事情，到时候他们会不会让你们做替罪羊？"

"不会的！"赵长春立马否定，"他们说了，就算我们被关进去了，也能捞我们出来。"

"防人之心不可无啊。"温柔摇头，"这空口白话谁不会说？大哥，我也是看你们人好提醒你们一句，得留点儿信物，不然人家翻脸不认账，你们这细胳膊还能拧得过人家大腿？"

听她这么一说，赵长春皱起了眉，想了想，说道："还真是一点儿信物都没有。"

"别啊。"温柔一脸为他们考虑的表情，"趁着我还在你们手里，你们赶紧让上头的人给你们留个可以保障你们的性命的信物，不然你们还是跑路吧。这上京里的人有多险恶，你们是想象不到的！"

"她说的话都有道理啊。"旁边的人议论纷纷，"咱们要是被卖了，那才是真的完了。"

"不要慌。"赵长春抬手，敲了敲扇子，安抚众人道，"我去找他们谈，先拿着保障，再做事。"

温柔点头："大哥聪明！"

一群人本是杀气十足的，这一番对话之后，一个个都恢复正常了，也不调戏温柔了，反而跟温柔聊起天儿来。

温柔也会找话题，就跟他们聊家里的老婆孩子，夸这个好福气，那个好面相，以至到晚上的时候，这一群人对她的印象都好得不行。

于是温柔就放心地睡了一个晚上。

萧惊堂一夜未眠，双目赤红，找了萧少寒商议。

一看自家二哥这模样，萧少寒被吓了一跳："你干吗了？"

"温柔被绑了。"

"我知道温柔被绑了，问题是你不睡觉她也还是被绑了啊。"萧少寒摇头，看了一眼萧惊堂递过来的信，说道，"让一个下人去看看情况吧，你就别去了。"

萧惊堂沉默。

他知道他不该去,也知道那儿的人肯定不是温柔,但……万一他不去,她伤心了,该怎么是好?

"这事很棘手,你想放长线钓大鱼,就得忍受温柔在别人的手里,不然,事情就成不了。"

"没鱼可钓。"萧惊堂摇头,"他们做事不会留下蛛丝马迹,我在想的只是怎么救出她,自己也能全身而退。"

人家布了局,为的肯定是把他套进去,到时候说他为色所迷,单枪匹马去救一个女子,葬身于山贼之中,皇帝定然觉得耻辱,草草结案,根本不会细查。

但他要是直接将此事禀明圣上,圣上又会觉得他为一个女子大动干戈,实在是轻重不分。若他不禀报,直接动用官府的力量救人,那更糟糕,圣上会说他滥用职权,假公济私,不明法度。

反正不管他怎么做,都一定会出事。

萧少寒皱眉,摸着下巴不能理解地问道:"你说你表面上对这杜温柔也没多好啊,她怎么就被人盯上了?"

萧惊堂摇头,只吐了两个字:"皇后。"

就算他表面上对杜温柔再不在意,那皇帝认杜温柔做干女儿,想指给他的消息皇后那边的人肯定是知道的,皇后自然就明白拿温柔能威胁到他。名义上温柔是皇帝的干女儿,其实也就是他喜欢的女人而已,真把杜温柔当半个公主看,也不现实。

"你派个人去断桥看吧。"沉思良久,萧惊堂决定道,"我跟过去看看。"

"你去做什么?"萧少寒瞪眼,"让人去探探即可。"

"不。"萧惊堂看了他一眼,"他们那边定然有会易容之人,不然凤七不会来同我传话,徐掌柜更不会说那些话是温柔亲口说的,光是派人去看,根本看不出端倪。"

萧少寒翻了个白眼,说道:"人家看不出端倪,你就看得出了?"

"是,"萧惊堂一本正经地点头,"就算隔了三丈远,我也认得出那是不是她。"

萧少寒:"……"

三皇子府邸。

轩辕景听着暗卫的禀告，一张脸沉得可怕："他当真要去？"

"萧大人的意思，是您如果愿意帮忙，大可以直接相帮，他面上和心底都会承您这份情。"暗卫低声回答道，"另外，凤七姑娘……坚持说那日晚上她没有离开府里。"

轩辕景微微皱眉，侧头问："除了这句话呢？"

"除了这句话，别的她什么也没有说。"

心里生出一股无名火，轩辕景怒道："都这样了，她也不求见我？"

暗卫沉默。

轩辕景气极反笑，摆手："罢了，罢了，随她吧。她不肯说那就将她关在地牢里别放出来了，等此事终了，我也要给惊堂一个交代。"

暗卫顿了顿，张了张嘴想说什么，可犹豫之后还是闭了嘴，无声地退了出去。

温柔刚用了早膳——一个馒头——就听见赵长春喊道："断桥那边来人了，咱们去瞧瞧！"

温柔咽了嘴里的东西，立马蹦了起来："我也去。"

按照安排来说，他们是不能把这女人一并带去的，可是赵长春想了想，点头道："走吧。"

他总得让她亲眼看见萧惊堂，不然那五千两银子她怎么认账？

"真的是他来了吗？"走在路上，温柔嘀嘀咕咕地问。

旁边的一个人笑道："不是我说，只要这男人心里有你，就算知道是刀山火海，那也会来。要是他不来，那在他的心里，你便没有他自己重要。"

废话，温柔撇嘴，人都是自私的动物，除了脑子发热的，谁会把别人看得比自己还重要？

上车摇晃了小半个时辰后，就到了断桥。温柔分不清东南西北，但隐约能判断出他们藏身的地方就在上京外不远处。

断桥有两边，中间是悬崖，温柔被这群人带到了一边的树林里，踮着脚看过去，隐约能看见对面断桥上站着个人，但那人不是萧惊堂。

温柔微微松了一口气，耸肩道："你们看吧，他果然不会来。"

赵长春有些恼怒："萧惊堂真不是个男人，这样都不肯来？"

温柔低笑："他不傻，大哥，你们不让他看见我，他怎么可能主动入这圈套？"

"他要看见你很简单。"赵长春冷哼，朝旁边的人使了个眼色，立马就有一个眼熟的女子走到了断桥上。

那背影真的很眼熟，但温柔死活想不起来自己在哪里见过这人。

"萧惊堂！"女子悲切地喊了一声。

温柔浑身一震，瞬间低呼出声："杜温柔？"

旁边那个跟她聊家里闺女的汉子示意她小声点儿，低声说道："那是你的冒牌货而已。"

冒……啥？温柔有点儿震惊，这声音分明跟她一模一样，背影也和她极像，这人转过脸来说不定她会被吓晕过去。这样的冒牌货，也太高级了吧？

"你心里没有我，我一早就知道。"冒牌货继续悲切地朝对面喊道，"可我没想到，这种时候，你也不愿意救我一把，枉费我帮你做萧家琉璃阁，你这个负心汉！"

她的声音响彻山林，萧惊堂在后头的树林之中听着，微微皱眉。

是她，还是不是她？她怎么会连琉璃阁的事情都说得出来？

"你既然不愿见我，那我化为厉鬼也会缠着你！"冒牌货痛哭，边哭边往断桥上走，看起来像是要跳下去。

身子一动，萧惊堂白了脸，几乎立刻就要上前去。

然而定睛看了一眼桥上那人，萧惊堂眯起眼，身子一松，恢复了镇定。

"二少爷，"暗卫小声问，"要不要小的去救人？"

"不必，"萧惊堂淡然地摇头道，"那不是杜温柔。"

一靠近悬崖边就被吓得抓着他不放的人，怎么可能这么从容地站在断桥之上？

对面的温柔眨着眼睛，看着一点儿动静也没有的山谷，问旁边的人："这样演戏有用吗？萧惊堂又没来。"

"上头的人说他会来的，要是他真的不来……那咱们就把断桥上那人绑架了，让对面的家奴回去报信就是。"

"嗯……哎？"温柔察觉到不对，皱眉问，"不是说好他不来，你们就放我走吗？"

汉子尴尬地摸了摸鼻子："今天一早上头的人给了赵大哥信物，并且嘱咐他无论如何也不能放你走，所以……"

所以他们就食言了？温柔瞪眼。

汉子惭愧地低下头："咱们其实就是人手里的刀，也做不了什么主，姑娘理解理解。"

理解个大头鬼啊！先前还跟她说得好好的人，一转头就不打算放她走了，并且如果上头的人要杀她，这些人也会照做？

心凉了半截，温柔下意识地看了看四周，努力寻找着逃跑的路线。

然而大概是她的神态让周围的人警觉了，几个汉子二话没说就架着她往回走，边走边说道："该回去继续等着了，看样子萧二少爷当真没来。"

挣扎了两下，温柔说道："我尿急。"

几个汉子愣了愣，皱眉看着她："憋着吧，回去再解决。"

"这怎么憋得住啊？"温柔咬了咬牙，"会憋死人的！"

几个人无奈地看了她一眼，商量了一下，两个汉子跟着她说道："你去那边解决，我们看着。"

他们看……看着？！温柔惊愕地问道："你们这儿的人耍流氓都这样理直气壮？"

"不然怎么办？"赵长春开口道，"你这姑娘聪明得紧，一个没看住要是跑了，咱们的命可就没了。"

脸上红了红，温柔捏着衣裳商量道："这荒郊野外寒冬腊月的，我一个弱女子，能怎么跑？你们隔远点儿，别偷看，成吗？"

赵长春盯着她看了一会儿，点头："好，我相信你一次。"

温柔微微松了一口气，连忙一副尿急的样子冲进了旁边的树丛。两个汉子跟上去，倒也当真没看，背对着她。

温柔眼珠子乱转，知道现在是她的一次机会，这机会抓不住，那她就完蛋了，不管到时候萧惊堂会不会来，她都得把小命交待在这里。

温柔深吸一口气，捏着鼻子说道："两位大哥，我想上大号，为了避免臭到你们，你们还是站在上风口处比较好。"

看守的人一听这话，嫌弃地离远了几步。

温柔仔细打量了周围的路况，选准了一条路，将羽绒服给脱了，活动了一下手脚，暗数了"三二"，立马往那边飞奔。

听见脚踩草地的声音，几个大汉立马反应过来，回头就喊："追！"

温柔慌乱地跑着，几次崴到了脚，也不管不顾地继续往前跑着。穿过小径绕过岩石，她正打算喘一口气，回头就看见了赵长春的脸。

"哇！"温柔被吓得脸都白了，震惊地看着他。

"他们说你很狡猾，果然如此。"赵长春笑了笑，"可我也不傻，到底以前是萧家的账房，没点儿脑子，也不会从萧惊堂手里抠了那么多银子出来。"

心像是被谁的手捏紧了，温柔下意识地后退，紧张得说不出话来。
　　赵长春步步逼近，眼神阴沉："我刚刚还想信你一次，然而，大妹子，你可真让人失望。"
　　温柔摇摇头，大喊了一声："救命——"
　　声音回荡在山谷中，阻住了对面山上萧惊堂想离开的步子。
　　心里发紧，萧惊堂回头看了一眼空无人迹的山道，皱了皱眉。
　　"二少爷，"暗卫低声说道，"殿下已经准备派护卫来搜山了，若是温柔姑娘在山上，一定能找到的。"
　　"嗯。"萧惊堂捏紧了手，盯了声音传来的方向许久，终于还是转身继续下山。
　　温柔被粗暴地抓回了关她的屋子，一群人不再像之前那般友善，一路上推推搡搡，让她磕碰到了不少地方，浑身都青青紫紫的，脚踝还肿得老高。
　　"想跑？"赵长春笑了笑，"你要是乖乖的，我还会考虑多留你些时候，可你要是这样，那就不能怪我心狠了。"
　　反正有冒牌货在，这个真人是死是活都不是很重要，让萧惊堂一辈子找不到她，也算是一种报复行为。
　　眼里有了杀意，赵长春挥手："给她准备上路酒吧。"
　　温柔是真的害怕了，捂着脚踝蹲在屋子里瑟瑟发抖。她没能跑出去，那么等着她的就一定是死亡！可她还不想死啊！她还有好多好吃的东西没吃，好多好看的地方没去看呢！妙梦的身子还没好，挽眉也还没有正式嫁进木家，修月也还没成为一代大侠，她怎么能死？
　　然而这会儿动什么脑子都没用，她武力比不上人家，萧惊堂知道断桥有诈，是怎么都不会去的——他不去断桥，又怎么可能来这儿找到她？
　　上路酒也就是一口米酒而已，里头不知放了什么东西，赵长春端进来，看着她说道："念你也有些可怜的分上，让你没痛苦地走。你若是再耍花样，那就会死得很难看，明白吗？"
　　温柔呜咽着应了，抱着自己，低声问道："我没想过自己会是这样的结局，这一杯酒下去，我能回家吗？"
　　几个汉子似笑非笑地说道："能回家，你喝一口就到家了。"
　　眼泪"唰唰"地往下掉，温柔也不知道自己在遗憾个什么劲儿，伸手捏过酒杯，犹豫了半晌，哽咽道："我真的不想喝。"
　　赵长春没耐心了，伸手抢过那杯子，吩咐人把她给按住，直接就要往她嘴里灌酒。

"不……"温柔挣扎着,奈何手脚都被人按得死死的,只能看着赵长春捏开她的嘴,将那酒杯凑过来。

"哐——"门猛地被踢开,一股子雪风卷了进来。

众人都还没反应过来,赵长春已经连同那杯酒一起被扔了出去。

温柔愣怔,有些恍惚的眼帘里,映出的是裴方物略显沧桑的脸。

好久没看见这个人了,温柔想,大冬天的,他竟然还拿着那把玉骨扇。只是,那扇子现在变成了凶器,将她身边的壮汉一个个给抽得趴在了地上。

裴方物的脸色不知道为什么这么慌,他着急地想往她这边来,一个不小心就被人从后头敲了一闷棍。

他回头,一脚将那人踹飞,肩上就又挨了一拳。这屋子里怎么说也有十个人,又不是潇洒的武打片,主角能毫发无伤。现实就是,这十个人跑了的时候,裴方物身上也已经是伤痕累累。

"温柔!"他半跪在她面前,眼里满是焦急之色,"你还好吗?"

脑子空白了半响,温柔撇了撇嘴:"我还活着吗?"

"活着。"修长的手指微微颤抖,裴方物将方才滴在她脸上的酒给抹了,深吸了一口气,红了眼,一把将她抱在了怀里,"知道这样你会生气,但我有点儿害怕,你先让我抱抱你。"

男人声音里满是小心翼翼的情绪,胸腔里的东西跳得厉害,跟打雷似的,让温柔听得清清楚楚。

过了好一会儿,温柔才推开他,问:"你怎么找到我的?"

脸上有些戾气,裴方物伸手将自己的外袍脱了裹在她身上,然后抱着她往外走:"说来话长,不过有我在,我不会让他们杀了你。"

就算这个人曾经对她来说有些危险,但是在这样的情况下出现,温柔还是很感动的,就像溺水的人抓着了一根稻草,瞬间觉得以前发生的什么事都能被原谅了。 旦能活,她出去就给他磕二个响头!

然而被抱着出去的时候,温柔看见的就是赵长春带着一群拿刀剑的人堵在门口,鼻青脸肿,凶神恶煞地看着他们。

"你是什么人,竟然敢来坏事?"赵长春冲着裴方物吼了一嗓子,命令道,"赶快把人放下来,不然你吃不了兜着走!"

裴方物神色未变,只低声问她:"你还能走吗?"

脚腕肿得跟馒头一样,温柔摇头:"太疼了。"

裴方物抿了抿唇,抱紧了她:"那你就闭上眼睡一觉,不管发生什么事，都不要睁开眼睛。"

眼泪都快出来了，温柔问："闭上了再也睁不开怎么办？"

裴方物低笑："我说过，不会让他们杀了你。"

心口微动，温柔叹了一口气，抓紧他的衣襟，闭上了眼。

打斗声通过他的身体传了过来，温柔可以感觉到明晃晃的刀从她耳畔扫了过去。裴方物突然被什么东西击中，身子重重一震，震得她差点儿掉下去。

温柔惊叫了一声，抓紧了他，刚想睁眼看看，就被他按进了怀里。

"听话。"

温和的声音，像是哄人睡觉似的，温柔听得鼻酸，突然就想起了最开始的裴方物的样子。

大牢里遇见的小商人，捏一把折扇，风度翩翩，救了她出去。每次她去他府上，总有她爱吃的点心，他只说是厨子准备的，一句话也没多提。她在萧家当丫鬟，最艰难的时候，他让牵穗过去陪她，虽然想占有她，可毕竟是想帮她脱离萧家。

裴方物不是一个完美的好人，有算计，也有欲望，不会为她白白地付出，目的也很明确，就是要她。这样的人不讨人喜欢，可是……

抱着自己的身子又震了震，温柔莫名其妙地就哭了出来。

这个人一直没有想过伤害她，连这样的险境都敢来闯，怎么也让人觉得动容啊！

"住手——"在裴方物挨了好几下攻击之后，终于有刀剑碰撞的声音传过来。

抱着她的人半跪在地上，粗重地喘着气："没事了。"

温柔睁眼，就见一队打手模样的人直接将赵长春等人按倒在地，有两个人过来扶他们，二话没说就将他们带上了旁边的马车。

"多谢。"温柔抹着脸上的眼泪，焦急地问，"你们带药了吗？他被打了好多下。"

车上的人面面相觑，颇为冷漠地摇头。

温柔愣了愣，抓着裴方物的胳膊，有些紧张地小声问道："他们是谁啊？"

这些人看起来对裴方物一点儿也不体贴，不像是一条线上的，她该不会刚出了狼窝又入虎穴吧？！

"别紧张，"裴方物被她掐得疼了，闷哼了一声，"是我雇的人。"

被雇来的人，拿钱办事，自然不会有多体贴。

温柔愣了愣，想起以前的一些事，皱起了眉："你不是投靠了大……"

"我今日来，是我自己的意思。"裴方物闷哼了一声，额上出汗，颇为难受地说道，"旁人自然不会派人帮我。"

那人不仅不会帮，要是知道他做了这样的事，可能还会大发雷霆。

温柔不傻，知道萧惊堂的对面是谁，也知道裴方物要帮的是谁，然而……今天竟然是裴方物来救了她。

温柔深吸一口气，咬了咬牙，问："你怎么样了？"

"有点儿疼。"裴方物一点儿没掩饰，"背后挨的两棍子有些严重，怕是要回去躺上一段日子了。"

温柔沉默。

"别多想了。"裴方物轻笑一声，"我今日来救你，是因为舍不下你。我这么奋不顾身，就是想让你愧疚，继而好好照顾我，还我人情。"

心里的紧张和担忧情绪瞬间爆发了，温柔"哇"的一声哭了出来，边哭边说道："你这傻犊子会不会当男配角啊？别人家的男配角都是做事不求回报，无欲无求，只要女主角开心就好，你能不能学学？！"

"不能，"裴方物伸手递给她手帕，嘴唇微白，但还在笑，"我做这些事，就是想跟你在一起，就是想让你喜欢我。"

"我不喜欢你！"

"我知道。"裴方物呛咳了一声，笑得更欢，"我不介意更加努力。"

温柔又气又无奈，接过他的帕子擦了擦脸，拿下来看的时候才发现，这好像是以前自己用的手帕。

她什么时候给他的？温柔想不起来了，一口气擦干净眼泪揣回怀里，然后就听得这人说道："你真是不讲道理，我救了你，你不打算以身相许就算了，还拿走我的手帕。"

"你先别说话了。"温柔说道，"等你把这命留住，养好了伤，我给你批发一打手帕！"

裴方物轻笑一声，靠着车壁喘了两口气之后，开始闭目养神。

马车去的是上京的裴府，牵穗等在门口，一看裴方物这状况，立马就接过人带着他们往里走："大夫已经在里头了，公子忍耐些。"

裴方物颔首，被人扶着，还不放心地看了温柔一眼。

温柔撇嘴："我不走，走了不是人！"

裴方物勾了勾唇，闭上了眼。

651

房门被关上，牵穗眼睛红红地看着温柔，什么也没说，眼神很是复杂。

温柔叹息："我也不想的，谁知道我命途中这么多劫难？"

"温柔姑娘，您还没发现一件事吗？"牵穗哽咽了一下，说道，"您出事，我家公子与那萧惊堂怕是同时收到的消息，萧惊堂顾忌这顾忌那，舍不得自己的官职，没有去救您，但我家公子分明知道这样做会出大事，却还是二话没说就去救您了！"

温柔皱了皱眉："也不能这样比吧，你家公子的恩我是承了，但……"

但萧惊堂不是因为顾忌什么，是因为聪明才没去断桥。而怎么找到她这个问题……裴方物毕竟是大皇子这边的人，要找到她，比萧惊堂容易多了。

她不是没人性不感恩，但事实就是事实啊！感激裴方物的同时，她总不能踩萧惊堂一脚啊，人家也很无辜的。

牵穗绝望地看了她一眼，摇头："您的心可真是大。"

温柔沉默。她觉得自己心眼挺小的，但心眼小也得讲道理啊，感性完全占上风，整个人就容易因为偏激做错事。她能理解牵穗心疼自家公子的心情，也心疼裴方物挨了那么重的几下攻击，做牛做马报答他就是了。

然而她觉得头痛的是，裴方物并不要她做牛做马。

大夫出来的时候，脸色有点儿发青，看了牵穗和温柔一眼，说道："你们家公子命大，内脏和骨头没碎透，还有救，就是瘀血在身子里，得用刀割开引出来。"

用刀割？牵穗瞬间白了脸，温柔也被吓了一跳，皱眉问："你们这儿手术安全吗？空气里这么多细菌……"

大夫神色古怪地看了她一眼："姑娘懂医术？"

"不懂，但是我可以帮忙消毒！"温柔回道，"要割肉的话，我替您准备干净无菌的房间。"

"那甚好。"大夫点头，"事不宜迟，姑娘快准备吧。"

"好。"温柔应下后就立马去找消毒药物，没有别的就先用酒洒扫屋子。之后她帮着大夫脱了裴方物的衣裳，给他喂了麻沸散，等人失去知觉了再动手。

"你……"尚有意识的时候，裴方物伸手拉了拉她的衣袖。

温柔顿了顿，心里微软，柔声哄道："你放心，我不会害你。"

裴方物勾了勾唇，闭上了眼。

三皇子派出的人已经在漫山遍野地找温柔，萧少寒看了一眼对面坐着……已经快坐不住的自家二哥，叹息道："我现在劝你不要冲动还有用吗？"

没用了。

萧惊堂起身就往外走，手里捏的是对面的人刚传来的信。

"想要人，只身来龙首山。身边多一人，命危。"

这种简单粗暴的绑架信，比装腔作势地模仿温柔的字迹来得有用多了，路过门口时，萧惊堂直接把信给了管家，然后出门上马，策马绝尘而去。

"这……"萧管家有些慌，"三少爷？"

"没办法，已经两天了，他没办法继续忍，那什么绸缪都是徒劳。"萧少寒摇头，起身也往外走，"我去准备点儿东西。"

萧管家担忧地看着两位少爷出去，一点儿办法也没有。

天阴沉沉的，没一会儿就又开始下雪，萧惊堂徒步爬山，到山腰上的时候，已经气喘吁吁了。

"萧大人来了？"鼻青脸肿的赵长春居高临下地看着他，"还记得我吗？"

萧惊堂抬眼看了看他，勾唇道："如何不记得？做了一个月的萧家账房，就将五千两银子吞进自己的口袋里，赵先生很厉害。"

脸上有些挂不住，赵长春一把将"温柔"拎了过来，怒道："随你怎么说，今天你和这妞儿里只能活一个，你自己选！"

"这还用选？"萧惊堂笑了笑，"肯定是我的命更值钱。"

这台词不对劲哪！赵长春愣了愣，有些没反应过来，接着就见萧惊堂的身后拥出一大片人，那些人手里握着兵器，气势汹汹地将他们给围了起来。

"你！"赵长春被吓得慌了神，怒道，"你不要这妞儿的命了是不是，敢带人来？！"

"我只是带了脑子来。"萧惊堂平静地看着他，"我一个人来，别说她会没命，我自己也会没命，抓一个让你们杀两个，这亏本的买卖我不做。我倒不如拼一把，看谁先死。"

拎着人的手都抖了起来，赵长春恼怒地瞪了身后的人一眼，低声埋怨道："我都说了吓不住他，你们怎么不信呢？现在好了，怎么办？"

他手里这个杜温柔是假的，萧惊堂不选救她，选把他们抓住，那他们该怎么做？

他身后站着的一身黑衣的人看了萧惊堂两眼,伸手就将匕首横在了"温柔"的脖子上:"退后。"

萧惊堂眯起眼:"我说过了,我选自己的命。"

黑衣人手上一用力,"温柔"的脖子上便有鲜红的血滚落下来,疼得她惊叫了一声:"惊堂!"

身子僵了僵,萧惊堂神色复杂地看了她一眼:"我宁愿你是真的,真的会唤我一声'惊堂'。"

众人不明所以,却听得他喝令道:"抓住这些人,生死不论!"

"是!"

人头攒动,赵长春乱叫着,抓着"温柔"往后退。萧惊堂站在原地,脑海里响起了温柔的声音。

"二少爷。

"萧惊堂!

"萧二少爷!"

他找遍所有的记忆,也不曾有她温柔地唤他一声"惊堂"的画面。

赵长春走投无路了,恶从胆边生,抓着假的温柔也想拉她陪葬。手里的刀高扬,他狠狠地朝她砍了下去。

瞳孔微缩,萧惊堂看着那张脸,身形微动,越过人群,来不及救人,只能拼着身上挨一刀,把赵长春一拳打倒在地。

"萧大人!"护卫皱眉,"您……"

"无妨。"萧惊堂没看地上的"温柔"一眼,皱着眉伸手捂住自己流血的胳膊,"喃喃"道,"也是羽绒服没做好,不然这一刀,他未必能砍穿。"

护卫已经听不懂他在说什么了,看他胳膊上血流如注,连忙扶着他退到后头去。

"把地上那个女人抓回去给三皇子。"萧惊堂吩咐道,"他的确冤枉凤七了。"

"是。"

赵长春等人没一会儿就被制伏了,护卫例行搜身,在他的裤裆里头搜出了一块令牌。萧惊堂皱眉,捏着护卫的手端详,就见那牌子上写着个"旬"字。

沉香木的牌子,刻着金色纹路,是五品以上官员所有。而朝中姓旬的官员就一个,礼部尚书旬自立。

"他竟然会把这种东西给你,"萧惊堂笑了,"傻吗?"

赵长春沉默，牌子是他死活要来的，说好绝对不让人发现，谁知道他们连裤裆也搜……

"看在曾经也是你的东家的分上，我可以饶你一命。"萧惊堂说道，"只要你说出杜温柔的下落，我就让你活。"

赵长春皱眉，一副不肯屈服的样子。旁边的护卫见状，一刀就砍了旁边的一个人。

血水溅上了赵长春的脸，他瞪大眼，终于开口："我说！那妞儿……已经被带回城里了，具体被带去了哪里，我不知道！"

萧惊堂皱眉，正沉思，冷不防就背后一凉。

"快走！"他下意识地喊了一声，周围的护卫立马往山下走去，可没走几步，后头一大片山贼模样的人就追了上来。对方呼声震天，浩浩荡荡，不用看多少人，众人听声音就知道该跑。

萧惊堂皱眉，护着他们将假的温柔带走，然后与后头留着的护卫一起拼杀了一阵。右手手臂有伤，萧惊堂知道抵抗不住，直接放了信号烟。

三皇子先前的计划是，让他带护卫上山，能不动用兵力就不动用兵力，以免给人把柄。但是现在没办法了，对面人太多，哪怕全是山贼模样，也分明是实打实的士兵，武力都不弱，没增援，他恐怕离不开这里。

身上七零八落地受了不少伤，萧惊堂带人抵抗了两盏茶的工夫，后头的援兵才到。带队的人看了他一眼，低声说道："您先走吧，这儿属下能扛住。"

"别撤退，"萧惊堂捂着身上的伤，低声叮嘱道，"把这群人一网打尽，不然殿下会被人参上一本。"

心里一凛，首领点头，立马下令杀无赦。

不过首领还是有些担忧，这么多人，难免有几个跑掉的，今日龙首山上大开杀戒的消息，怕是压不住。

萧惊堂没管，吩咐完就跟人上了车，回府就医，路上还抓着人吩咐："在上京里继续找。"

"是。"

人在上京就要好得多了，至少在他能掌控的范围内。萧惊堂深吸一口气，皱紧了眉，这会儿才回过神来，身上的伤口疼得他嘴唇泛白。

三皇子在侍郎府里等他，一看他这个模样，忍不住就黑了脸："你真是不要命了！"

"多谢殿下，"萧惊堂领首，"微臣无碍。"

这叫无碍？轩辕景气不打一处来，押着他就送去了床上，让请来的大夫仔细看了一遍。

"都是外伤，养半个月即可。"给他包扎好后，大夫叮嘱道，"右手暂且少用，不然当真伤着筋骨，老夫也救不回来。"

萧惊堂认真地点头应了，眼神灼灼地看着轩辕景。

"怎么？"轩辕景皱眉回视着他，"我已经帮你救人了，你若再问我借人，我借不出来了。"

"殿下想不想立一功？"萧惊堂问。

立功？轩辕景没好气地翻了个白眼："此次的事情，不被大皇兄抓住证据告我一状已经难得，还想立功？"

"有臣在，殿下此番就是大功一件。"萧惊堂说道，"只要殿下找到杜温柔，让绑架的事情不存在，臣自然会替殿下邀功。"

脑子里有光闪了闪，轩辕景瞪眼看着他："你……"

萧惊堂喘息了两下，皱着眉闭上了眼。轩辕景沉思了片刻，立马起身："好，我让人去找。"

侍郎府里飘起了药香，萧管家分外心疼地伺候着萧惊堂用膳。床上的人很听话，给什么吃什么，一点儿也没了平时的挑剔样子。

只是他脸上的表情，还是跟外头下雪的天空一样。

另一个飘满药香的院子里，温柔擦了擦头上的汗，将裴方物缝合好的地方用纱布包扎了起来。

裴方物还没醒，但疼得头上全是冷汗，旁边的大夫也跟虚脱了一般，跌坐在椅子上"喃喃"道："幸好，幸好，没出大问题，接下来养着就成。"

温柔点头，推开门透气，又打了水来和牵穗一起把血迹清理了，然后才坐在床边看着床上的人。

裴方物也是骨头够硬的，古代的麻沸散效果不是很好，就算人醒不过来也能感觉到痛楚，但他也真是只皱了皱眉，身子都没缩一下。

"先用膳吧。"牵穗端了饭菜进来，"大夫说公子明日才会醒，您就住旁边的厢房吧，奴婢已经收拾好了。"

"可以。"温柔点头，拿起筷子夹了一块肉，突然想起了点儿什么，连忙问道，"其他人是不是还不知道我被救出来了？"

牵穗顿了顿，低头回道："等公子醒过来，奴婢就替您去报平安。"

那萧惊堂还不得急死？温柔眨了眨眼，也知道牵穗有多护着她家公子，这会儿跟她讲道理讲不通，干脆就趁着饭后散步，托这府里不懂事的小丫鬟去报个信。

天色暗了又亮，侍郎府收到消息的时候，已经是第二天上午了。萧惊堂二话没说就起身往外走，萧管家连忙跟着，劝道："知道温柔姑娘在哪儿，您就不必这样着急了，派人去接也可以。"

"你没听她说人在哪儿吗？裴家。"萧惊堂眼睛有些发红，"人在裴家能有什么好事？你们去也不一定能将人接回来，我亲自去为好。"

萧管家见劝不住，只能跟着一起上车，往裴家赶去。

温柔还守在裴方物的床边，冷不防地就听见外头传来打斗声，正奇怪呢，那声音就一路冲了过来，有人将房门给撞开了。

"二少爷？"

没想到他来得这么快，温柔有点儿惊讶，走过去看了看。

萧惊堂身上还缠着绷带，整个人看起来也不太好，一进门就眼神灼灼地看着她："你没事？"

温柔耸了耸肩，应道："我没事。"

心口一松，萧惊堂无意识地看了一眼后头，就看见了床上躺着的裴方物。

脸色沉了沉，他沉默了半晌才问："你没事，为什么不早点儿告诉我，为什么不回去？"

"我……"温柔伸手指了指床上，尴尬地说道，"他救我受了伤，所以我留在这里照顾他，昨日有些忙，没来得及第一时间让人传信。"

裴方物受了伤……

眼神冷了下来，萧惊堂看了一眼裴方物，再看了一眼自己的右手臂，突然觉得还真是讽刺——别人受伤需要照顾，他没死，所以不需要。

他从前天担心到现在，几乎没合眼，换来的就是她在别人的床前守着，还说要照顾别人。

牵穗急急忙忙地从外头进来，戒备地看着萧惊堂，却发现他的脸色比床上自家公子的脸色还难看。

"这……"她正想开口问问是怎么回事，却见萧惊堂动了——头也不回地往外走去。

"你要是喜欢这里，那就留下吧。"

衣摆在空中掠出了一个凌厉的弧度，萧二少爷走得头也不回，背影看起来充满了不屑之意。

温柔愣在了原地，反应了好一会儿，才追上去喊了他两声。

657

"哎,你都找来了,不说清楚就要走?"

萧惊堂板着脸,浑身生人勿近的气息,眼里铺满冰霜:"我与你,没什么好说的。"

"哎,别这样啊,有什么话好好说呗。"温柔伸手去拉他的衣袖。

萧惊堂反手就挥开了她的手,温柔不服气,又拉,萧惊堂又挥开,想往前走,步子却很慢,像是等着她再拉自己。

然而这一次温柔没伸手了,只看了看他,然后皱起了眉。

衣袖上的力道一松,心里也跟着一空,萧惊堂抿唇,停住了步子。

"我以为男人都很理性,有话能好好说。"温柔平静了一下,开口道,"可你非要这样,那我也没什么好说的。要不是裴方物,我现在已经死了。他身受重伤,我也已经想办法给你报了平安。若这个时候离开了,我还是人吗?"

心里的火气消了点儿,萧二少爷转头,上下扫了她两圈:"受伤了?"

温柔抬起脚给他看了看:"包好了,只能蹦跶,走不了多快,所以别指望你一路冲出去,我还能拉住你。今日要是来看我是否安好的,那二少爷就可以放心了,我没事。"

萧惊堂一听这话,脸色又难看了起来:"不打算跟我回去?"

温柔指了指后头的屋子,耸肩:"我说过了,这儿还欠着人情,走不掉。"

萧惊堂沉默,眼里的雪又卷了起来,铺天盖地的。

"对了,你怎么受伤了?"温柔终于想起来问了一句。

萧二少爷冷笑了一声,扭头就走:"街上摔的!"

温柔:"……"

一群人浩浩荡荡地来,又浩浩荡荡地走,一根毛都没留下。温柔站在院子里,定定地看了雪地上的脚印好一会儿,长叹了一口气。

"是不是很想跟他走?"她背后突然传来裴方物的声音。

温柔愣了愣,转头就见牵穗扶着裴方物站在门口,苍白的脸上带着点儿笑,温和地说道:"他也受伤了呢。"

温柔酝酿了一下语言,正觉得尴尬不知道说什么好呢,就见面前的人继续说道:"就算你想跟他走我也不会让的,我的伤比他重。"

温柔哭笑不得道:"我要是真走,你能关住我?"

"不能。"裴方物摇头道,"可是你会被自己的良心关住,会自责,会觉得欠了我人情没还清。"

温柔翻了个白眼,有些恼怒:"就你知道?知道你还不肯放过我?"

裴方物松开了牵穗,朝她伸手:"我舍不得放过你。"

温柔气急败坏地瞪了他好一会儿,咬牙,走过去将他扶回床上,愤愤地说道:"老实待着吧!"

裴方物轻笑了一声,抬着下巴指了指桌上:"我要喝水。"

牵穗倒了水,温柔抿唇,扶他起来一点儿,让他靠在她的臂弯里一点点地喝水。末了,裴方物又说道:"我想吃粥。"

温柔瞪他:"你吃得下吗?!"

裴方物伸手摸了摸自己缝针的地方,表情认真地说道:"这杯水喝下去没漏,那粥也能吃下去。"

牵穗失笑,连忙出去准备。温柔坐在床边,看了一眼窗外。

这冬天的雪,怎么跟没完了一样?

三天后的早朝,礼部尚书旬自立参了三皇子一本,说三皇子兵权私用,残害百姓,造成了极为恶劣的影响。

皇帝大怒,当堂责骂了三皇子,就在快骂完的时候,当朝丞相木青城送上了一本奏折。

皇帝打开奏折看了看,愣了愣。

折子是萧惊堂写的,说协助三皇子剿灭山贼受伤,暂时不能到刑部就任,但未经陛下允许,私自参与械斗,实在有罪,故自请降职。

看完来龙去脉,皇帝错愕了,颇为不好意思地看向下头跪着的三皇子:"你带兵,是剿灭山贼去了?"

轩辕景一副赤胆忠心的模样:"不管剿灭什么,没有来得及经过父皇允许便贸然行事,儿臣有罪,父皇骂得没错。"

木青城适时地站了出来,拱手道:"陛下,据臣所知,龙首山上的确有山贼为乱,上京守兵不能乱动,百姓颇受困扰。三皇子并未动用兵权,而是将府上的护卫悉数派出,剿灭了山贼。这已经是三日之前的事情。"

三天,三皇子不仅没邀功,反而被人告了污状?皇帝皱眉,看向那旬自立。

旬尚书有点儿慌。他也不知道大皇子为什么要让他参这么一本,本以为证据确凿,结果还被人反咬一口?

"说起那日剿贼之时,父皇,儿臣倒是发现一件怪事。"轩辕景伸手,从衣袋里拿出一块令牌,恭敬地递了上去,"这是从贼匪头子身上搜出来的。"

皇帝伸手接过令牌看了看,脸色顿时变了:"哦?"

"据儿臣了解,那一窝山贼在龙首山拦人劫财,收获不菲,但不惧官兵。"轩辕景拱手道,"儿臣的护卫去的时候,他们尚且嚣张地喊上头有人,被抓了也会被放出去。此事……还请父皇明察。"

荀自立慌了,连忙跪了下来:"陛下,这是诬陷啊陛下!臣从未与什么山贼有来往……"

皇帝捏着那牌子晃了晃,笑了:"你与山贼没来往,那怎么知道这是你府上的牌子?朕……可一个字都没说呢。"

荀自立愣了愣,连忙看了旁边的大皇子一眼。

轩辕离一副事不关己的模样,十分镇定地站着。

荀自立恍然明白过来自己已经是弃子,咬了咬牙,使劲朝皇帝磕头:"臣无辜,臣当真无辜啊!"

"来人。"皇帝懒得听他号叫,挥手道,"交给刑部处置吧。"

"是。"

将那荀府腰牌和萧惊堂的折子叠在一起放好后,皇帝笑了笑:"三皇子有功,是朕听信谗言,错怪了他。为了补偿,也为了奖赏,朕就封景儿一个福亲王吧。"

此话一出,轩辕离大震,难以置信地抬头看上去:"父皇?"

他堂堂嫡长子尚且没有被封亲王,轩辕景凭什么?!

朝野震动,两边的人顿时都站了出来,各执一词。

"自古长幼有序,大皇子尚且未被封亲王,三皇子怎可先封?"

"三皇子剿贼有功,大皇子没有任何功绩,何以被封亲王?要是以长幼为纲,有功不赏,何以令人心服?"

"大皇子并非无功,剿贼也算不得什么大功,封亲王实在太过。"

百官吵成一团。

木青城一句话也没说,微微勾唇看着座上的帝王。

不管下头的人怎么说,帝王的心偏向谁,那就是谁赢。既然皇帝已经开了这个口,心里就是有了自己的想法,其余的人再怎么说也是多余的。

果然,在百官争执了一盏茶的工夫之后,皇帝开口了:"朕并非昏君,也知长幼有序,但三皇子的确立功当赏。大皇子若是有功,也可在之后封赏。"

但现在,大皇子没有功。大皇子不仅没有功,还涉嫌吓病他以立太子,狼子野心，实在令皇帝不安。

皇帝的很多决定是不看对错的，一看对自己有没有利，再看对天下有没有利。大皇子一派气焰高涨，已经威胁到他。三皇子不争不抢，在朝中颇受拥戴，也未曾有结党营私之举，较之一二，皇帝肯定会先封三皇子。

今日的事情是个很好的由头，皇帝不仅不能罚萧惊堂，还要连萧惊堂一起赏。

"三皇子的亲王之位，就此定下。至于礼部尚书……"皇帝皱眉，"此位置颇为重要，不能闲置太久，朕看朝中也无他人合适，就先让刑部侍郎萧惊堂兼任，等寻得合适的人选，再行定夺。"

轩辕离脸色惨白，怔怔地看了皇帝一眼。轩辕景不骄不躁，恭敬地行礼谢恩，勾唇看了自家皇兄一眼。

这一盘棋，大皇兄已经弃卒保帅，结果还是元气大伤啊！轩辕景还以为萧惊堂已经被杜温柔的事搅昏了头脑，谁知道竟然在这里等着，妙极！妙极！

朝堂上安静了，退朝之后，轩辕景高兴地准备受封赏，想起萧惊堂，连忙悄悄去了一趟侍郎府。他本以为萧惊堂会是一副高深莫测的愉悦模样，没想到一进屋子，就见萧惊堂躺在床上昏迷不醒。

"这是怎么弄的？"轩辕景被吓了一跳，连忙问，"大夫呢？"

萧管家叹息："大夫已经走了，二少爷昨晚没睡好，今日一早就发了高热，药也喂不下去。"

"怎么会这么严重？"轩辕景皱紧了眉，"先前不是还说是外伤吗？杜氏似乎也已经找到了，他还急什么？"

说着，他扫了一眼屋子，问："杜氏呢？"

萧管家叹息："听说裴家的公子为了救温柔姑娘也受了重伤，温柔姑娘留在裴家还人情了。"

啥？轩辕景瞪眼："裴方物救了杜温柔？"

"是。"萧管家说道，"听闻差点儿没命，所以……温柔姑娘没跟二少爷回来。"

轩辕景神情古怪地想了一会儿，"喃喃"道："没理由啊，他要是去帮忙，害得大皇兄成了今日这样的境地，那岂还有他的活路？"

萧管家愣了愣，诧异地看了他一眼。

裴府。

温柔正坐在床边给裴方物喂药,屋子里冷不防地就多了一个人,那人低声禀道:"公子,主子很生气,已经知道人在您这里了。"

裴方物呛咳了一声,抿唇,垂眸沉默。

心里莫名其妙地有点儿慌,温柔连忙问:"你坏了人的事,会不会有问题?"

"这不废话吗?"旁边的牵穗低声说道,"要了命的问题。"

温柔瞪眼,有点儿手足无措。

床上的人将她手里端着的药给拿下去放在旁边,然后才淡淡地说道:"要命不至于,我一早就跟主子坦白过,他能想到我会这样做,只是生气是肯定的。"

就算生气,大皇子也要继续仰仗他这边提供大量的资金,怎么也不会杀了他。

温柔皱眉看着他。

"内疚吗?"裴方物问。

温柔点头。

"以身相许吗?"裴方物又问。

温柔摇头,摇得跟拨浪鼓似的。

裴方物长叹了一口气,伸手捂着眼睛:"那你就别瞎操心了,凡事都有我。"

他这么一说,温柔反而觉得更操心了。

到了晚上,一屋子的人都没睡,子时刚过,外头就有异动。

裴方物耸肩,扶着牵穗的手站起来道:"走吧,狼狈地逃出去。"

温柔皱眉:"你知道这院子会出事,还待在这里?"

"毕竟惹着了上头的人,不让他给我个教训怎么成?"裴方物轻笑一声,解释道,"商人也有商人的觉悟,只要腰包没空,就得活着继续挣钱掏钱。"

他对大皇子的意义,也仅限于此。

温柔深深地看了他一眼,伸手拉着他一起往外走去。

整个裴府四面八方都起了火,丫鬟家奴四散,根本没人去拿水。这个时候报官也没用,官兵肯定不会管。

于是,灰头土脸地从裴府爬出来后,裴方物低声问:"怎么办?没地方住了。"

温柔咬了咬牙:"去琉璃轩吧。"

可是有点儿远，他们走过去似乎要费些力，他这身子……

温柔正担忧呢，街口就传来马车的声音。温柔抬眼，看清驾车的人后愣了愣。

"萧管家。"

萧管家神色复杂地看了他们几眼，低声说道："上车吧。"

身子有点儿僵硬，温柔上前去掀开车帘看了看。

里头没有人。

"少爷还发着高热，来不了。"萧管家低声解释道，"他知道你们这儿会出事，一直让我在街口的客栈里等着。"

温柔干笑了两声，扶着裴方物上车，坐稳之后，心里沉得厉害。

"去琉璃轩。"

"老奴知道。"声音里似有叹息之意，萧管家掉转马头就往回走。

裴方物靠在车壁上，看了对面的女子一眼。

她显得很不安，虽然脸上什么表情也没有，但眼珠子一直滴溜溜地转。萧惊堂这一招真是厉害，半点儿机会也不给他留。

琉璃轩还有很多空房间，温柔安排裴方物住下后，又派人将萧管家给送回去，莫名其妙地觉得很累，一倒在床上就睡了过去。

第二天，封亲王的圣旨到了三皇子的居所里。

轩辕景高兴得要命，穿上亲王的衣裳，听人恭维了良久，才想起后院里的人。

"凤七放出来了吗？"他问。

护卫颔首，欲言又止。

轩辕景没看见护卫的神色，径直就往后院走："这事也得说给她听，让她恭喜我才是。"

轩辕景大步跨进后院，收了收脸上的笑意，板着脸推开了柴房的门。

他在凤七面前是很少笑的，毕竟是高高在上的三皇子，对下人要严苛些才有威慑力，这是皇家的教育。所以就算他现在很高兴，也不能让凤七觉得他消气了。

然而他推开门后，就见柴房里空荡荡的，一个人也没有。

轩辕景愣了愣，拍了拍自己的脑袋："都说放出去了，我还在这里找什么找？她应该在房间里才是。"

身后的护卫跟着他，极小声地说了一句："您说过让她滚。"

"嗯。"轩辕景不以为意。说过是说过,当时在气头上,他什么话说不出来?他又不是第一次这样了。

"凤七!"轩辕景喊了她一声,有些不耐烦地推开她的房门,发现里头还是一个人也没有。

"人呢?!"轩辕景有些恼怒地瞪了身后的护卫一眼,问道,"大白天的,她去哪里了?"

护卫低头,无奈地回道:"昨日您让放凤七姑娘出来,凤七姑娘就……走了。"

她走了?

轩辕景有点儿茫然地问:"她走哪里去了?"

"属下不知。"

轩辕景站在原地反应了好一会儿,才明白护卫说的凤七走了是离开了,心里顿时涌上怒火:"她怎么会走了?!"

凤七从小就生活在他身边,十六岁的时候就跟了他,里里外外都是他的人,怎么能说走就走?!

轩辕景四处看了好一会儿,咬牙切齿地命令道:"派人给我追!把人给我抓回来!"

"是!"

轩辕景脑子里乱成一团,心口不知怎么的也疼得厉害。他坐在凤七的床上,突然觉得她这床可真是硬。

"练武的人,睡不得软床。"很久之前,凤七说道,"所以侍寝之后,奴婢就回去睡了。"

当时的他满肚子火,嘲讽道:"我稀罕你留下不成?喜欢走那你就走,爷也不爱跟人睡一张床。"

从那之后,凤七就从来不在他的怀里睡觉,哪怕好几次累得不行,腿脚发软,也是裹了衣裳回自己的房间的。

她就是这么一个倔强的人,他说什么她听什么,一点儿也不会变通。他说生气了,她就乖乖地在屋外跪一宿。他逗她说想吃城西的点心,她就真的千里迢迢地去买。

只是每次他气了让她滚的时候,凤七的脸上都会出现特别慌乱的神情,她会抿唇看着他,坚定地摇头。

她不走。

每次看到她那样的神情,他都会心软得厉害,继而原谅她。

可是谁能告诉他,这一次是怎么了?为什么她说走就走了?上京这么大,她一个亲人都没有,能走去哪里?

眼珠子左右动了许久,轩辕景猛然想起点儿什么,立马让人备马去了温氏琉璃轩。

凤七对谁都没有留过情面,唯一一次求他,是关于杜温柔。那时候凤七说杜温柔人很好,求他放杜温柔一条活路。那么现在,她能找的也肯定只有杜温柔!

琉璃轩。

温柔刚关上房门出来,就撞见了气势汹汹地冲过来的三皇子。

她被吓了一跳,扭头就想跑,却被旁边的护卫给押住了。

轩辕景整个人看起来很暴躁,虽然平时瞧着也不是什么慈眉善目的人,但今日尤其恐怖,浑身杀气腾腾。

"她人呢?"

温柔莫名其妙地看他一眼,问:"她是谁?"

"凤七。"轩辕景咬牙看了她一眼,说道,"你没本事护住她,把人给我交出来!"

温柔无辜地摇头:"我好久没见过凤七姑娘了,您怎么会来这儿找她?您随意搜吧,我这儿没人,也交不出来。"

凤七不在这里?

心里一沉,轩辕景茫然地看了温柔一眼。

背后的人松开了她,温柔活动了一下手臂,撇嘴道:"我还以为是什么重要的人不见了,原来只是您身边那个被您呼来喝去的丫鬟,不见了就不见了,怎么还劳烦您亲自来找?"

轩辕景沉默地站了一会儿,摆手就带人走了。温柔瞧着,撇了撇嘴,重新打开了身后的门。

"他走了。"

凤七从房梁上跳了下来,朝她颔首:"多谢。"

扣好门后,温柔古怪地看了她两眼:"发生什么事了,竟让你舍得离开三皇子?"

昨儿晚上温柔睡得正香呢,就被凤七的半夜袭击给吓醒了。小姑娘眼睛红红的,求温柔暂时收留她几日。

温柔没记错的话,凤七是三皇子的亲信,曾经还亲手给她喂毒来着。

不过后来温柔在跟萧惊堂聊天儿的时候听他提起过,要不是凤七,她早就没命了。

所以温柔果断选择帮凤七。

凤七也是个话少且冰山脸的人,听温柔提问,只淡淡地回了一句:"他不信我,让我滚。"

温柔失笑,正想说轩辕景那张狗嘴里能吐出什么象牙,却不经意地看见了凤七的手背上的小伤口。

"这是怎么弄的?"温柔诧异地拉起她的手看了看,才发现露出来的伤疤只是冰山一角。温柔揭开她的衣袖,就见跟蛇一样长的疤痕一直蜿蜒上去,看起来还很新鲜,仍旧在流血。

温柔被吓了一大跳,立马叫了疏芳来,两个人按着凤七,不由分说地就开始检查她身上的伤。

凤七没力气反抗,只皱着眉,等她们看清自己身上的伤,倒吸一口凉气的时候,才淡淡地说道:"不要告诉别人。"

"你这是被用刑了吗?"温柔瞪眼,"轩辕景干的?"

凤七沉默。

"怪不得你不直接离京,是身子吃不消了才来找我的?"温柔一边拿了药给她抹,一边气愤地咬牙切齿道,"他还是个人吗?!我还以为是你们闹别扭了所以你要躲他,没想到……"

"他以为我背叛了他。"良久之后,凤七才开口,"有人易容成我的样子,去给萧二少爷传信,我解释不清,他又正生我的气,便让人拷问我。"

那个地方黑暗得不见光,多少暗地里看她不顺眼的人都会来趁机踩她一脚,她伤成这样一点儿也不意外。

只是,让她最心寒的是他明知道误会了她,却还是让她滚。

他是真的半点儿也不曾在意过她吧。

从前他让她滚,她都会舍不得,求他让她留下,但这一次……

她突然觉得连求的必要都没有了。

皇家的人收亲信,都会在城郊的一个大杂院里挑,里头的人都是没有亲人的孤儿,什么牵挂也没有,可以很好地为人效命。

但是,若有孩子长到十岁还没有人领养,就会被赶出去自生自灭。

凤七就是在十岁那年被轩辕景捡回去的。已经绝望的小女孩蹲在冰天雪地里,一动不动地快要被冻死的时候,轩辕景的马车停在了她面前。

一身锦缎貂裘的少年，跟白玉一般，嫌弃地看了脏兮兮的她很久，终于还是挥手道："就要她了。"

小凤七眨了眨眼，呆呆地被人抱上马车，就这样在轩辕景的手里活了过来。

她一直觉得轩辕景是天下最好的人，给她吃的、穿的和用的东西，让人教她武功，让她有了活着的意义。所以不管他做什么事，她都觉得没关系，只要她能待在他身边就好。

然而不知道什么时候开始，她的心口会痛了。在胸腔里冰冷了十几年的东西，不再像以前那般没个知觉，反而越疼越厉害。

"为什么她们都喜欢来看殿下？"很久以前，她好奇地问过他这么一句话。

轩辕景似笑非笑道："因为她们想嫁给我，做我的正妃。"

正妃吗？凤七不明白那是什么东西，就听得轩辕景解释："正妃就是我的妻子，不管我娶多少女人，她永远是我最重要的那一个。"

天真不懂事的小凤七问："最重要的人，那奴婢可以做吗？"

当时轩辕景脸上的表情，她现在还记得清清楚楚，充满了不屑和嘲笑，他调戏似的捏着她的下巴说道："你是我的左右手，但永远不会变成我最重要的人。你也别存这份心思，要是存了，我会杀了你。"

他这样说了，她就从来不敢有什么心思。可是……她待在他身边那么长的时间，很多事情是控制不了的，幸好她醒悟得早，现在离开，对他一点儿伤害也没有。

凤七深吸一口气，平静地看了温柔一眼："多谢你收留我，等两天外头平静了，我就走。"

"你这样子，能去哪里？"温柔皱眉。

"从哪儿来的，就该回哪儿去。"凤七耸肩，"没有了留在他身边的资格，我又知道他的太多事，总是要干干净净的才能让他安心。"

她能明白为什么轩辕景这么着急地找她，因为他的秘密，她全部都知道，离开他的掌控，她甚至能威胁他的性命。

然而，她怎么可能舍得对他做什么？凤七看了一眼外头下的大雪，轻轻地笑了笑。

这是温柔第二次看见她笑，不由得愣了愣。

凤七其实长得很好看，尤其是笑起来的时候，然而这样的时候太少了。只一瞬，她就恢复了平静，盯着那纷纷扬扬的雪，不知在想什么。

给她上完药，温柔拉着疏芳就出去了。走在路上，温柔忍不住问了疏芳一句："你们这儿有灰姑娘的故事吗？"

"什么灰姑娘？"疏芳茫然。

"就比如三皇子有没有可能立一个丫鬟为妃？"

疏芳用一种不可思议的眼神看着她。

温柔叹息："好的，我知道了，门第观念很深重是吧？"

"寻常人家还好说，"疏芳解释道，"但若是皇家，基本是不可能有没有身份的女子进去做正妃的。各个皇子乃至皇上的妃嫔，都不是他们能决定的。"

所以，别说三皇子根本没将凤七放在心上，就算他放了，凤七这辈子也只能做个丫鬟，二十几年之后，说不定能混个有位分的妃嫔。

温柔感慨不已，推开了裴方物的门，结果抬头就见他朝床边吐了一口血。

"哎？！"温柔被吓了一跳，连忙过去扶他。

裴方物轻笑："大夫说吐出瘀血就好，你别紧张。"

温柔拿水来给他漱口，又将帕子拧了给他擦嘴，叹息："你快点儿好起来吧。"

他快点儿好起来，然后呢？

裴方物垂下眸子问："你喜欢萧惊堂吗？"

温柔微微一惊，反问道："你突然问这个，不觉得很唐突吗？"

"因为我刚刚感觉到，你在等我好，然后回去他身边。"裴方物勾了勾唇，靠在床边看着她，"温柔，他比我好在哪里？"

温柔嘴角抽了抽："祈祷你快好起来，这跟谁都没关系，只是个美好的祝愿。至于萧惊堂，你们两个是不同的人，各自有好有坏，比不了。"

裴方物微微挑眉，轻笑着问："温柔，你知道喜欢一个人是什么样的感觉吗？"

温柔撇嘴："我知道啊，死活想跟那人在一起嘛，心里甜啊苦的，失去理智。"

裴方物摇头道："不是所有的喜欢都是想跟那人在一起，还有一种人，分外清醒，知道自己跟对方没有可能，就会压抑自己的感情，但是不管做什么事，都会下意识地护着自己喜欢的人。"

"她以为没人知道，但是喜欢会从眼角眉梢跑出来，根本藏不住。"

脸黑了一大半，温柔睨着他问道："你在这儿瞎分析什么？我喜不喜谁，我自己不知道？"

裴方物一脸"你就是不知道"的表情看着她。

温柔怒了，起身道："你们这儿随便谁都跟我没关系，该干吗干吗吧！"

开玩笑，她能喜欢这一个个的古代沙文猪？除非她是脑子进了硫酸！裴方物也是病出毛病来了，没事跟她说这个干什么？

侍郎府。

萧惊堂沉默地看着外头阴沉的天，轩辕景坐在他的床边，终于不笑了，跟他一样沉着脸，许久才开口道："夙七留下是不是个祸害？"

萧惊堂微微一顿，转头看向他："殿下此言何意？"

"我一直不希望你们被人抓住软肋，所以让你们把人都送走。看你们一个个失魂落魄的，我还觉得可笑，可是……"

可是他刚刚好像突然明白了这些人的心情，身边少了一个人，真的难受得紧。

夙七也不是什么太重要的人，以往发生什么危险的事，他都是让她殿后的。但，人真没了的时候，他觉得自己用了十几年的手好像突然被人砍断了，空得难受，疼得难受。

萧惊堂深深地看了他一眼，淡淡地说道："殿下应该高兴的。"

轩辕景的位置就注定他不会有什么感情，有的话，还是早断早好。

"也是啊。"轩辕景"喃喃"了两声，点头，"我该高兴，可是她去哪里了呢？"

"殿下是担心她，还是担心她知道的东西外泄？"萧惊堂轻咳了两声，问道，"如果是后者，以微臣拙见，夙七宁愿带着秘密死，也不会出卖您一分。"

轩辕景恼怒地看了他一眼："你怎么知道？"

萧惊堂耸肩："您随意问其他熟知她的人，谁都会这样告诉您。"

也只有轩辕景会怀疑这点而已。

轩辕景烦躁地挥了挥手，起身就往外走："罢了，你记得早点儿养好身子，还有一大堆事情要做。她要走，我没空一直找。你也该振作一下。"

"微臣明白。"萧惊堂微微领首，目送他离开，然后问了问萧管家："她还在那里？"

萧管家点头。

萧惊堂轻笑了一声，低声说道："等不得，也的确是没什么好等的。"

堂堂七尺男儿，怎么可能要仰仗一个女人？他病了这些天也该清醒了，朝野之上还有很多事等着他做。

于是第二天，萧惊堂就带伤上任了，看得皇帝感叹不已："爱卿实乃朝臣之典范。"

萧二少爷谦虚地回道："陛下委以重任，臣万死不辞。"

皇帝欣慰地点头："正好马上是冬至节，礼部有很多事要忙，爱卿若是安排妥当，朕也能名正言顺地重用于你。"

萧惊堂微微一顿，盯着皇帝的龙靴看了看，有点儿意外。

皇帝恍若未察，只说道："忠国侯那边对朕让你身兼两职颇为不满，爱卿可有好的人选推荐，令其出任刑部侍郎？"

"刑部主事方志恒颇有潜质。"萧惊堂试探性地说道，"微臣与他共事了一段日子，发现其为人可靠，断案也公允。"

皇帝记下了名字，颔首："朕会让人好生考察的。"

"多谢陛下。"

从圣驾面前离开后，萧惊堂一把将萧少寒拎了过来，低声问："我养病的这几日，宫里出什么事了吗？"

萧少寒皱眉看了一眼他这苍白的脸色，说道："是有，不过不是什么大事，皇后触怒了圣颜，皇上已经几天没去看过皇后了。"

眼神深了深，萧惊堂低声继续问道："你觉不觉得，陛下有点儿扶持三皇子的意思？"

萧少寒点头："皇上本就多疑，大皇子和皇后一派急于立太子，皇上自然会帮三皇子一把，以求朝政平衡。只是……也有淑妃娘娘的功劳在里头，淑妃娘娘最近容光焕发，宫里新奇的东西不断，皇上也是爱去她那里得很。"

新奇的东西？萧惊堂挑眉。

淑妃正抱着个花瓣边儿的琉璃鱼缸来皇帝跟前求见。皇帝刚才还在沉思，一见淑妃，整个人都放松了下来，乐呵呵地抱着她问："爱妃又给朕带什么东西来了？"

"回陛下，这叫掌中之鱼。"淑妃伸手将那小鱼缸递给了皇帝，笑道，"以前咱们赏鱼，都看不到个清晰的样子，这个东西好，您可以随时把小锦鲤放在里头捧着。"

皇帝接过琉璃鱼缸看了看，点头称赞："巧夺天工，这琉璃的成色真是如水一般干净透亮，比朕的御书房里的琉璃灯还好看。"

淑妃笑了笑，低头道："温氏的琉璃做得好，琉璃也不差，臣妾已经吩咐她了，让她将陛下宫殿里的琉璃用具都换一遍。"

"还是你贴心。"皇帝笑道，"等冬至节之后，便给萧爱卿和咱们的干女儿办一场热闹的婚事，也算是驱驱寒。"

"陛下英明。"淑妃开心地鼓掌，靠在皇帝怀里，娇媚万分。

她现在算是明白了，女人哪，还是要对男人有所求，尤其是皇帝这样的天下至尊。女人清高并不能吸引他，适度索求和赞美，才是固宠之道。

第二十一章
温柔的危机

冬至节是这儿最重要的节日,到这一天的时候,皇帝要祭祖,宫里要洒扫,还要大赦天下。

看着外头街道上忙忙碌碌的人,温柔突然想起了现代的春节,想到了自己的爸妈,突然就委屈地哭了。

她来这里这么久了,到底什么时候才能回去啊?

"主子,宫里有人来请您了。"疏芳站在门口说了一句。

温柔回过神,抹了脸,上了点儿妆才往外走。淑妃跟她说过,今日宫中祭祖,她怎么说也是皇帝名义上的干女儿,要出席走个过场。

祭祖嘛,一大堆繁文缛节,温柔都照做,可是不知怎么的,靠近太庙的时候,身子就难受得厉害。

"怎么了?"摘绿看了她一眼,小声问,"您不舒服?"

温柔摇摇头,捏着手继续往前走。祭祖是大事,她听闻还是萧惊堂筹备的这一次的祭祖活动,要是不出任何差错,他就会升任礼部尚书,那三皇子这边就会更添助力,她自己的小命也就会更加安全。

她还是忍着吧。

温柔深吸了一口气,顶着头痛往前走,越走近,听见的木鱼声响就越清晰。

"南无阿弥陀佛,南无阿弥陀佛……"

这声音像唐僧的咒语,听得温柔大汗淋漓,脑子里乱成一团,突然就有杜温柔的声音传了过来。

"我会杀了你，一定会杀了你……"

温柔头痛欲裂，停住步子喘息了几声，拉着摘绿的手问道："我能找个地方休息休息吗？"

摘绿看了一眼她的脸色，连忙扶着她去旁边的屋子后头坐下，替她顺了顺气："您怎么了？"

"没事，你先去帮衬淑妃，我休息一会儿就成。"温柔捂了捂脑袋，闭眼道。

摘绿犹豫地看了看她，还是点头，起身就往人群的方向跑。温柔坐着平静了好一会儿，才感知到周围的东西。

"头疼吗？"有慈悲的声音轻轻问她。

身子一震，温柔睁眼抬头，就见上次在桃花庙遇见的苦海和尚正站在她面前，手里捏着佛珠，身上穿着袈裟，看着分外刺眼。

"大师，"温柔喘了两口气，问道，"你是觉得我有异，所以针对我吗？"

"不是觉得你有异，"苦海笑了笑，"你本就不属于这里，压迫了这身子原来的主人，我自然要来收拾你。"

那种窒息的感觉又来了，温柔愣怔地看了面前的大师一会儿，有些错愕："我压迫了这身子原来的主人？可我本来就是被她请来这里的，是她的意愿强留于我，何以还成了我的过错？"

"阿弥陀佛。"苦海捻着佛珠道，"老衲不知其他，只知你的身体之中有属于这天地之间的灵魂在挣扎，而你，非我世之人。"

这光头这么不讲道理，说不定是法海的师弟呢！心里一阵发凉，温柔左右看了看，很想跑，可身体实在太难受了，动弹不得。

"大师，咱们能商量商量吗？"温柔抚了抚胸口顺气，艰难地说道，"你要是收了我，这身体原来的主人也会怪你，有损功德的！"

苦海嘴里"喃喃"念着什么，脸上满是慈悲之色，眼神却冷漠，根本没有要听她说话的意思。

这才是真的和尚啊！六根清净，不通人情！温柔很害怕，甚至已经脑补出了苦海拿着他手里的法钵朝她大喊一声"妖精"然后将她的灵魂吸进去的画面了。

她浑身都是冷汗，挣扎也没用，于是闭上了眼，感觉浑身在被灼烧，耳边隐隐还有杜温柔的咆哮声。

就在这时候，旁边突然有一道风刮过来，很清凉地将她裹住了。

温柔愣了愣，痛苦地睁开眼，就看见了萧惊堂翻飞的墨发。

他将她抱在了怀里，背对着苦海，沉声说道："我找你许久，你怎么在这里？祭祀已经要开始了。"

心里突然就变得踏实了，温柔伸手扯住他的衣袖，还难受得说不出话。

苦海皱起了眉头。

"走吧，我带你过去，淑妃娘娘也在找你。"萧惊堂完全无视了苦海，抱起她大步往外走去。

"阿弥陀佛。"苦海没有追上去，也没有多说什么，只念了一句佛号，那声音不大，却像巨大的钟声一般回荡在温柔的脑子里，让她头痛欲裂。

走了许久，萧惊堂才停下步子，有些僵硬地问她："他与你有仇？"

温柔喘息了好一会儿，感觉眼前能看见东西了，才低声说道："我要是说我是妖，你当如何？"

她不是杜温柔，这个萧惊堂知道，但她突然说她是妖……

抱着她的手很僵硬，却没松开，萧惊堂脸色微白，眼神复杂地看了她好一会儿，神色竟然有些释然。

"你是妖，所以怕那和尚？"他没有回答她，只问了这么一句话。

温柔歪了歪脑袋，点头："是啊。"

怪不得她会那么多稀奇古怪的东西，怪不得她性情大变，是杜温柔，却又不是杜温柔。若她是妖，这一切就都可以解释了。只是，妖对凡人来说，是很可怕的东西，会取人性命。若她的身份被人知道，那今日被放在祭坛上的就不是牲畜，而是她了。

萧惊堂深吸了一口气，说道："我先带你回去再说。"

身体实在太过疲惫，温柔还没应一声，就靠在他怀里昏睡了过去。

她知道自己不属于这里，也知道自己早晚会回去，所以一直在用旁观者的角度看待这里的人和事。可是，当真遇见苦海，她竟然觉得有点儿不甘心。

她在这里还有这么多事没有做，怎么能就那么回去？凤七和妙梦的情债还没讨完，夺嫡之战也没个结果，萧惊堂也还没做成他的大事，裴方物那边也还没有了结，就算她要回去，也得亲眼看见这些事情终结之后吧？不然就跟看个电视剧没有结局一般，她难受极了。

"你要做的事情已经做完了，死赖着不走有什么意思？"雾蒙蒙的一片天地间，杜温柔的声音在四周响起，她说，"你走了，我能和惊堂成亲，他现在会好好对我，你的任务已经完成了！"

"不……"温柔皱眉,"他现在爱的也不是你。"

"就是我!"杜温柔冷笑,"他要娶的是我的身子,以后他也会跟我的身子在一起。你赚的钱是我的,交的朋友也是我的,我会好好经营下去,剩下的人生,你该还给我了!"

温柔呆呆地看着四周,问:"那我呢?"

"你?"杜温柔笑了,"你不是属于这里的人,自然该让苦海大师送你去你该去的地方!"

心里突然生出不好的预感,温柔猛地一震,皱眉道:"你压根没打算让我回去现代!"

她们共用一个身子,她能隐约看见杜温柔的想法。这恶毒的女人,从一开始就是骗她的,用妖术引她来这里替自己过日子,等日子过好了,就将她的灵魂驱逐出去,自己继续过好日子。

哪里有这么好的事情!

温柔深吸了一口气,语气坚定地说:"我不会走的,你的人生已经被我改变,你所有的罪孽都被我偿还了,那接下来的就是属于我的新人生,而不是你的。你敢欺骗我,那就活该被我压迫!"

"你!"杜温柔急了,"你现在不肯还我,苦海大师迟早也会收了你!到时候你会下十八层地狱,不得超生!"

"他一个大师,总不可能一辈子围着我转。"温柔眯起眼,"他总要离开的吧?"

"哈哈哈 "杜温柔大笑,"你妄想!只要你霸占我的身子一天,他就会跟着你一天!他早晚会解决掉你!"

杜温柔这么有自信?温柔疑惑地皱眉,突然说道:"我一直很好奇,你当初是怎么找上我的?"

"那你管不着,"杜温柔回道,"我总有我的法子。"

温柔闭上眼,也不问她了,直接自己想,反正她们在一个身体里,共用一颗心、一个脑袋,自己总能想到点儿蛛丝马迹。

"阿弥陀佛。"苦海的声音又在她的脑海里响起,温柔浑身一震,隐约看见苦海与杜温柔站在一起。

不会吧?这两个人是一伙的?怪不得那和尚老是咬着她不放,敢情本来就是杜温柔的人?

萧府。

675

萧惊堂沉着脸坐在床边,床上睡着的人正在不断说梦话,满头是汗。他伸手擦了,她的眼泪又跟着掉了下来。

她这么痛苦吗?她是不是被那和尚给伤着了?萧惊堂皱眉,神色凝重极了。

"二少爷,"萧管家问他,"温柔姑娘好像是病了,真的不需要请大夫吗?"

"不用。"萧惊堂摇头道,"我留在这里即可,你去给外头传信,就说我旧伤复发,回府休息了。"

"是。"

正值冬至节,外头热闹极了,人情往来,酒席宴会是少不了的,萧惊堂刚升职,又得圣宠,来拜访的人自然更多。温柔出事,他正好有了理由,将所有上门的人都关在了外头,包括大皇子。

如此一来,众人也就只敢送补药圣品上门,再不敢递拜帖。复杂的关系往来之中,萧二少爷反而偷得个清闲。

温柔一睡就是大半天,醒来的时候外头已经是深夜了。床边坐着的人皱眉看着她,开口就问:"饿吗?"

她还没回答,肚子就配合地发出"咕"的响声。

萧惊堂起身就将她抱去了桌边,桌上八盘子肉菜,还热着。

"你就不怕我吗?"温柔看了桌上的东西一眼,又看了萧惊堂一眼,觉得很纳闷,"许仙听说白娘子是妖还被吓了一跳呢,你咋这么淡定的?"

"你没有害我。"萧惊堂说道,"这么长时间了,我的阳气也没有被你吸走。"

他还挺理智的?温柔笑了笑,拿起筷子道:"我是绿色无公害的妖,不会妖术,也不会害人,你放心好了。"

萧惊堂深深地看了她一眼:"我已经送信让淑妃娘娘与陛下商议你我的婚期了,越快越好。"

"怎么?"温柔挑眉,"这么急做什么?"

"你当真是妖,那苦海就会一直盯着你。"萧惊堂解释道,"只有你嫁给我,我才能随时将你带在身边。他似乎有些忌惮我,有我在,他便不会动你。"

这话很有道理的样子,温柔点头:"那好,你决定就是了,只是我还得再照顾装方物一段时间。"

提起这个,萧惊堂脸又黑了:"他没死。"

"他没死是没死,我还欠人人情呢。他为了我得罪了大皇子,府邸都被烧了,我难不成就二话不说将他扔在琉璃轩里?再说了,我都愿意跟你成亲了,你还担心什么?"温柔边啃着鸡翅边说,"我又不会跟他发生啥。"

不怕贼偷,他还不能硌硬贼惦记啊?

萧二少爷深吸了一口气,领首:"明日我就让人将他接到我府上来,你接着照顾。"

温柔差点儿呛着,莫名其妙地看了他一眼:"你这儿,他住得了?"

这两个人不太对盘吧?

"我大度,不会介意他。"萧惊堂板着脸说道,"你既然要还人情,那就好好还,我也不拦着。"

可以吗?刚醒过来脑子还不太好使,温柔慢吞吞地吃着东西,慢慢地思考着。

晚上睡觉,萧惊堂也没有要离开的意思,长腿一跨,直接上了她的床。

"喂!"温柔被吓了一跳,往床里缩了缩,"认真的?"

萧二少爷翻了个白眼,嫌弃道:"谁跟你认真的?我只是怕分房睡你一晚上就被人收走了罢了。"

好像是这样没错?温柔点头,老老实实地在他身边躺下。

萧惊堂也没有逾矩,睡相极好地躺在外头。温柔戒备地看了他一会儿之后,就放心地陷入了梦乡。

过了一个时辰,有点儿冷的温柔同学往萧二少爷的方向挪了挪。

又过了一个时辰,她再挪了挪。

天亮的时候,萧惊堂睁眼,旁边的人已经跟个八爪章鱼似的将他抱得死死的了。女人将雪白的大腿缠在他的腰间,藕臂横在他的脖子上,身上香香软软的气息充斥在他的呼吸间。

萧二少爷尴尬地动了动身子,喉结微动,耳根微微发红。

他侧头看了一眼这人熟睡的容颜,眯了眯眼,狠狠地将眼睛闭上,想默念佛经吧,又怕这妖精难受,只能扒开她起身,让人打水来房间里沐浴更衣。

温柔起来的时候,就看见萧惊堂脸色不太好看地坐在屋子里,手里捏着个折子状的东西,冷冷地说道:"婚书下来了。"

温柔惊讶地挑了挑眉:"淑妃娘娘的效率还真是高!婚期是什么时候?"

"半个月后。"萧惊堂应道,"这半个月裴方物足以养好身子了。"

这人还惦记裴方物呢？温柔撇嘴，起身披衣下床，洗漱收拾了之后问："他人呢？"

"已经让人去接了。"

萧惊堂将婚书扔到一边，正想再说话，却见萧管家捧着药箱进来道："二少爷，该换药了。"

换药？温柔一时间没反应过来萧惊堂要换什么药，就见萧二少爷冷漠地看着她，然后掀开了衣袖。

绷带缠得厚厚的，一圈圈地被揭开，一道刚刚愈合了些的狰狞可怕的伤口露了出来，隐隐还有些血红。

看了半晌，温柔才想起来，上次这人到裴家去找她的时候，她问他怎么伤着了，他恶狠狠地说了一句："街上摔的！"

哪条街能摔出这么有刀片划伤感的伤口啊？

萧二少爷面上凝霜，任凭萧管家上药，眉毛都没皱一下。

想了想，温柔小心翼翼地凑了过去，低声问："你这伤，是被人砍的？"

萧惊堂不置可否地哼了一声，别开了头。

这一股浓浓的傲娇味儿啊！温柔眼皮直跳，仔细想了想，疑惑地又问道："这伤该不会跟我有关系吧？"

否则堂堂萧家二少爷，在上京混得风生水起的人，怎么可能被人砍？

萧惊堂凉凉地扫了她一眼，闷声开口："死不了的伤口，不需要人照顾。"

这伤还真是跟她有关系啊？怪不得上次他去找她火气那么大，被砍疼了？

温柔摸了摸鼻尖，凑过去接过萧管家手里的纱布，慢慢帮他包扎："话是这么说吧，但你当时是不是也去救我了？"

萧二少爷又哼了一声，没说话，嘴唇薄薄地抿着，满脸冷漠之色，又有点儿小委屈。

温柔莫名其妙地觉得有点儿好笑又有点儿心软，叹气道："二少爷，不是我说你，你这个人做好事不留名，让人感激都没法儿感激啊，这样不好泡妹子的。你看裴方物，他就知道让我愧疚，然后欠他人情，继而留在他身边照顾他。"

"你喜欢他吗？"沉默半晌的二少爷突然问。

"不喜欢。"

"那就得了。"脸色微微缓和,萧二少爷继续说道,"他这样做,没能让你喜欢他,那就是失败的做法,我为什么要学?"

他这么一说还挺有道理的?嘴角抽了抽,温柔给他的胳膊上打了个蝴蝶结,然后起身道:"不学您就待着吧,我去看看他们把人接回来没有。"

说罢,她直接起身就走了。

萧惊堂张了张嘴,也没说出什么,只看着她的背影,眼里满是不高兴之色。

萧管家在旁边看着,忍不住笑出了声,被自家少爷一瞪,连忙干咳两声,一本正经地说道:"温柔姑娘说的话不是没有道理,您哪,就是嘴巴太硬了,稍微说点儿软话,温柔姑娘也能留在您身边照顾您。"

"我不需要!"萧惊堂冷哼,起身就去书房里处理公务了,背影倔强得跟个孩子似的。

半个时辰之后,裴方物等人就被接过来了。温柔在门口看着,不解地问疏芳:"妙梦呢?没有一起将她接过来?"

疏芳尴尬地低声回道:"阮主子……就在琉璃轩休养吧。"

"出什么事了?"看她表情不对,温柔连忙问。

看着裴方物被人用肩舆抬进去了之后,疏芳才低声说道:"主子您不知道,昨儿帝武侯不知道发了什么疯,穿着官服就去了琉璃轩,抢了奴婢的活儿,给阮主子熬药,又下厨做菜,吓得整个琉璃轩的人都不敢说话。"

楼东风?温柔被吓了一跳,连忙问道:"那你们还把妙梦留在那里?还不赶快将人接回来?"

"这……"疏芳无奈道,"他没打扰阮主子,阮主子病着,也不太好动,加上凌主子来求了求情,咱们就没把阮主子带过来了。"

凌挽眉给楼东风求情?这又是发生什么事了?温柔很蒙,眨了眨眼,反应了半天才不确定道:"这楼东风是想赎罪?"

一想到帝武侯那一脸煞气的模样,疏芳点了点头,又摇了摇头,分外纠结道:"奴婢也不知道他想做什么,他凶巴巴的,做个菜差点儿炸了厨房,不过对阮主子倒是极好,找了不少珍贵的药材来,都是奴婢买不到的。"

这可真是……温柔有点儿纠结:"你让修月看着点儿,一旦楼东风想对妙梦做什么,就来报信。"

"是。"

楼东风可是当朝炙手可热的人,大局还未定,竟然有闲工夫去管妙梦？再说了，这个变态囚禁妙梦的事情没法儿让人原谅，不管他怎么补偿，妙梦怕是不会再跟他在一起了。

这也是冤孽啊！

温柔摇了摇头，还是先进去将裴方物安顿好。

裴方物脸色不太好看，从进了屋子躺下开始就没说过话。温柔伺候他喝了药，盯着他问："是不是不喜欢这里？"

"你觉得我会喜欢？"裴方物皱眉，"为什么要来这里？"

"我最近有点儿危险，在这里最安全。"温柔模糊地解释了一句，安抚道，"放心吧，有我在，他不会对你怎么样的。"

他会怕萧惊堂对他怎么样吗？裴方物摇头："我只是觉得你嘴上说不喜欢，却总是在萧惊堂身边。"

这是她能决定的吗？温柔干笑："理论上来说，我和他还即将再次成亲。"

旁边的牵穗手里的碗没拿稳，差点儿就掉了，她震惊地看着温柔。

裴方物倒是很镇定，眼神平静地说道："萧二少爷手段了得。"

"倒不是手段，而是没办法吧。"温柔耸肩，"谁知道皇帝抽什么风，要给我跟他赐婚。"

裴方物低笑一声，深深地看了她一眼。

她有时候很聪明，有时候却总是小看了萧惊堂。萧二少爷若是不想，就算是皇帝，这婚也赐不下来，这摆明是放了圈套给她，她还一点儿也没察觉。

裴方物摇摇头，叹了一口气："什么时候办婚事？"

对他这平静的反应有点儿意外，温柔眨了眨眼："半个月后。"

"嗯。"裴方物颔首，"我会给你准备贺礼的。"

他就说个这个？温柔挑眉。她还以为这人会有点儿别的反应呢。

"反正你与他本就是夫妻，我没什么好介意的。"她面前的人继续说道，"只要你哪天想通了想跟我在一起，我随时会接住你，哪怕那时候你已经白发苍苍。"

温柔微微一顿，神色复杂地看了他一眼。

"你这样看着我，我会喘不上气。"呼吸有点儿急，裴方物调笑了两句，脸色苍白了些，看起来像是不太舒服。

"怎么了？"温柔连忙问，"真喘不上气？"

"奴婢去找大夫！"牵穗说了一声，转身就跑。温柔只能在这房间里守着，替裴方物顺着气。

搬过来的时候可能太颠簸了，裴方物身上的伤口裂了，大夫来了好一通折腾，温柔也就从早到晚都待在裴方物的院子里。

萧家书房里，萧二少爷黑着脸看了一眼外头的天色，又看了一眼不声不响的萧管家，冷声问道："还没伺候完？"

萧管家赔笑："二少爷，那边说是伤口裂了，有些严重。"

大男人有那么娇气的？萧惊堂很想说，他的伤口不知道裂了多少次，也没这么拉着人伺候的！但是想想，他说了也没用，那还是做吧。

于是一炷香时间之后，忙得要死要活的温柔就接到了萧管家的急报。

"温柔姑娘，二少爷伤口裂了，死活不肯吃药，您帮帮老奴！"

啥？温柔瞪眼："他多大个人了，为什么不吃药？"

萧管家深深地叹了一口气："二少爷忙于公事，非说忍得住不用急着吃药、换药，可老奴实在担心……"

这人是工作狂啊？温柔皱眉，看萧管家一把年纪的这么担心也不忍心，于是对牵穗说道："我去一趟。"

牵穗看了她一眼，无奈地应道："您去吧，这儿还有奴婢。"

"好。"温柔点了点头，提着裙子就跟萧管家走了，路上还在想：萧惊堂也真是拼命三郎，一点儿也不会用苦肉计，还得萧管家来说。

一点儿也不会用苦肉计的萧二少爷正顶着撕裂的伤口，坐在书桌后头写着折子。

温柔闯进来，二话没说就将他手里的东西都抢了，将人拖起来按在旁边的软榻上，然后吼了一声："萧管家，药！"

被吓了一跳的萧管家连忙捧着药递给她。

温柔眯起眼，坐在萧惊堂旁边，一点儿也没省劲儿地给他抹着药，听他疼得倒吸一口凉气才缓了力道，哼了一声，道："多大的人了，吃药、换药还要人强制的？"

萧惊堂皱眉看着她，硬气地说道："不用你管。"

"嘿！我就爱管，你咬我啊？"温柔翻了个白眼，把喝的汤药接过来，吹凉了直接给他灌了下去，末了把人塞在被子里，皱眉道，"伤员就老实休息吧，还做什么事啊！"

萧惊堂微勾嘴角，又很快压下去，抿了抿唇，道："朝中最近局势变化很快，我自然有很多事要忙。"

说起朝中局势，温柔有了点儿兴趣："如今淑妃越发得宠，三皇子的胜

681

算是不是更大了？"

"是，只是淑妃娘娘得宠时间还不够长，要长期固宠，才能与皇后抗衡。"萧惊堂顿了顿，道，"你功劳不小，就算最后他们没成事，我也有理由救你一命。"

"那就多谢了。"温柔笑了笑，想起点儿事，正色道，"对了，你知道楼东风最近是什么情况吗？"

楼东风？萧惊堂没好气地说道："我最近不都被你耽误了，哪里有空打听他的情况？不过西南最近有战事，帝武侯可能要出征。"

出征？温柔愕然："你们这儿一出征是不是就是好几年？"

"是啊。"萧惊堂答道，"不过帝武侯若于此战役立功，其地位便再无人能撼动。"

"他的地位有没有人能撼动我不知道，"温柔说，"但他离开个几年，回来妙梦说不定就改嫁了。"

改嫁？眼皮一跳，萧惊堂皱眉："她想嫁给谁？"

"不是她想，是我觉得有可能。"温柔说道，"最近她身边有个去照顾她的汉子，叫曲理的，说是精通香料药材，对她很好。我瞧着，那人虽然傻兮兮的，不过倒是踏实。"

萧惊堂脸色黑了黑："你别乱瞧了，他们不可能的，以楼东风的性子，他一定不会让阮妙梦改嫁。"

"将来的事，谁说得准呢？"温柔撇嘴，"他一走，山高皇帝远的，谁管得了？"

萧惊堂深深地看了她一眼："你别插手就对了。"

不插手就不插手，温柔撇嘴："我最近都不用进宫了是不是？"

"嗯，也不要出门。"

那她待在这府里还不闷死？温柔瞪他。

像是察觉到了她的想法，萧惊堂淡淡地说道："萧府的人在路上了，不日就会抵达上京，这府里的事情你还得操心一二。"

萧府的人？温柔愣了愣，反应了半响才明白是哪里的人。

萧惊堂已经当了尚书，要在上京久居，那幸城的萧家人肯定都要搬到上京来。也就是说，他那一院子的姨娘、丫鬟，以及萧夫人，都要过来了。

那还真是够她操心的。

温柔垮了脸："有宅院的地方就有宅斗，我又不是多稀罕你，为了你跟人家斗来斗去的多不好啊。"

尤其那位巧言姑娘，似乎分外看她不顺眼。

萧惊堂闭上眼，装作没听见她说的话，直接休息了。

温柔磨牙，瞪了他好一会儿，发现拿他没什么办法之后，还是老实地去吃晚膳了。

三天之后，幸城的萧家众人抵达了上京。

温柔没出面，只让疏芳去接了人回来安顿。晌午刚到，温柔就听见嘈杂的声音一路吵进来。

"真不愧是上京，府邸都气派了许多！"

"是啊，是啊，等会儿放了东西，我可要好生出去逛逛。"

这是几个姨娘的声音，温柔听着倒有些想念，于是还是去正厅看了看。

"呀，二少……不对，温柔。"看见她，苏兰槿等人倒是很意外，"你怎么在这儿？"

温柔扫了一眼，没看见萧夫人，倒是巧言跟在后头，目光不太友好地看了自己一眼。

"我跟萧家二少爷有婚约，在这儿等着成亲呢。"温柔老实地回道。

三个姨娘傻了眼，后头的巧言也愣了愣。

"什么婚约？"慕容音问，"没听夫人提起过啊。"

自古婚约是父母之命媒妁之言，父母都不知道的婚约，算个什么？巧言嗤笑了一声，垂着头没说话。

温柔笑了笑，说道："是皇上赐婚，你们刚到，自然不知道。"

皇婚？！三个姨娘震惊了，巧言也被吓了一跳。

皇帝赐婚，那就一辈子都是妥妥的正室夫人，任凭是谁也不能撼动温柔的地位了，比生个儿子还牢靠。

"那就恭喜二少奶奶了。"云点胭笑道，"一路上都听闻二少爷在上京颇受皇上赏识，没想到皇恩浩荡到连婚都赐了。"

"是呀，二少爷也真是厉害，年纪轻轻的……"

"都别站在这儿说话了吧。"温柔笑道，"下人去归置行李，你们准备用午膳吧。"

"好。"众人应了，嬉笑着去饭厅入座。巧言跟着进了饭厅，云点胭看了她一眼，忍不住开口道："不是说下人去归置行李吗？"

巧言再是通房丫鬟，那也是个没名分的下人。

巧言怔了怔，咬唇看了温柔一眼。

温柔装作没看见，径直招呼其他人坐下。

巧言咬了咬牙，也没什么法子，屈膝行了礼，便退了出去。

见她走了，云点胭才撇嘴道："命生得贱，心倒是比天高，这丫鬟可真不得了。"

"怎么了？"温柔好奇地看了她一眼，笑道，"我记得我走的时候，你们还没这么讨厌她。"

"您是不知道啊！"云点胭皱眉道，"这段时间她在幸城可谄媚了，前前后后讨夫人欢心，就想自己跟着来上京，夫人没让，她又想着法儿要账本，想要个位分，您说可笑不可笑？"

温柔知道巧言有野心，只是没想到会这么明显。温柔咂舌："她想做姨娘？"

"可不是嘛。"苏兰槿摇头，"司马昭之心，路人皆知了，她可半点儿没掩饰，看着就让人不舒坦。"

虽说她们几个都是混吃混日子，没啥好争抢的，但看到一个丫鬟欲望这么大，任是谁都会硌硬。

温柔眨眼，轻笑道："说来我与她也算有过节，只是她似乎是二少爷的第一个女人，就算是个丫鬟，轻易也动不得。"

"第一个女人怎么了？您看二少爷还将她放在心上吗？"慕容音撇嘴，"她也就自己觉得自己有分量罢了，若是让二少爷在您与她之间选一个，那她是半点儿活路都没有的。"

温柔被吓得抱了抱胸："我才不要跟她放在一起被人选呢。她不招惹我，我就懒得理她，上京里的事还多着呢。"

"您也是心大。"云点胭叹息，"巧言没少在背后算计您，您能既往不咎？"

也不是既往不咎，但以现在这样的身份，她主动去为难一个丫鬟，那岂不是显得很小气？

温柔笑道："行啦，二少爷等会儿就会回来，你们好歹也几个月没见着他了，都收拾收拾准备行礼问安吧。"

几个姨娘应了一声，用了午膳后就回各自的院子里去收拾东西了。

下午的时候，萧惊堂就回来了，一进门就看见一群莺莺燕燕站在门口迎接，齐刷刷地朝他行礼："二少爷安好。"

萧惊堂一时有点儿不习惯，"嗯"了一声，扫了一眼众人，挑眉问了一句："巧言没跟着来？"

温柔应道："来了，就是这会儿不知道她去哪里了。"

"嗯。"萧惊堂颔首往里走，后头几个姨娘也就跟着。

对他一回来就问巧言的事，苏兰槿等人都不太高兴，一去正厅坐下，就忍不住说道："二少爷，您也太把一个丫鬟当回事了，不问问咱们姐妹路上如何，倒是问她去了哪里。"

萧惊堂莫名其妙地说道："你们都在这里，只少了一个巧言，我随口一问罢了。"

云点胭嘴巴翘得老高："那也不行，丫鬟就是丫鬟，您给多了颜色，她要开染坊的。"

这话听起来怎么有点儿针对人的意思啊？萧惊堂疑惑地扫了她们一眼，问："她惹你们不高兴了？"

"是不高兴了。"慕容音回道，"性子不招人喜欢，她又喜欢陷害人。二少爷，温柔在她那儿可吃了不少亏呢。"

萧惊堂微微一愣，转头看向温柔。

温柔干笑，摆手道："我不记仇。"

这么多女人加起来为难一个丫鬟，又不能把她怎么样，何必呢？萧惊堂也不会因为这两句话就把巧言赶走啊。

"她到底只是个丫鬟，你们是主子，她不会把你们怎么样的。"沉默片刻之后，萧惊堂起身，"你们若是实在不满，那我便去让她老实些。"

萧管家在旁边躬身："巧言姑娘在后院里。"

萧二少爷点头应了，直接就往后院走去。

慕容音推了苏兰槿一把，三个姨娘相互递了个眼色，一起拉着温柔就跟了出去。

温柔有点儿哭笑不得，低声问道："你们就这么急着对付她啊？"

"趁着夫人不在，早弄走早好。"云点胭小声说道，"有她在院子里，我总觉得随时会被咬一口。"

这么严重？温柔挑眉，跟着她们走去后院，还没抬头看呢，就听见了一连串的咳嗽声。

萧惊堂走到后院里站定，皱眉看着面前的场景，没吭声。

几个姨娘伸长了脑袋，就见巧言正蹲在后院里，用冰冷的井水洗着刚搬来的器具，一双手被冻得通红，脸色也不太好看。

"这些活儿，怎么会让你来做？"萧惊堂问。

乍一听到这声音，巧言被吓了一跳，连忙回过头来行礼："二少爷！奴婢……奴婢只是按照吩咐在帮忙收拾东西。"

"你身子不好,还是放着让下人做吧。"萧惊堂皱眉。

巧言苦笑了一声,语气古怪地说道:"奴婢不就是下人吗?哪怕伺候过二少爷,那奴婢也是该做粗活儿的下人。"

这话说得像是告状一般,几个姨娘听得眉头直皱。温柔认真地看了巧言一眼,发现这丫头还真是没变,城府还更深了。

萧惊堂抿了抿唇,说道:"粗活儿不用你做,回去歇着就是。"

巧言有些迟疑地看了温柔一眼,小心翼翼地应了:"是。"

他说好的来教训人,结果反而心疼起人来了?慕容音瞧着,简直是气不打一处来,忍不住就说道:"二少爷,您忘记来做什么的了?"

萧惊堂微微不悦道:"你们女人家的事情,还是自己解决吧。我还有事,先去书房了。"

说罢,他转身就走。

慕容音傻眼了,苏兰槿也皱起了眉,云点胭撇了撇嘴,很是委屈地拉了拉温柔的袖子:"二少奶奶,你看他。"

温柔拍了拍她的手,笑道:"这后院的事情,的确是该咱们自己来做,二少爷还有很多事要忙呢。今日天气不错,咱们就出府去逛街吧,你们看上什么东西,我来付账,怎么样?"

三个人一听这话,头上的低气压瞬间一扫而空,高兴地欢呼一声,也不管巧言了,立马拥着温柔往外走。

巧言站在原地,咳嗽了两声,目光平静地看着她们远去。

大白天的,又有这么多人陪着,温柔也就没什么顾忌,带上银票就跟三个姨娘逛街去了。从凤凰街头逛到琉璃轩,三个姨娘竟然对琉璃的兴趣最大,温柔也就跟着进去,顺便问了徐掌柜最近的账目。

"温姐姐!"凌修月扑腾出来,一看见她就连忙招手,"快进来!"

"怎么?"温柔扫了一眼三个忙着试戴首饰的姨娘,跟着凌修月跨进了后头的院子。

凌修月边走边说道:"我都不知道该怎么办,那人赖在咱们这儿不走啦!"

什么人?

温柔刚想问呢,就看见了端着托盘迎面走过来的帝武侯。

楼东风还是那副正经的模样,只是堂堂侯爷,穿着便服端着托盘,怎么看怎么奇怪。

"见过侯爷。"温柔笑眯眯地行了礼,问,"您在寒舍做什么?"

楼东风在她面前站定,眼神深沉:"她的病难治,你们照顾不好。"

"不会啊。"温柔说道,"有专门的人照顾妙梦呢,那个叫曲理的,精通药材,您完全不用操心。"

楼东风一听曲理的名字,脸色瞬间沉了:"我把他赶出去了,那样的人,烦请你以后不要让他进来。"

啥?!温柔瞪眼:"你赶他做什么?他特意来照顾妙梦的!"

楼东风紧紧地抿着嘴唇,眯起眼,也没多说什么,越过她就将手里空的药碗和托盘放在井边,然后一声不吭地回了房间。

温柔震惊地看着这人的背影,然后呆呆地转头问凌修月:"他有病哪?"

凌修月认真地点头:"我也这么觉得,最近妙梦姐姐的药和膳食都是他亲手做的,包括衣裳,也是他亲自去买衣料回来,让人剪裁的。"

温柔"咝"了一声,疑惑地摸着自己的下巴:"他想干吗啊?都是要出征的人了。"

"对了,妙梦姐姐的病的确挺严重的,她已经看不见什么东西了。"凌修月正色道,"太医来看过,只给了药方,似乎有些束手无策。"

已经到这种地步了?!温柔被吓了一跳,连忙拎起裙子跑去屋子里。

她一开门,阮妙梦就问了一声:"修月?"

"妙梦姐姐,是我,温姐姐也来了。"凌修月连忙应了她一声。

温柔皱眉,跑到床边看了看。

阮妙梦穿着寝衣,气色不太好,眼睛睁着却没什么焦距,伸手摸到温柔的手后才微微松了一口气:"你这么久不回来,我还以为你出事了。"

"是出了点儿事,"温柔沉声道,"不过我都还能应付,倒是你,怎么会变成这样?"

阮妙梦沉默了片刻,才开口道:"我祖母也是在这个年纪双目失明的,大概我会跟她走一样的路。"

"家族遗传啊?"温柔问道,"会不会是跟你上次中的毒有关?"

"我没有中毒。"阮妙梦垂眸,"曲理说过了,我没有中毒,楼东风给我的是补药,我的身子,是自然成这般的。"

哈?温柔眨眼:"那……"

"楼东风关着我,大抵是想帮我治病,只是法子用得让我很不喜欢。"阮妙梦解释道,"我现在也释怀了,就算是死,也不用抱着恨意死。"

"呸呸呸！"温柔连忙说道，"你不会死的，他们找了很多好药材，能治好你的。"

阮妙梦长叹了一声，低笑："无所谓了，活着也不见得有什么意思。"

"别啊，这世上还有很多山川美景，很多珍馐美食，人没有下辈子的，就这一辈子，不好好享受，死了多可惜啊？"温柔劝道，"你们别迷信人有下辈子啊，真的只有这几十年的时间给我们来体验人世，没了就没了的！"

阮妙梦轻笑，伸手摸着她的脸，低声说道："每个人的人生不一样，你还有很多机会可以去享受，可是我，最终会什么都看不见的。"

"不会的。"喉咙有点儿发紧，温柔安慰道，"咱们赚了很多很多钱了，你要怎么治疗都可以，不会看不见的……你别这么绝望。"

说是这么说，温柔自己心里也没底。古代的医疗条件，怎么治疗失明的问题？

温柔正想着呢，门就被人推开了。她回过头去，便见楼东风皱着眉进来了，手里拿着一个纸包。

阮妙梦微微侧头，笑道："曲理，蜜饯拿来了？"

楼东风没出声，走到床边，拉起她的手将纸包放在她的手心里。阮妙梦掂量了一下便颔首："正好，温柔你要尝尝吗？曲理买的这家的蜜饯很好吃，每次我都能吃下二两。"

温柔沉默。

楼东风眼里满是警告之色，手似乎也随时想伸过来捂她的嘴。温柔掂量了一下，还是笑道："不用了，你喜欢吃就多吃点儿。"

阮妙梦打开纸包，咬了蜜饯，笑眯眯地吃着。温柔看着她，想叹气又怕她多想，只能说道："外头还有客人，我先去招呼一二，你好生休息。"

"嗯。"阮妙梦应了，脑袋跟着温柔起身的方向转，眼里却一片迷雾。

凌修月跟着温柔出去，小声说道："前些时候曲理一直帮妙梦姐姐试药，楼东风来了之后，就让我骗妙梦姐姐说曲理试药失声了，然后赶走了曲理，就由他在妙梦姐姐身边伺候。"

温柔有点儿错愕："妙梦一点儿也没察觉？"

"没有。"凌修月叹气，"曲理是个好人，我让他暂时住在瓷窑里了。"

"既然你都觉得他是好人，那我便带他回萧府安顿吧。"温柔说道，"等哪天这边装不下去了，曲理总要回来的。"

"好。"凌修月点头。

云点胭等人选了一大堆东西，看着价格，又有点儿发愁。

实在太贵了啊！不过东西可真好看，流光溢彩，不管是戒指还是发簪，都精妙绝伦，怪不得这里的生意这么好。

温柔出来，就看见三个人围在一起愁眉苦脸的。

"怎么了？"温柔问，"没有喜欢的东西？"

慕容音摇头，盯着手里的一大把发簪说道："是喜欢的东西太多了，这一堆就得好几万两银子啊！"

"喜欢就拿着吧。"温柔大方道，"我说过今日你们买东西，我付账的。"

再说，这一大堆东西的成本其实也就几十两银子。

"真的？！"三个姨娘高兴极了，但难免有点儿心疼，"这也太破费了。"

"无妨。"温柔豪气地挥手道，"都让掌柜的包起来吧。"

"是。"徐掌柜应了，恭敬地让人把东西包好，拱手道，"等会儿就让人送去府上。"

"行。"

温柔领首，正想问她们还想去哪里呢，就见三个人已经满脸心满意足之色，高兴地说道："回府去吧，正好去试试看怎么穿戴好看。"

说着，三个姨娘拥着温柔一路"叽叽喳喳"地就往萧府走。进了大门，琉璃轩的伙计也刚好到，几个姨娘各自捧着自己的东西，都舍不得让丫鬟帮忙，笑声格外爽朗地回院子去了。

结果走到半路，云点胭就撞见了巧言。

"云姨娘这是买了什么，这么高兴？"巧言行着礼问了一声。

云点胭收敛了笑意，撇了撇嘴，摸着手里的锦盒道："自然是贵重的好东西，卖了你也买不起。"

巧言顿了顿，扫了那盒子一眼，说道："今时不同往日，二少爷不再是富商，而是朝中官员，姨娘若是太过铺张浪费，怕是会让二少爷被人诟病。"

这还轮到她来教训自己了？云点胭沉了脸，冷笑道："什么样身份的人就该配什么样的首饰，你的东西是路边买的，自然节俭；我身为姨娘，穿戴好些并无不妥。若是有异议，你不如去二少爷跟前告我一状。"

说罢，云点胭冷哼一声就带人走了。

巧言皱眉，站在后头看着她的背影，抿了抿唇。

萧惊堂正忙于刑部侍郎就任之事。他推荐了方志恒上来，那自然要同方志恒打好关系。好在方志恒也是知恩图报的人，在与他畅聊一番之后，隐隐有佩服之意，更是将礼节做足，送他回府。

事情顺畅，萧二少爷心情就不错，回到府里，看到几个姨娘也是笑嘻嘻的模样，便问："有什么好事吗？"

慕容音得意地在他面前转了一圈，指了指头上的步摇："好看吗？"

步摇是琉璃的。

萧惊堂微微一顿，颔首："很好看。"

"二少奶奶给咱们买的，今儿买了好多呢。"慕容音笑道，"就没见过比二少奶奶更大方的人了。"

杜温柔倒是会做人。萧惊堂低笑，目光柔和了下来："那她人呢？"

"在安顿人呢。"苏兰槿答道，"说是接了个大夫回府里来住，叫什么曲理的。"

曲理？萧惊堂挑眉，转身就去温柔的院子里找人，结果一推开门，就见一个汉子坐在温柔的旁边，手刚从她的手腕上拿开。

萧二少爷微微沉了脸，不悦地咳嗽了一声。

温柔回头，笑道："你回来了？差不多要吃饭了，先去饭厅吧。"

萧惊堂"嗯"了一声，脚下却没动，看向曲理道："府里似乎不缺大夫。"

曲理有点儿茫然，看了看温柔，后者连忙说道："这是我的人，接来府里住一段日子，正好通医术，可以给我看诊。"

她的人？

萧二少爷心里更不舒坦了，哼了一声，伸手拉过她就往外走。

"哎，哎？"温柔小步跟着，抬头看向他，"你饿了？这么急着去吃饭？"

萧惊堂没吭声，一路快走，直到走出院子，才缓和了神色道："下次诊脉，记得手腕上搭上手帕，这是府里的规矩。"

府里什么时候有这个规矩了？温柔皱眉，忍不住嘀咕："封建沙文猪。"

"你说什么？"

"没什么，我说晚上吃猪肉。"温柔磨了磨牙，"曲理说我身子很虚，得多吃点儿好东西补补。"

萧惊堂听了这话，步子慢了下来，斜眼看着她："身子还没补好？"

"废话！"温柔翻了个白眼，没好气道，"敢情当初流产的不是你，女人生个孩子本来就要命，流产更是要半条命，你还指望给我点儿肉我就长好了？"

萧惊堂抿了抿唇，捏着她的手微微收紧。

温柔撇嘴，感觉到面前这人隐约的愧疚之意，也没多说什么，甩开他的手就往饭厅走去。

虽然流产的事的确跟他没直接关系，但是那个没了的孩子，始终是她心里一根拔不掉的刺吧。

几个姨娘都在饭厅里坐好了，巧言乖顺地站在一边布菜。温柔坐在云点胭的旁边，扫了一眼菜色，满意地伸筷子夹肉，结果肉还没到嘴里呢，就听得旁边传来一声干呕声。

众人都顿了顿，纷纷看向云点胭，后者脸红到了脖子根，连忙解释道："我最近肠胃不太舒服，见不得太油腻的……"

苏兰槿松了一口气，小声道："我还以为你怀孕了呢。"

此话一出，云点胭更是脸红，连忙低声说道："你说什么呢，怎么可能怀孕？"

她这都好几个月没见着萧惊堂了，也没回上京，要是怀上了，那不就尴尬了？

萧管家笑道："无妨，以后有的是机会。老爷和夫人一直盼着子嗣呢，若是真有了，也是萧家的福气。"

"嗯。"众人心不在焉地应着，继续用膳。萧惊堂看了温柔一眼，抿了抿唇。

饭后，温柔正打算回去休息，就被萧二少爷叫住了。

"你身子不好，我让大夫再给你开点儿调养的药吧。"

温柔挑眉，撇嘴道："中药很苦，能不喝就不喝吧，反正我这身子也就这样了。"

"等会儿就给你送过去。"萧惊堂完全无视了她的话，说完就走了。

温柔目瞪口呆地看着他离去的背影，摇了摇头，转身要回院子，却看见巧言站在后头。

见她看见自己了，巧言也没多说什么，行了礼就目送她离开。温柔也没什么话跟巧言说，径直回了屋。

巧言站在原地思考了片刻，去找了府里的大夫，将萧惊堂的吩咐传达了。

"补身子的？"府里的张大夫应道，"二少爷提起过，说温柔姑娘小产过，体虚，老夫这便开补药。"

"这补药吃了，有什么效用吗？"巧言问。

张大夫笑道："自然是为了保障以后能顺利怀子。"

怀子。

巧言笑了笑，朝大夫行了礼，便回了自己的屋子里。

婚期将至，萧府里热闹起来。虽然温柔对这婚事很不上心，但萧惊堂倒是配合，无论多忙每天都会抽空回来处理琐事，安排流程。

凌挽眉过来萧府陪温柔，气色看起来很好，拉着温柔的手笑道："兜兜转转，最后你还是得嫁给二少爷。"

温柔抽了抽嘴角："迫不得已罢了。"

"欸。"凌挽眉道，"其实二少爷对你很好，你也未必对二少爷无情，何必总是抵触呢？"

温柔垂下眼眸，戴上凤冠，穿上嫁衣，低声说道："挽眉，你要是知道前头是悬崖，还会兴高采烈、心甘情愿地往那上头走吗？"

"不会。"

"那不就得了？"温柔耸了耸肩，"萧惊堂未必是我的良人，既然知道他不是良人，我要是全心全意地跟他在一起，换来伤心一场，岂不是荒唐？"

凌挽眉眨了眨眼，很不理解："你怎么知道他不是良人？"

温柔在凳子上坐下，心平气和道："我对自己的另一半没什么要求，只要他跟我平等就好了——我做饭，他洗碗；我洗衣服，他晾衣服。我只爱他一人，他也忠于我一人。你觉得，萧惊堂是这样的人吗？"

凌挽眉认真地想了想，有点儿茫然："这个我也不太清楚。"

"还有啥不清楚的？他就不是啊！"温柔鼓嘴，"他妻妾成群，也有通房丫鬟，看样子还对通房丫鬟在意得紧，哪里像是能跟一个人过日子的人？"

萧二少爷在意通房丫鬟？凌挽眉不太赞同："萧二少爷面冷心热，只是不会太绝情，要说在意，我从未见过他在意除你之外的人。"

大概是最近感情很顺利，凌挽眉眼角眉梢都是幸福之色，自然觉得别人也该一样幸福。温柔叹了一口气，摇头道："不讨论这个了，你还是看看我这装扮够大气吗？"

金线绣的大红嫁衣，珠玉金冠，自然是很大气的。凌挽眉点头，但有些疑惑:"你为什么问大不大气?一般的新娘子,都会问好看不好看。"

这婚事是皇帝赐的,肯定是以大气为主,至于好看不好看,那重要吗?温柔笑道:"我穿什么都好看!"

被她这不要脸的劲儿逗得直笑,凌挽眉看着她,说道:"你成亲那日,我来送嫁。"

"好。"温柔颔首。

冬末时节,是最冷的时候,萧惊堂站在庭院里看着满是落雪积压着的树,目光深沉。

背后有人披着斗篷走出来,轻声咳嗽着:"萧二少爷,找在下可有什么事?"

萧惊堂回过头,看了看裴方物稍微好些了的气色,淡淡地说道:"马上是我与温柔的婚期了,届时府里会很热闹,你在养病,我身为主人,自然要提前知会,以免惊扰。"

裴方物失笑:"炫耀就炫耀吧,二少爷何必说得这么弯弯绕绕的?"

萧惊堂看了他一眼,勾唇道:"嗯,我是来炫耀的,她要嫁给我了。"

裴方物捂着嘴咳嗽了两声,抬眼看着他说:"都说萧二少爷才惊一方,胸中有天下山川江河,但在在下看来,您在感情之事上稚嫩得与孩童无二。她嫁给你又如何,心归你了吗?"

眼里的笑意少了,萧惊堂别开头,继续看着树上的雪:"心不归我又如何?也不归你。心不归我,好歹人归我。你机关算尽,最后又得到了什么?"

裴方物张了张嘴,哑然失笑。

是啊,他什么都没有。

"你在我府上这么久了,也不见有人来寻,是失宠了吗?"萧惊堂转了话题,问了一句。

裴方物是大皇子的人,然而被人烧了府邸,连个案都不能报,想来大皇子也是分外恼他的。

"得宠失宠,都不过是人手中的棋子。"裴方物无所谓道,"不过二少爷这回算错了,在下并非叛逃,等温柔的婚事一过,在下便要走了。"

萧惊堂微微皱眉,靠近他两步,认真地低声问道:"你不觉得上错了船吗?"

大皇子如今被皇帝亲目打压,而二皇子势力见长,似乎更有胜算。

"自己选的船,若是错了,那也只有跟着一起沉了。"裴方物轻笑两声,看着他说道,"在下知道二少爷打的什么算盘,但是在下拒绝。在下今生今世只会站在二少爷的对面,绝对不会站在您的身边。"

萧惊堂微微一震,深深地看了他一眼:"执迷不悟。"

"在下有病在身,就先回房了。"裴方物朝他颔首后,走得头也不回。

春至之日,大吉大利,当朝皇帝赐"升阳"之名于民女温氏,认其为公主,并赐婚当朝礼部尚书萧惊堂。虽然谁都知道这公主是个虚的名头,但对此事,皇后一派极力反对,虽然无效,却仍旧导致温柔从淑妃宫中出嫁之时遇见了麻烦。

大红的花轿被堵在玄武门之下,守门的侍卫坚持要他们出示皇上或者皇后的令牌。虽然这是规矩,但是这婚事谁不知道?侍卫竟然也要拦。

宫女跑回去要手谕很耽误时间,淑妃气得派人去知会了圣上。圣上大驾过来,嘉奖了尽忠职守的护卫,并且当场给了淑妃随时发放出宫令牌的权力。

皇后气得在宫里直摔东西。皇帝回宫后,却一声也没过问,直接去处理政事了。

"这才是偷鸡不成蚀把米呢!"摘绿笑道,"皇上也是当真心疼咱们娘娘,这么大的权力,说给就给了。"

淑妃掩唇,慈祥地看着旁边的花轿。

温柔是个宝贝啊,很懂帝王的心思,教会她不少事情,新奇的玩意儿也层出不穷,让皇上始终对她充满兴趣。

要是日后当真成了大事,她一定会好好感谢温柔。

花轿出了宫门,又遇见了麻烦,街上围观的百姓太多,花轿根本无法前行。

要是一般的百姓,官兵驱赶一二大家也就退到街边去了,可这群人不知怎么的,就堵着路不让过,接亲的人怎么撒铜钱这群人都无动于衷。

"故意搅局的吧?"疏芳在花轿外头急得跺脚,"这要是错过了吉时可怎么是好?"

温柔睡眠不足,撑着脑袋在花轿里嘟囔道:"多少人不想这场婚事成呢,来搅局也是正常的,我先睡会儿……"

"主子!"疏芳着急地说道,"这婚要是成不了,可是有违皇命!"

温柔惊了,被吓得连忙坐直了身子:"这么严重?可这也怪不得咱

694

们吧?"

外头那么多护卫都拦不住百姓,那她还能长翅膀飞过去不成?

疏芳唉声叹气,看看着前头的人山人海,正想说什么呢,就听见一阵马蹄声从街对面汹涌而来。

"驾!"有力的低喝声传来,骏马嘶鸣,八匹马瞬间冲散了人群。楼东风带人赶来,面无表情地驱散了街上的百姓,朝淑妃拱手道:"娘娘受惊。"

淑妃坐在马车上,掀开车帘朝楼东风颔首,楼东风便转身策马,引着送嫁的队伍继续前行。

另一边的萧府里,萧惊堂面前也站满了人,不是普通百姓,而是朝中官员。

按理说他该去迎亲的,但是被这群人拿官场话堵着,根本动弹不得。

"状元郎真是好福气啊,当了尚书,如今又要迎娶公主。"

"是啊,是啊,这年纪轻轻的,已经没什么遗憾了!"

旁边的喜娘已经小心翼翼地提醒了两次时辰到了,这群人完全当没听见,自顾自地说着话。

眼瞧着萧惊堂要发火了,木青城恰好赶到,推开众人笑道:"各位大人可真是热情,不过这都是要迎亲的时辰了,新郎官怎么还在这里?赶紧出发吧!"

嘴里说得这么礼貌,手上的力气却是一点儿没省,木青城直接将萧惊堂从众人的围堵之中拽了出来,一把推开门口:"迎亲队在外头等着了。"

萧惊堂缓和了神色,朝木青城微微颔首,然后便上马朝凤凰街的方向狂奔而去。

温柔在花轿里被颠簸得要死要活,正要大喊"停轿",轿子却提前停了。有人一脚踹在轿门上,直接将轿帘给掀开了。

"跟我走。"萧惊堂声音中带着点儿紧张之意。温柔听着,好奇地掀开了盖头,腰却猛地被揽住,直接被这人拦腰抱起,带上了马。

外头响起一阵惊呼声,温柔被吓得低声叫唤,双手抱紧这人的脖颈,瞪眼道:"怎么还有这么胡来的?"

"这婚事,不胡来是成不了了。"萧惊堂神色凝重,将她放在身前,认真地问,"你可信我?"

都这样了,她还有不信的余地吗?温柔哭丧着脸点头,接着就听见这人呵斥一声,身下的马跟疯了一样就开始冲刺。

"啊啊啊——"温柔一手扶着凤冠,一手抱着马脖子,被吓了个半死,

"慢点儿啊！"

萧惊堂伸手扶着她的腰，低头看了她一眼，微微勾唇，带着她就直奔萧府。楼东风等人善后，帝武侯府的护卫拦截了不少寻事之人，拖去巷子里处置。

一场好好的皇婚，莫名其妙地就变得杀机四伏。

在奔跑的路上温柔还觉得，可能就是些小打小闹的障碍，有人想拖延吉时，让他们背个违背圣意的罪名。

但是当一排飞箭从胡同里射出来的时候，温柔发现了，这根本就是对方趁着人多热闹，要搞一次明目张胆的谋杀行动。

温柔绷紧身子，咬牙问："这婚还成得了吗？"

萧惊堂躲过飞箭，认真地回道："成得了。"

前头就是萧府，萧二少爷直接在门前勒马，将温柔抱下来，整理好她的盖头，然后径直将人往里面背去。

木府的护卫也都到了，将府里所有的宾客分到两边，好让萧惊堂顺利地进去。

然而就算是在萧府之中，也有人投掷暗器，人多嘈杂，众人只看得见暗器的来处，看不见动手的人。

好在萧惊堂功夫不弱，从容地背着温柔绕了几个圈，将人重新抱进怀里，身形一闪，直接将她放在了礼堂里。

主位上坐着的是淑妃和百忙之中抽空回来的萧老爷，旁边站着的是萧家的叔伯以及一众宫人。看着这场面，淑妃脸色铁青，萧老爷也有些心惊胆战。

"今日不是很太平哪，"木青城笑道，"新人还是快些行礼吧，正好是吉时。"

喜娘哆哆嗦嗦地喊："一拜天地！"

温柔已经被转晕了，还得萧惊堂拉着她，才知道该往哪里拜。结果刚拜下去，她手里的同心结又被扯了扯，她绕着萧惊堂就转了一圈儿。

有什么带着寒气的东西从她旁边擦了过去。

宾客霎时鸦雀无声，温柔盖着盖头，看不见发生了什么事，但感觉气氛好像顿时紧张了起来。淑妃身边的护卫的刀剑都出了鞘。

"这喜堂之上见不得兵器的，快收起来！"喜娘连忙说道，"不吉利啊，不吉利的！"

众人都沉默，萧惊堂已经站到了温柔的身后，脸色难看极了。

"二拜天地还没行的话,在下可否送件贺礼?"

外头突然响起了裴方物的声音。

温柔愣了愣,萧惊堂也回过头去,冷眼看着裴方物。

那人依旧披着厚厚的斗篷,破开人群走出来,伸手接过了牵穗手里捧着的盒子,微笑着进了礼堂。

"我看新娘子穿得单薄了些,这一点儿贺礼不成敬意,还请尚书大人莫要嫌弃。"

萧惊堂接过沉甸甸的盒子,微微一掂量后就将其打开了。

盒子里面是一件金丝软甲,样式很精美,和温柔身上的嫁衣极为相称。

"多谢。"萧惊堂伸手将金丝软甲抖开,直接把这东西披在了温柔身上,然后朝裴方物微微颔首。

裴方物勾唇,退到了一边,没看他,目光只安静地落在温柔身上。

肩上一沉,温柔也能感受到这是软甲一类的东西,瞬间觉得十分有安全感。

"行了,继续行礼吧。"萧惊堂开口道。

喜娘回神,结结巴巴地喊"二拜高堂",萧惊堂牵着温柔,朝主位上的人拜了下去。

淑妃被人护得死死的,不过看着行了礼的两个人,还是轻轻松了一口气,笑道:"平身吧。"

温柔起身,朝萧惊堂的方向转了过去,低声说道:"终于要结束了,快点儿,等会儿又有暗器飞过来了!"

萧惊堂顿了顿,竟然在这么紧张的氛围里微微笑了笑,吓得旁边的众人哆嗦了一下。

"夫妻对拜——"

一听这四个字,温柔猛地就朝前头弯腰低头。萧惊堂看着她,勾了勾唇,跟着躬身。

"礼成!送入洞房!"

喜娘喊完就准备让一众丫鬟送温柔去后院,然而萧惊堂的动作更快,他直接将温柔扛起来就往后院走去。

"哎,哎?!"呼吸不畅,温柔挣扎了两下,"你就不能用抱的吗?!"

"这样走比较快。"萧惊堂嘀咕了一句,便扛着她开始飞奔。

人群热闹起来,要拦的,要闹的,都一哄而上。然而就算带着个人,萧二少爷的轻功也还是个不错,他越过人群就躲去了后院,关上院门,锁上房门，关上窗户，动作简直一气呵成。

温柔自己伸手扯了盖头，扶着脖子直叫唤："要断了，要断了……哎！"

萧惊堂斜眼，走过来替她取了凤冠，伸手轻轻揉了揉她的后颈，扫了一眼她的妆容，抿了抿唇，道："你这装扮倒是不错。"

平时这人懒得上妆，乍一打扮，还……挺诱人。

温柔翻了个白眼，拆了自己的发髻，躺到床上，累得直喘气："我想睡觉。"

萧惊堂坐在床边看着她道："今日危机尚未解除，你怕是不能睡得多安稳。"

"有你在，我还连觉都不能睡？"温柔抬起脑袋，瞪眼，"那你这丈夫当来做什么的？"

萧二少爷低头想了一会儿，说道："他们一般是要闹洞房的，只有一种情况，他们不会进来，你若是想安心睡，那就得牺牲点儿什么。"

"什么意思？"温柔满脸问号。

萧惊堂没说话，伸手撑在她的耳畔，直接就低头吻了下来。

温柔瞪眼看着他，脑子里混沌一片。

这人的毛孔好细啊，分明是个男人，凑这么近她都看不见他脸上的瑕疵。他的鼻梁也好挺，磨蹭着她的鼻梁，嘴唇软软的，有些温热，他撬开她的唇齿就长驱直入，慢慢消耗着她的理智。

其实，按道理来说她应该推他一下。但是不知道是因为这婚房的气氛太好，还是身上这人的侵略性太强，她竟然呆滞着一直没动弹，任凭这人解开她的嫁衣的纽扣，将她按在那软甲上缠绵。

这人与她有过肌肤之亲，也是她的第一个孩子的爹，其实怎么想她也没有矫情地推开他的必要。

自我安慰了一番，温柔很没出息地沉浸在这许久未碰的欢爱之中，理智很嫌弃人家，身子却很诚实地迎合、纠缠，软得跟小猫咪似的。

没受到阻碍的萧二少爷心情很好，当即就将外头所有的腥风血雨抛在了脑后，慢慢地品尝着这难得的美味。

中途他甚至有点儿恍惚，觉得自己是在做梦，忍不住就在温柔的锁骨上咬了一口。

温柔惊呼，愤怒地低吼道："你属狗的啊！"

他不是在做梦，她是真的。

萧惊堂失笑，一张脸瞬间春暖花开，看得温柔愣怔了半晌也没回过神来。

洞房花烛，他们到底是没有辜负，外头想来闹洞房的人听见那一声声没羞没臊的动静，都涨红了脸没敢靠近。

天还没黑透呢！萧尚书也太急了吧？

淑妃与木青城和楼东风坐在房间里，也是趁机在一起商量事情。今日这婚事轰轰烈烈，但也没伤着人，报去给皇上不合适，可就这么算了，谁也忍不下这口气。

"惊堂怎么说？"木青城问。

楼东风面无表情地说道："他什么也没说，掉进温柔乡了。"

淑妃愣了愣，继而失笑："惊堂也真是性情中人，那就莫要去打扰他了，咱们解决了此事就是。"

眼下皇帝态度暧昧，他们这边得了不少好处，现在最差的就是议事院的人脉。只要能拿下那些个老头子，他们再提立太子之事，胜算就大多了。

"娘娘，这是议事院的几位老臣的身家消息，您收好。"木青城递了册子过去，"殿下也已经收到了，正在寻思该如何做。"

淑妃打开册子看了看，颔首："等明日，本宫会让温柔与萧尚书好生商量的。"

现在，还是让他们好好过完这洞房花烛夜吧。

温柔疲惫极了，奈何这不要脸的萧惊堂精神得很，抱着她死活不让她睡觉。

"你现在最想做的事情是什么？"萧惊堂问。

温柔"呵呵"冷笑了两声，指了指自己的黑眼圈："您觉得呢？"

萧惊堂点头，表情认真地说道："那你做你想做的事情，我做我想做的，如何？"

"随你便！"温柔打了个长长的哈欠，卷过被子就闭上了眼。

背后的人欺了过来，很缓慢地在她的额头上落下一吻，然后将她圈在怀里，眼睛眨也不眨地盯着她的脸。

温柔忍不住做了个噩梦。

梦里的杜温柔显得很疯狂，又哭又笑，扯着她不停地喊："洞房花烛夜，我的洞房花烛夜……他欠我的洞房花烛夜！"

杜温柔疯狂的样子太难看了，温柔忍不住就反驳她："这是我的洞房花烛夜。"

"我的！"

"是我的！"

两个人扭打了起来。

第二天天刚亮，刚睁开眼的萧二少爷就被怀里的人一爪子挠在了脸上，配着一句恶狠狠的"我的"！

"什么你的？"萧惊堂皱眉，伸手捉住了她的手。

温柔睁眼，茫然地看了他好一会儿，眼神复杂地嘀咕道："又不是啥好东西，争来干什么？"

"嗯？"

"没什么。"温柔打了个哈欠起身，笑了笑，"早安，二少爷。"

被她笑得晃了晃神，萧惊堂别开头，"嗯"了一声便下床洗漱收拾去了。

温柔动了动身子，还有点儿不舒服，正在思考要不要倒回去继续睡会儿，就听得疏芳敲门道："主子，您起了吗？"

温柔长叹一口气，问："什么事？"

"淑妃娘娘有东西留给您。"

淑妃？温柔顿了顿，看了萧惊堂一眼，后者起身去开门，将东西直接拿了进来，把疏芳关在了外头。

"什么玩意儿？"温柔裹着被子，伸着脑袋问。

萧惊堂捏着个折子，打开扫了一眼，抿了抿唇，道："她不该给你的。"

这种事情，温柔怎么做？最后还不是要他解决。

温柔伸长爪子刨了两下，将那折子刨到了自己手里，看了看，挑眉："徐院士，男，家有三妾一妻、两女一子，极其疼爱二女儿……这是啥？"

萧惊堂在床边坐下，答道："这是议事院里的老臣们的相关消息。"

个人信息啊？温柔挑眉："我记得谁说过，议事院大多是皇后的人，每次要立太子，他们肯定都推大皇子。"

"是，这也是目前三皇子和淑妃最大的一块心病。"萧惊堂解释，"淑妃把这东西给你的意思，大概是想借用你的琉璃轩，看能否贿赂他们。"

这样啊，温柔想了想，又看了一眼资料："这上头他们的喜好倒是写得挺全的，这样吧二少爷，咱们分工合作如何？"

"嗯？"萧惊堂挑眉，"你想怎么合作？"

"你解决大的，我解决小的。"温柔伸手指了指那徐院士，"他交给你，他的二女儿交给我。"

萧惊堂看了她一眼，颔首："事若是成了，我奖励你一千两银子。"

这人够上道啊！温柔瞬间来精神了，伸手捶了捶这人的肩膀："二少爷就是大方！"

萧惊堂哼笑一声，站起身，将她的衣裳都丢给她，然后径直出了门。

温柔慢条斯理地换着衣裳，疏芳进来想帮忙，一看她身上那星星点点的印记，羞得立马背过了身。

"傻丫头，这有什么害羞的？"温柔笑道，"早晚要经历的，你该早点儿习惯。"

疏芳摇头道："奴婢愿意一辈子伺候主子，不嫁人。"

"那不成老姑娘了？"温柔穿好衣裳，笑着起身，轻轻拍了拍疏芳的脑袋，然后往外走去，"帮我拿点儿小笼包子路上吃，咱们往琉璃轩走一趟。"

"是。"

第二十二章
风波不断

徐院士家的二女儿徐蓉蓉还未出嫁,因着是发妻的孩子,徐院士对其格外宠爱,琉璃轩里有她的消息,说这位小姐眼光奇特,性子古怪,很难相处。

"这怎么说?"温柔坐在琉璃轩里,看着徐掌柜问,"她来咱们这儿买了什么?"

徐掌柜答道:"规规矩矩的首饰,那位徐小姐一样也没瞧上,反而是把小的准备扔了的做废了的一个琉璃戒指给买了去。"

这人这么另类?温柔挑眉:"那戒指长什么样子?"

想了想,徐掌柜回道:"有一个缺口,像月牙,其他地方没什么特别的。"

这徐小姐的审美观和寻常的古代人不一样?温柔沉思,然后吩咐道:"拿纸笔来,让瓷窑给我定做几套首饰,顺便给那徐小姐发个帖子,就说琉璃轩有新货,包她满意,请她来看。"

"是。"

古代饰品的图案不是花就是鸟兽,风雅得紧,但是这位徐小姐都不喜欢,温柔决定那就做点儿月亮、星星和十字架的图案好了,再搞点儿英文字母的吊坠和步摇,总有一款能合她的胃口。

瓷窑的效率很高,第二天就将货送到琉璃轩了,不过那徐小姐在傍晚的时候才慢悠悠地过来,扶着丫鬟的手,在门口扫了一圈,模样高傲得很。

幸好,有东西抓住了她的视线,人还是走进来了。

温柔安静地坐在角落里瞧着,就见那姑娘看着琉璃柜里新上的饰品,眼睛一亮:"这个给我看看。"

徐掌柜态度极好,将新做的东西都取出来给她。徐蓉蓉很是惊讶,捏着个"A"字母的吊坠看了许久,突然激动地问:"你们的工匠是谁?我能见见吗?"

徐掌柜笑道:"这位小姐,咱们的工匠没什么特别的,倒是东家颇有心思,这些东西都是她吩咐做的。"

东家?徐蓉蓉愣了愣,想了想这家店的背景,有些迟疑。但看着那些字母的吊坠,她实在按捺不住,便问道:"能引我见见吗?"

"这边请。"徐掌柜伸手,指了指温柔的方向。

徐蓉蓉转头,见温柔就在那儿坐着,立马捏着吊坠跑了过去,伸手就问:"你怎么知道这种字母的?"

温柔愣了愣,抬头看了她一会儿,下意识地吐了一句:"Can you speak English?(你会说英语吗?)"

徐蓉蓉瞳孔微缩,激动地抓住温柔的手,压低了声音问道:"你会他说的话,你是他那边的族人吗?"

啥?温柔错愕,眨了眨眼,瞬间明白这人是个纯粹的古人,只是……好像认识会说英文的人?

这情况有点儿奇特,温柔尴尬地笑了笑,道:"我不是异族人,只是会点儿他们的语言。"

徐蓉蓉愣了愣,当即瞪大了眼:"你这么厉害,能听懂他们在说什么吗?"

"基本可以。"温柔点头。

"太好了!"徐蓉蓉高兴道,"虽然冒昧,但是您能帮我一个忙吗?帮我去见一个人,看看他在说什么。"

当翻译啊?温柔挑眉,上下看了徐蓉蓉两眼,有些为难。

徐蓉蓉也知道她为难什么,但……自己找遍了整个上京,就连朝中有名的学士也没人能听懂那人说的话。好不容易遇见一个懂的人,就算立场尴尬,她也只能拉下脸来求人了。

"您只要愿意帮忙,要什么报酬都可以的。"徐蓉蓉继续说道,"就烦请您等等,我马上把人带过来!"

温柔勉强点了点头:"你把人带来试试吧。"

"好！"徐蓉蓉松了一大口气，立马让外头的家奴去带人，然后紧张地坐在温柔身边，小心翼翼地打量着她。

"恕我冒昧，夫人怎么会懂那种语言的？"

温柔答道："我自幼喜欢看些奇怪的书，自学成才。"

她纯粹是瞎扯淡，这时代才没英文书呢。然而就算她瞎扯，这位徐小姐也只能相信，并且崇拜地看着她："你好厉害啊……我要是也会这种语言就好了，就知道他在说什么了。"

到底是个什么人，能让这位徐院士的掌上明珠这么在意？温柔很好奇，伸长了脖子往门外看去。

没一会儿，就有一群人押着一个头被罩着的人来了。一进门，那些个家奴就自作主张地将她的店门给关了。

"哎！"徐掌柜有些不乐意。

这边的徐小姐连连道歉："东家多包容，这人见不得光，会被人当妖怪的，所以……"

温柔抽了抽嘴角，问："是不是金头发、白皮肤、蓝眼睛？"

徐蓉蓉震惊地看着温柔，两步走过去将那人头上罩着的袋子给扯了，指着他看向温柔："您当真认识他是什么人？"

地上被押着的人当真是金头发、白皮肤、蓝眼睛。头罩被扯下的一瞬间，他还骂了一句英文。

温柔失笑，没回答徐蓉蓉的话，倒是蹲下来看着这外国人道："Where are you from？（你来自哪里？）"

那人愣了愣，接着就分外激动地挣扎起来，用英文激动地说他来自西方某个国家，被这些人抓起来当成了怪物，然后又"叽里咕噜"说了自己的身份，和来这儿做什么。

"我知道了。"温柔用英文安抚好他，神色古怪地看向徐蓉蓉："敢问小姐，朝中最近……是不是说过有什么国家的使臣会来访啊？"

徐蓉蓉愣了愣，茫然地回道："爹爹不跟我说这些事的，我也不知道。"

"那你爹知道他的存在吗？"温柔指着地上这人，又问。

徐蓉蓉咬了咬唇，摇头："爹要是知道，断然会杀了他的。"

"不会。"温柔有点儿哭笑不得，"因为他是和平的信鸽，是使臣，你最好快点儿让你爹知道，然后把他送去驿站，准备进宫。"

徐蓉蓉茫然地看了温柔一眼，皱眉："你该不会在骗我吧？"

"骗你我也没什么好处。"温柔耸肩，"只是你再关着他，也许会造成两个国家之间的误会。"

徐蓉蓉被吓了一跳，有些疑惑又有些担忧，蹲下来恋恋不舍地看着那人，低声问："你想进宫吗？"

蓝眼睛的外国人一脸蒙，看向温柔，温柔便用英文给他翻译了一遍，他连忙点头："Yes, I do！（我愿意！）"

"他说是的。"温柔耸肩，"剩下的事就看你自己了，我先回去了。"

"哎，等等！"徐蓉蓉抿了抿唇，上前拉住温柔的袖子，有些别扭地小声问道，"你能帮我问问他有家室了吗？"

温柔嘴角微抽，有点儿意外地看着她："你喜欢洋人？"

"我……不知道他是什么人，但是他长得真好看。"徐蓉蓉羞红了脸，嗫嚅道，"我就问问，要是他没有家室的话……可以试试。"

这姑娘的欣赏水平还真是与众不同，温柔觉得好笑，蹲下去问那蓝眼睛的外国人结婚了没。蓝眼睛的外国人连连摇头，她又问他觉得徐蓉蓉怎么样。

那外国人心有余悸地看了徐蓉蓉一眼，语气别扭地念了一下她的名字："徐蓉蓉？"

听出了他念的是自己的名字，徐蓉蓉高兴极了，拉着温柔就问："他是不是说喜欢我？为什么他在说我？"

温柔干笑："他没说喜欢你，只是说没成亲，然后我刚刚告诉了他你的名字。"

徐蓉蓉脸上飞红，高兴极了，捏着温柔的手："你真是太厉害了！"

"过奖，过奖。"温柔起身道，"不过我必须回府了，徐小姐自便吧。"

好不容易遇见这么个厉害的人，徐蓉蓉哪里肯放她走，硬拦着她问："你家在哪儿？我送你回去。"

温柔笑了笑，说道："我是萧尚书刚过门的正室，徐小姐。"

萧尚书？徐蓉蓉被吓了一跳，连忙松开她的手："失礼了，夫人！"

"无妨，改天再聊吧。"温柔笑道，"有什么事，你来尚书府找我也可以。"

"好。"徐蓉蓉点头应了，看着温柔离开，又看了看地上明显慌乱了的蓝眼睛外国人，若有所思。

温柔回到府里的时候，萧惊堂已经在用膳了。见她进来，他很是自然地添了碗筷，让她入座。

"去哪儿了？"

温柔笑道："说出来吓死你！我见到了一个使臣。"

"使臣？"萧惊堂微微一愣，皱眉，"你怎么就知道他是使臣，该不会被人骗了吧？"

"不会。"温柔笃定道，"那种长相，他也不会无缘无故地来咱们这儿，二少爷不如先说说，朝中有迟迟未到的使臣之类的吗？"

萧惊堂深深地看她一眼，放下了筷子："有，西方来的使臣，说是到了上京，却没了踪影，官府已经找了五日了，再找不到就有些棘手了。"

"人在徐院士的府上呢，"温柔说道，"就看您怎么做了。"

萧惊堂神色微动，领首，极为温柔地给她夹了一块肉，然后放下筷子，起身就往外走。

温柔愉快地用了膳，到了就寝的时候，萧惊堂又回来了，眼里神色甚为愉悦，抱起她就往自己的房间走去。

"干啥？"温柔挣扎，"一言不合就绑架我？！"

"你很好看，"心情大好的萧二少爷丝毫不吝啬地赞美了她，"所以我想跟你一起睡。"

这人要流氓都这么理直气壮？

"二少爷！"后院里有丫鬟进来，撞见他们，低声禀道，"巧言姑娘生病了。"

"病了？请个大夫吧。"萧惊堂步子没停，从那丫鬟身边走了过去，"药钱去找账房报销。"

屋子的门开了又合上，温柔最后看了一眼那丫鬟错愕的表情，突然觉得有点儿开心。

屋子里喜庆的东西都还没有被拆掉，两个人没羞没臊地滚进了被子里，任凭外头发生什么事也不应话。

巧言是当真病了，然而左等右等也等不来萧惊堂，小姐妹回来，只带来了大夫。

"二少爷呢？"巧言边痛苦地咳嗽着边问。

那小丫鬟迟疑地回道："宠幸二少奶奶去了。"

什么？巧言微微一愣，然后沉默了，目光幽幽地看了窗外一眼，苍凉地笑了笑。

两个人已经到这种旁若无人的地步了？那她这样的人，要怎么在这院子里过下去？

西方的使臣在失踪六天之后成功入宫觐见了。听闻是三皇子的人最后把这使臣救出来的，具体在哪儿救的，三皇子只说是在郊外，皇帝也没多问，连忙让人准备宴席，招呼这使臣。

使臣名乔克，由于带的翻译走丢了，身上虽然有使臣的信件和印章，却没办法跟这里的人交流。一众大臣面面相觑，皇帝也分外为难，不管问这人什么，他说的话都没人能听懂。

"这当如何？内瓦小国是准备向我们投诚的，要是听不懂他说的话，那我们如何谈条件？"

"陛下，老臣以为，只有写书信让他带回去，才能解此难题，否则，也只能一直耽误。"

皇帝皱眉，很是为难。大皇子见状，连忙出列："父皇，儿臣府上有门客，兴许能与之交流。"

三皇子见状，自然不能让功，也站出来禀道："儿臣府上有精通内瓦国语言之人，父皇不必忧心，可全权交给儿臣。"

皇帝挑眉，扫了一眼两个皇子，轻笑道："你们都能替朕分忧，那不如将各自的人带到大殿上来，谁能解决这难题，朕就奖赏谁，如何？"

大皇子已经落了三皇子一个亲王之位，当下自然不肯再让，连忙应了就出宫找人商议。轩辕景不慌不忙，只朝旁边的萧惊堂颔首，然后就继续陪王伴驾。

温柔在府里睡得正好，冷不防觉得有什么东西晃眼睛，睁开眼一看，竟然是轩辕景微笑着捏着一锭金子，反射外头的阳光来照她的眼睛。

温柔揉着眼起身，没好气地问："王爷有何吩咐？"

轩辕景收了金子，笑道："有事要你相帮，事成，这一箱金子都是你的。"

沉甸甸的一箱金子，瞧着也不少。温柔笑了笑，起身从软榻上下来，看了看旁边淡定坐着喝茶的萧惊堂，便猜到了是什么忙。

"王爷亲自登门备上厚礼，我哪里有不帮忙的道理？"温柔看了他一眼，说道，"有什么我能效力之处，王爷尽管吩咐。"

"听惊堂说，人是你找到的，并且你能听懂他说什么。"轩辕景脸上的笑意十分官方，"那使臣带的通晓我朝言语之人走丢了，现在需要人与之交流，你看……"

"这事容易，"温柔回道，"什么时候需要我去，王爷来接就是。"

"自然是越快越好。"轩辕景眼里涌上些兴奋的神色,"大皇兄也在找人争功,你若是睡醒了,那咱们立刻进宫。"

权力争斗啊,哪怕凤七已经消失这么多天了,三皇子也丝毫没在意,还是在追求自己的东西。温柔垂眸,皮笑肉不笑地应了一声,然后转头看向萧惊堂:"二少爷也去吗?"

"避嫌。"萧惊堂说道,"你同淑妃一路过去就是,我还有其他事要做。"

也是,温柔点头,拎起裙子就作势往外走:"那动身吧。"

轩辕景甚为高兴,立马带着她出门乘车,甚至完全忘记他还想过杀她,礼遇到让她上了他新得的王府马车。

这马车很豪华,两边的窗户十分精致,里面的人透过纱帘就可以看见外头的情况。

三皇子一路面带微笑,温和地问着温柔:"你怎么会听得懂那些话的?"

温柔答道:"机缘巧合学过。"

"如此,那让父皇听懂他的意思,并且让他听懂父皇的意思,都没什么大问题吧?"

"是。"

"甚好。"轩辕景轻轻拍了拍手,"如此,本王也就放心了。"

温柔勾了勾唇,突然打趣似的说道:"说起来王爷也该感谢凤七,当初手下留情没杀了我,不然今日这难题,王爷还找不到人解。"

轩辕景一听到凤七的名字,脸上的笑意僵了,眼神霎时变得阴沉。他看了温柔一眼,问:"你当真不知道她去了哪里?"

温柔甜美地笑了笑,眼里满是不友善的目光:"先前我不知道,现在也许知道了。"

轩辕景坐直了身子,紧了声音:"在哪儿?"

"黄泉路上吧。"温柔答道,"上次在路边见过她一面,她浑身都是伤痕,有鞭打的,有烙铁烫的,可怕极了。她好歹是个姑娘,受这么多苦,身子也虚弱,怕是活不长了吧。"

浑身一震,轩辕景有些呆愣地看着温柔,像是没听懂她说的什么,好半天才难以置信地问:"她身上怎么可能有那么多伤痕?"

"这您得问您自己,我是不知道的。"温柔耸肩,"不过她也只是个丫鬟而已,您再找一个就行了,也不必太在意。"

什么叫她只是个丫鬟而已?轩辕景微恼,怒喝了一声:"停车!"

外头的车夫被吓了一跳，立马停了下来。轩辕景脸色难看地下了车，低声命令道："送她进宫去找淑妃娘娘就是，本王有事，先走一步。"

"是。"

温柔挑眉，倒是没想到他会有这么大的反应，看着他抢了侍卫的马策马离开，心里莫名其妙地有点儿舒坦。

凤七已经不在琉璃轩了，什么时候走的也没人知道，只是定然不是很好过。

她不好过，那轩辕景这种变态也别好过。

温柔到了淑妃宫里，淑妃二话没说就领着她去见皇帝，说是轩辕景请来的，要帮忙跟使臣沟通。

"竟然请了朕的公主来？景儿也真是厉害。"皇帝轻笑，看了看温柔，"你可以吗？"

温柔恭敬地行礼："儿臣愿意一试。"

乔克就坐在下头，一看见温柔，整个人都激动起来了，连忙用英文说道："你终于来了，他们都听不懂我说话！"

温柔颔首，也用英文说道："我能听懂，你想说什么，告诉我，我来传达。"

"太好了。"乔克很高兴，立刻滔滔不绝地说起来。

温柔听着，拿笔随手记了两下，等他说完，便将意思传达给了皇帝。

皇帝大喜，惊讶又骄傲地赞道："朕认的公主原来这么厉害？妙极，妙极啊！"

"陛下过奖了，是娘娘和王爷教得好。"温柔谦虚地回道。

旁边的大臣都很意外，看着温柔议论纷纷。大皇子一党之人自然十分不悦，但是想挑刺，又实在不通语言，束手无策。

一番交谈下来，乔克分外感谢她，皇帝也连连夸赞，并且连淑妃和三皇子一起夸了，看样子是要奖赏点儿什么。议事院的几个老臣在场，意外地没有马上反对。

议事院里的人，除了一个孙院士是皇后的娘家亲戚，其余的人都与皇后没什么直接关系，都是上下被打点得偏帮皇后。但如今这形势，皇帝有意爱重三皇子，他们也得为自己留条后路。

徐院士是最先动了心思的，尤其是在跟萧惊堂说过几句话之后，心里摇摆不定，很是纠结。眼下看着皇帝要赏淑妃和三皇子，皇后那边肯定是要阻碍的，他也不知道怎么是好。

温柔在这一片复杂的心思之中功成身退,没回萧府,而是去了琉璃轩。

"东家。"她刚到门口徐掌柜就出来迎了,为难地指了指店铺里头的人。

温柔微笑,提着裙子进去,看见徐蓉蓉就问道:"徐小姐有事?"

一见着她,徐蓉蓉就扑了过来,瞪着眼睛问:"他在皇宫里吗?"

"是的,"温柔回道,"他已经见过了皇上,一切安好。"

徐蓉蓉松了一口气,接着又皱眉,一把甩开她的手,不高兴地说道:"是你告的密吧,让三皇子把人给带走了。"

温柔后退了半步,不慌不忙地说:"你自己送也没法儿往宫里送,我帮你的忙,你怎么还生气?"

"你这是帮忙?"徐蓉蓉皱眉,"你分明是帮着三皇子要功劳呢吧?"

"我帮谁对你来说重要吗?"温柔问道,"你关心的,难道不只是乔克而已?"

"他叫乔克?"一听这个,徐蓉蓉又兴奋了起来,"喃喃"道,"名字真好听。"

"恕我直言,他现在一直觉得你是坏人,囚禁他的那种。"温柔泼冷水道,"如今他恢复了身份,你俩之间又不通语言,在一起比登天还难。"

徐蓉蓉愣了愣,顿时慌了:"这怎么办?"

"我帮不了你。"温柔摇头,甩了袖子就走。

徐蓉蓉立马上来拉住她,讨好道:"你帮帮我吧,只有你能帮我。"

"道不同不相为谋,"温柔拒绝道,"徐小姐应该明白。"

说罢,温柔挣脱她的手就出门上车了。

徐蓉蓉愣在原地,急得红了眼。

回府后,瞧见自家爹爹也是愁眉苦脸的,徐蓉蓉忍不住就去问了一句:"怎么了?"

徐院士是有什么跟她说什么的,当下便说道:"爹爹不知道到底该帮谁,今日三皇子又立下一功,陛下很高兴。"

徐蓉蓉微微一顿,咬了咬牙,蹲在自家爹爹旁边说道:"如今三皇子占上风,那自然是帮三皇子了。"

"是吗?"徐院士有些犹豫。

"您看,如今皇上认的公主是三皇子这边的,三皇子又争气,比起大皇子,肯定更好辅佐啊。"徐蓉蓉劝道,"女儿觉得,您选三皇子没错的。"

一听这话,徐院士更加动摇了,想了一会儿便说道:"爹爹去找你李伯伯商议。"

"好。"

心情好了些,徐蓉蓉出了门就让自家丫鬟去给温柔送信。

用晚膳的时候,温柔收到了徐蓉蓉的信,看了两眼就将信递给了萧惊堂:"银子给我,两千两。"

萧惊堂挑眉,接过信来看了一眼。

"你若帮我,我便帮你。虽为女子,却可说动院内三四老臣,夫人三思。"

"你帮她什么?"萧二少爷很意外,"她给这么多好处?"

温柔轻笑:"女人在感情面前是最没有理智的,付出多少代价都觉得划算。她也不过是让我帮她和那乔克牵红线。"

萧惊堂哭笑不得,将信烧了,直接说道:"等会儿我让人把银票送过来。"

"好嘞!"温柔笑了,心情甚好,看了一眼外头晴朗的星空,"天气暖和点儿了,晚上二少爷赏个脸咱们去看个星星,聊聊人生理想?"

难得她这么主动,萧惊堂自然没有拒绝的道理,点头应下,便让人去准备。

巧言发了高热,小丫鬟又来请了萧惊堂一次,奈何二少爷正高兴,用完膳就要去看星星,只让大夫好生照料人,也没有要过去的意思。

"我们那儿看不见这么多星星的。"温柔躺在院子里的软榻上,眯着眼睛说道,"还是这儿的环境好。"

旁边燃着火盆,萧惊堂很认真地问了一句:"妖界环境很差?"

温柔忍不住笑了一声,点头:"是啊,可差了,烟尘漫天,每隔一段时间还有雾霾。"

"妖气太重了吧。"萧惊堂沉重地说道,"你什么时候化出原形?要化的时候你记得提前告诉我,免得我被吓一跳。"

温柔哼笑了一声,道:"好,我要化原形了就给你跳个钢管舞,压压惊。"

萧惊堂失笑,躺在她旁边,伸手捏着她的手。

温柔怔了怔,有点儿好奇地侧过头来看着他问道:"你都不怕我的吗?"

"怕你什么?"萧惊堂反问道,"要是你最爱的人死了,化为了鬼魂,你会怕吗?"

711

"不会。"温柔毫不犹豫地回答。

答完之后她才反应过来这人说了什么,心里一跳,瞪大了眼。

最……爱的人?

胸口像是被什么东西熨烫了一下,温柔突然就红了脸。干笑一声,僵硬地说道:"你这人不说情话就算了,一说还真像那么回事。"

萧惊堂侧过头来看着她,眼眸深黑泛蓝,带着复杂的神色,直直地看进她的眼里。

温柔别开头,轻呼了一口气,转移话题道:"要是拿下议事院,三皇子的大事就能成了吧?"

"一切都还是未知数。"萧惊堂回道,"皇上身体欠安,一直拖着没敢看御医,就是为了多给三皇子争取一点儿时间。但要是时间争取得不够,三皇子可能还是会功亏一篑。"

温柔皱眉,很不能理解:"其实皇帝要是当真想立三皇子为太子,直接下诏书就好了,不用这么麻烦吧?议事院就算能议事,这君主制的国家,难道还有人能违背皇帝的意愿?"

萧惊堂低笑:"你可真聪明。"

皇帝就是没有全心全意想立三皇子为太子,所以才会有现在这样的局面。

情况可真复杂啊,温柔撇嘴,看着天上的星星,打了个哈欠。萧二少爷听见了,便翻身起来,用斗篷将人裹了,扛回屋子里去。

皇帝的赏赐已经到了王府,三皇子却半点儿没有开心的意思,脸色阴沉地看着面前跪着的一片人,冷声道:"既然不只听本王一人的吩咐,那你们就别留在这儿了,收拾收拾东西走吧。"

这些人都是看管王府地牢的,出了这个门,哪里还有什么活路?

"王爷饶命,王爷饶命哪!"众人都开始求饶。有胆子小的,直接就招供了:"是侧妃娘娘让咱们这么做的,咱们做下人的,也没法儿违抗主子的命令,王爷饶命,饶命哪!"

侧妃?轩辕景怔了怔。

他就纳过一个侧妃——楼东风的表妹——楼贵妃的侄女楼芊芊。因为关系重大,所以他平时对她很宠爱,也不曾亏待过。他本以为那是个性子很好的人,她怎么会背地里做出这样的事情来?

这个时候他根本不能追究楼芊芊的责任,只能按下此事,将气全撒在面前这些个下人头上，将人全部拖了出去。

"来人。"轩辕景沙哑着嗓子下令道，"继续去找凤七，有任何蛛丝马迹，随时回来跟本王汇报。"

"是！"护卫应声离去，消失在黑夜里。轩辕景抿唇，回去自己的屋子里休息，脱了衣裳下意识地就往后头递了过去。

然后他才发现，除了凤七，没有丫鬟敢进他的房间，而凤七，已经没办法帮他更衣了。

轩辕景低咒了一声，随手就将衣裳扔在了地上，然后爬上床去，倒头就睡。

第二天清晨，温柔睡得正好的时候，萧惊堂已经起身了。他正要找人更衣，巧言就进来了，苍白着一张脸，脸颊上有病态的潮红颜色，走路都有些不稳，却到他跟前来拿了衣裳："奴婢替二少爷更衣。"

萧惊堂皱眉看了她一眼，拒绝道："你生病就不用做事了。"

巧言咬唇捏着衣裳，眼泪瞬间就下来了："奴婢怕自己就这样病死了，二少爷很快就会将奴婢忘了。"

这声音不大不小的，刚好把温柔吵醒，温柔一睁眼就看见这梨花带雨的人，眨了眨眼，开口道："你这样在他面前病死，他也会很快把你忘了的。"

巧言错愕地看了床上的人一眼，哽咽道："奴婢知道二少奶奶不待见奴婢，但是奴婢已经这样了，您就不必再咒奴婢了，折了您自己的寿。"

听了这话，温柔没好气地说道："说实话是不会折寿的。"

"行了。"萧惊堂打断两个人的针锋相对，"我自己更衣，巧言你回去歇着吧。"

"二少爷……"巧言抬头看了他一眼，"奴婢有些贪心，就算是死，也想死在您身侧。"

"别说了，"萧惊堂有些不悦，"出去。"

眼泪掉个不停，巧言捂着嘴出去了，一出去就哭出声来，悲悲切切，哀哀怨怨。

一大早就这么不舒坦，温柔烦躁地说道："我去琉璃轩看一眼。"

"你还没用早膳，"萧惊堂开口道，"垫了肚子再去。"

"不用您操心了。"温柔气不顺，谁的面子也不想给，径直起身，梳洗打扮，带着疏芳就走。

萧惊堂皱眉，感觉得到昨晚甚好的气氛今天被破坏得一点儿也没剩，忍不住沉思起来。

"主子，"看了看前头走得飞快的温柔，疏芳忍不住小声劝道，"您不必把巧言放在心上的，她只是个丫鬟。"

"我知道。"

丫鬟又怎么了？巧言也是上过主子的床的丫鬟，该硌硬人的，一分也不会少。

察觉到自己的情绪有点儿不对劲，温柔深吸了一口气，努力冷静下来。

她早知道萧惊堂有其他女人，人家比她来得早，她介意也没什么用。再说了，本也没指望他成为良人，那现在她这么气做什么？

温柔骂了自己两句，跨出大门，抬头就看见了正在上车的裴方物。

"你要走了？"

听见声音，裴方物回头看了她一眼，笑道："伤已经好了大半，新的府邸也找好了，我自然要走。"

温柔点了点头，有点儿愧疚。她说是照顾人，这几天却连他的院子都没跨进去。

"再见面，咱们可能又站在对立的立场上了。"裴方物深深地叹了一口气，打趣道，"这样艰难的条件，要让你喜欢我，实在是太难了。"

"嘿嘿——"温柔尴尬地笑了笑，"你换个人喜欢吧。"

"有你说的这么容易，你自己也就不会掉进这怪圈里出不来了。"裴方物轻笑一声，扭头，掀开车帘坐了进去，"再会，温柔。"

"慢走。"温柔点了点头，目送他离开，觉得哪里怪怪的，但是具体是哪儿怪又说不出来。

想了一会儿，温柔还是继续去琉璃轩，结果就见里头的家奴在忙着搬东西。

"怎么了？"温柔走进去看了看，连忙问，"这是要做什么啊？"

徐掌柜迎出来回道："东家，阮主子要远游。"

啥？！温柔瞪眼："身子还没好呢，她去哪儿远游？"

凌修月正好扶着阮妙梦出来，阮妙梦闻言，直接笑着说道："反正命不剩下多久了，你说要多在这山川天地间看看，那我也就去看看，哪怕看不到，听听风声，闻闻花香，也比在屋子里关着强。"

抬眼看见后头的楼东风，温柔皱紧了眉："你自己愿意去的吗？"

"是啊，挽眉也来劝了我不少次，我觉得她说得有道理。"阮妙梦安慰道,"去走走挺好的,有曲理陪着我,再带上个丫鬟,凡事都有照应,你也不必担心。"

嘴角抽了抽,温柔看了一眼她口中的"曲理",忍不住走过去把楼东风往后院拖:"我吩咐曲理一点儿事,你先去坐着让他们收拾行李。"

"好。"

楼东风没反抗,任由温柔把他拽到后头。感觉前堂听不见声音了,楼东风才开口道:"她自己想去的。"

温柔磨牙:"你别以为我不知道你要出征,战场那么危险的地方,你带她去是什么意思?"

楼东风眯了眯眼,正想问她是怎么知道的,一想到萧惊堂,也就了然了,说道:"我不会让她处于危险之中。这一路过去能路过枫华谷,正好可以带她求医,我觉得这一趟很有必要。"

求医?神色缓和了些,温柔盯着他看了许久,问:"要是有一天她发现你不是曲理,并且讨厌你了,你当如何?"

楼东风皱眉:"我不会再让她讨厌我。"

"那可不一定。"温柔摇头,"你这种行为是欺骗,她就算觉得你现在对她好,那也是以曲理的身份,不是楼东风。"

楼东风沉默。

温柔继续说道:"我也不说别的什么,您是侯爷,您权力、地位都在我之上,但下次您要是再违背妙梦的意愿强行将她留在身边,我也会不择手段地把她带回来的。"

听着这话,楼东风竟然不觉得生气,反而深深地看了温柔一眼:"多谢。"

啥?本来表情还严肃呢,一听这话温柔就有点儿蒙。她在撂狠话呢,他跟她说什么谢谢?

楼东风没解释,直接去前头站在阮妙梦身边。阮妙梦心情不错,脸上带着笑意跟凌修月说着话,楼东风也就一声不吭地看着。

难不成他还真是浪子回头了?温柔眯起眼,想了一会儿,也懒得多想了,跟过去陪阮妙梦说话。

上京的冬天过去了,天气暖和了起来,初春的时候,议事院的四五个老臣就倒戈相向,在大皇子一派重提立太子之事的时候,提出了三皇子功勋不少,也当被列入太子人选之中。

此事一出，震惊朝野，皇后一党气急败坏，开始清理三皇子一党的人。不知怎么的矛头对准了温柔，皇后一党将温柔的身份查了个底儿掉，然后就祸及杜家了。

杜家人一夜之间因为贪污银钱入狱，萧惊堂没什么反应，三皇子倒是替杜家申冤一二，最后杜家人的刑罚减轻为流放之刑，一家老小被驱逐出京。

温柔有点儿愣怔，拉着疏芳的手沉默了许久，还是带着银票上下打点，让许氏跟杜老爷一路好走，相当于去游山玩水。

只是他们走的时候，她还是没去送，毕竟真的感情不深，又发生了太多的事情，见了面也尴尬。

不过她听闻杜芙蕖走的时候是一路骂着她的，说都是她害得杜家家破人亡。作为一个不太大度的女人，温柔当即没有让人格外关照杜芙蕖，杜芙蕖该去哪儿就去哪儿。毕竟杜家贪污又不是自己让贪的，杜芙蕖怪自己干吗？

此事告一段落，皇后见此事对萧惊堂和温柔一点儿影响都没有，当即又强行扭着皇帝赐婚，将孙浅黛许给萧惊堂为妾。

堂堂皇后的侄女，都愿意给你做妾了，你有不收的道理？温柔听着这个消息觉得很烦躁，萧二少爷却不慌不忙，郑重地准备着婚事，惹得三皇子一天往尚书府跑了两趟。

这里的男人，果然更喜欢三妻四妾？温柔很暴躁，在他们成亲的前几天都准备出去散散心了，结果还没收拾好行李呢，就听外头传来消息——孙浅黛跟人私奔了。

好嘛，皇后说的婚事，萧尚书也高兴地准备接受，结果孙浅黛私奔了？这不是打萧惊堂的脸吗？皇后也根本下不来台。

萧惊堂很生气，不管是真生气还是假生气，都立刻参了刚调职到刑部的孙尚书一本，指孙尚书贪污受贿，证据确凿。

皇帝大概也明白萧惊堂是面子上过不去，要跟孙家为难，加上证据齐全，也就顺水推舟地让孙尚书告老还乡了。

短短一个月，皇后一党元气大伤，再不敢提立太子之事。但四月之时，皇帝竟然主动提起这事了。

"朕龙体欠安，还是早立太子为好。"朝堂之上，帝王沉声道，"太子的人选，众爱卿可有想法？"

底下的人瞬间炸开了锅，各个大臣都站了出来，有推荐大皇子的，有推荐三皇子的，最后还是三皇子党占了上风。皇帝沉思片刻，也就下了圣旨，在两个月后，立三皇子为太子。

大皇子一党就此沉寂了下去。三皇子同所有门客、臣子举办了宴席，大肆庆祝，温柔自然也就跟着萧惊堂去了。

席上的三皇子春风得意，高兴极了，一杯又一杯地喝着酒，谁敬酒都不推辞。

"他终于如愿以偿，"温柔冷静地坐在旁边，小声问道，"人生没遗憾了吧？"

萧惊堂喝着白水，冷静地摇头："未必。"

旁边传来阵阵肆意的笑声，温柔正想说他笑成这样能遗憾什么，结果转头看过去，就见三皇子被人扶着，脸上全是眼泪，偏生笑得停不下来。

"这……"

"我没醉！我今天特别高兴！"轩辕景大笑道，"我盼这一天盼了好多年了，终于等到了。"

只是……就算他去了后院，也再没有人冷静地听他炫耀了。

轩辕景放肆地笑着，笑着笑着就笑不动了。他站起身，摇摇晃晃地朝温柔他们这边走了过来，血红着眼问了温柔一句："你真的不知道她在哪儿吗？我找不到她了。"

温柔愣了愣，抿了抿唇，犹豫了片刻之后还是说了实话："她说她从哪里来，就会回哪里去。"

身子微僵，轩辕景睁大了眼，眼里突然涌上一阵狂喜之色，接着就跟跟跄跄地往外跑去。

"殿下！"

"王爷！"

四周的人都惊呼出声，看着他在门口摔了一跤，有人连忙想上去扶他，然而都被他一把挥开了。

"备马，马呢？！"

家奴被吓得连忙牵了马来，轩辕景二话不说，骑上马就跑。

温柔眨眼："他这属于'酒驾'，容易出交通事故的。"

萧惊堂起身，拉了她就往外走："去看看。"

春暖花开的时节，轩辕景浑身冷得厉害，一张脸惨白，艰难地盯着前头的路，七拐八拐，也不知道跑了多久，最后勒马的时候直接摔了下去，摔在了青石板路上。

后头的萧惊堂被吓了一跳，连忙带着温柔下马过去看。

温柔抬头，就看见一个新装修过的院子在前头不远处立着，门口一个人也没有，里头的声音听着倒是热闹。

"那是我的玩具！"

"我的！"

一群孩子吵吵嚷嚷地扭打成一团，温柔站在门口看了看，刚好就看见里头有人出来。

凤七一身素衣，脸色没比轩辕景好到哪里去，靠在门框上，喘息着皱眉："不许打架！"

她这样一吼，一群孩子瞬间老实了，小木剑被扔在地上，看着脏兮兮的。

凤七微叹，正想去捡木剑，脚下站不住，直接就要摔出来。

尽管旁边的几个孩子连忙拉住了她，温柔也被吓了一跳，直接喊了一声："凤七！"

外头的轩辕景顿了顿，扶着萧惊堂的手站起来，连忙走了进来。

凤七浑身一震，抬头看了门口一眼，下意识地就要躲。

温柔径直跑过去扶着她，皱眉道："别躲了，人都来了。"

好久不见的主子看样子像是喝醉了，一双眼血红地瞪着她，她几乎都可以猜到他接下来要说什么。

"凤七，过来！"

身子下意识地就听了话，凤七慢慢地往他那边走去。她咬着唇，站在轩辕景面前垂下眼眸："您有何吩咐？"

他有何吩咐？

轩辕景气急败坏地伸手抓住了她的肩膀，浑身酒气地吼："你知不知道我找你多久？"

"奴婢该死。"

"你岂止是该死，简直是该被碎尸万段！"轩辕景磨着牙看着她，有一肚子火，但不知怎么的，放在她的肩上的手微微颤抖着，怎么也停不下来。

"主子？"感觉到他不对劲，凤七疑惑地喊了一声。

自家冷漠从容的主子，怎么会有这种紧张害怕的情绪？

"你不是说过一生效忠于我，不是说过只听我一个人的话？你食言！枉费我苦心栽培你这么多年，你这个骗子！"轩辕景怒喝一顿，看着面前这人，咬了咬牙，还是一把将她拉进了怀里，死死抱着。

718

凤七愣了愣，瞳孔微缩。

温柔站在萧惊堂旁边看着眼前的场景，正好能看见头搁在凤七的肩上的三皇子满脸泪水。

这……是哪一出啊？他不是从来不看重他的丫鬟吗？现在怎么他倒像是找到了失去多年的珍宝似的？

"你跟我回去。"轩辕景沉声道，"我可以既往不咎。"

凤七挣扎了两下，皱眉道："奴婢……不能回去了。"

"为什么？"轩辕景狠狠地扯开她，怒道，"你是我的人，凭什么不回去？！"

凤七苦笑一声，垂眸回道."主子说过，奴婢永远不能对主子有什么歪心思，奴婢犯错了，自然没有资格留在主子身边。"

被她这话说得有些愣怔，轩辕景反应了许久才反应过来她说的是什么意思，脸上的神色古怪起来，睨着她问："你喜欢上我了？"

凤七垂着眸，没吭声。

浑身的暴躁情绪瞬间就消失了，轩辕景忍不住微微勾唇，轻咳一声敛了笑意，严肃地说道："喜欢就喜欢了，我赶你走了吗？"

"奴婢似乎……已经失去了主子的信任。"凤七低声说道，"那奴婢也没有留下来的意义了。"

"上次那件事……"轩辕景有些别扭地皱眉，口齿不清道，"是我冤枉你了，不关你的事。我那段时间心情不太好，所以……"

心情不好他就能乱冤枉人啊？温柔翻了个白眼，忍不住开口道："那下次您再心情不好，凤七可怎么办哪？她还不如留在这儿安生呢。"

轩辕景恼怒地看了温柔一眼："只要她别跟我府上的侍卫眉来眼去，我不会再找她的麻烦！"

自己跟府上的侍卫眉来眼去？凤七皱眉，深深地看了看轩辕景："所以主子突然对奴婢那么冷淡，是因为看见张侍卫同奴婢说话了？"

他岂止是看见？他还清清楚楚地听见那姓张的侍卫说要保护她！轩辕景想起这事就黑了半边脸："区区一个侍卫，也不知道哪里来的自信可以护着你。"

"那是第一次有人对奴婢说那样的话，所以奴婢走神了，没有马上离开。"凤七垂眸，"是奴婢不对。"

第一次？轩辕景咬了咬牙："你没脑子是不是？他怎么保护你？从小到大保护你的是谁，你没眼睛也没心的？"

719

随随便便一个男人的几句话都能让她走神,她把他放在哪里了?

凤七沉默。

轩辕景越想越气,抓着人的手就往外扯:"你跟我回去!"

凤七很是迟疑,皱眉看着他,稍微挣扎了两下。

感觉到她不情愿,轩辕景很生气,想发火,又有些后怕,转了转眼睛,干脆直接倒到地上,闭上眼装死。

"主子?!"凤七被吓了一跳,连忙扶着他,焦急地看向旁边的温柔和萧惊堂:"他怎么了?"

萧惊堂微笑:"刚刚坠马,可能摔着脑子了。"

温柔点头:"我也觉得是这样。"

"昏迷"的轩辕景咬了咬牙。

凤七是真慌了。不管怎么说她都不可能看着自家主子这样,咬了咬牙就将他扶起来往外走:"劳烦二位帮我一把,送他回去。"

温柔笑了笑,道:"我们把他送回去就成了,你不必亲自去的。"

萧惊堂配合地点头,伸手把轩辕景接过来,说道:"你不愿意回去,就在这儿待着吧,王爷可以交给我们。"

轩辕景:"……"

他偷偷地掐了萧惊堂一把,很不高兴,要不是不能说话,当即就得骂开了。这两个人跟来到底是做什么的?搞破坏还是帮忙的?

凤七皱眉,犹豫了片刻,还是说道:"我跟着去看看吧。"

温柔挑眉:"怎么?他对你这么差劲,你还这么关心他的死活?"

凤七低着头,没吭声,只伸手要将轩辕景从萧惊堂怀里接过来。萧惊堂勾唇,想使坏不放手,却暗暗被轩辕景给狠掐了一把。

"哎——"萧惊堂松了手,眯起眼,抿了抿唇,道,"楼侧妃善妒,你这样回去怕是没什么好果子吃。"

"奴婢明白。"凤七伸手将轩辕景背起来,转身就往外走,"奴婢不回去,只是看着主子安好即可。"

多傻的姑娘哪!温柔摇头,忍不住嘀咕道:"怪不得古代男人都三妻四妾呢,姑娘脾气好,男人可不得得寸进尺吗?"

"你说什么?"萧惊堂侧头。

"没事,"温柔咧嘴,"我啥也没说。"

萧惊堂微微皱眉,沉默了片刻,突然问:"你们那儿的妖怪,一生难不成只有一个妻子?"

720

温柔点头，笑眯眯地说道："只有一个妻子不说，要是丈夫娶小妾，会被判罪赔钱。"

这是什么道理？萧惊堂完全不能理解："女儿国吗？"

"并非女儿国，只是男女尚算平等罢了。"温柔耸肩，"很公平啊，大家一起挣钱养家，女人还要负责生孩子、养孩子，男人要是还三妻四妾，那也太不是东西了。再者，人的感情都是相互的，凭什么你给我几分之一的感情，我要给你我的一生和全部忠诚？"

萧惊堂深深地看了她一眼，低声说道："你原来是这样想的。"

"有什么不对吗？"温柔歪头。

萧惊堂没有回答她，跟着凤七就往外走了。温柔撇嘴，拎着裙子跟了上去。

三皇子这一"昏倒"，病了三天。凤七本来打算送他回去就走，听大夫说得那么严重，有些不放心，还是留下来照顾他了。

温柔和萧惊堂对此事都不发表看法，只是礼节性地送了慰问礼上门，然后也不管了，就让他俩自己折腾去。

四月底，皇帝念大皇子一直安分不争，给大皇子封了亲王，给了封地，让其修身养性。三皇子一党没有反对，反而说了不少好话，让皇帝觉得兄友弟恭，十分舒坦。

但是温柔有预感，大皇子此去，定然是不会甘心的。

不过暂时有一段安稳日子过了，淑妃从宫里给出来的赏赐没有少过，有的是直接给温柔的，但更多的是给萧惊堂的。萧惊堂也不在意，淑妃给什么，通通搬去温柔的院子里。

一时间，府里俨然成了温柔最大。一般的小事，萧惊堂从不过问，都让温柔决定；大事也不必温柔操心，他自个儿在外头就解决了。

于是温柔狠狠地胖了两斤。

"二少奶奶，"巧言站在她面前，低着头说道，"奴婢已经很久没有见过二少爷了。"

一口茶呛在嘴里，温柔笑道："你想见就直接去见啊，我又没拦着。"

"二少爷总是避着奴婢。"巧言皱眉，"奴婢知道二少奶奶善妒，但二少爷不可能只有您一个女人，还请二少奶奶宽宏大量，让奴婢与二少爷聊聊。"

这话说的，她还成划出了银河的王母娘娘了？

温柔想了想,笑道:"晚上我就安排你二人见面聊天儿,可以吗?"

"多谢二少奶奶。"没想到她会这么好说话,巧言意外之下,也很是惊喜。

晚上萧惊堂回来,刚踏进屋子就看见巧言站在旁边。

"怎么?"他微微皱眉问,"出什么事了?"

巧言苦笑:"现在奴婢来找二少爷,只能是出事了吗?"

萧惊堂顿了顿,往里走,淡淡地说道:"没有。"

"二少爷,您很久没有同奴婢好生说话了,"巧言上前轻轻将手放在他的肩上,委屈地说道,"也很久没有同奴婢在一起了。"

最近都在温柔的房里,萧惊堂想了想,也的确是冷落了巧言。

"那你今晚就留下吧。"

眼眸一亮,巧言开心地点头,立马点了熏香,然后替他更衣。

香烟缭绕,萧惊堂皱了皱眉。

巧言瞧见了,连忙问:"有哪里不妥吗?"

萧惊堂看了香炉一眼:"不是平时燃的那种。"

巧言身子一僵,低头道:"这是奴婢自己调的香,跟二少奶奶用的当然不同。二少爷要是不喜欢,那奴婢把它撤掉?"

"罢了。"萧惊堂摆了摆手,看了看已经脱了外裳的巧言,心里没来由地一阵硌硬。

"二少爷?"巧言已经上了床,一身薄纱寝衣,欲说还休的模样也算诱人。

萧惊堂站在床边,脸色不太好看,盯着她瞧了一会儿,长叹一口气,道:"罢了,今日太累了,你还是先回去吧。"

脸色一白,巧言连忙下床,紧张地看着他:"奴婢做错什么了吗?"

"没有,是我太累了。"心里说不出是怎么回事,有那么一瞬间萧二少爷甚至怀疑自己是不是出问题了,看着床上的女人,竟然一点儿兴趣都没有。

这关乎萧家后代的事情,实在是有点儿严重。赶走巧言后,萧惊堂立马去了温柔的院子。

温柔正在沐浴,冷不防闯了个人进来,吓得她差点儿喝了口洗澡水。

"干吗呢?"温柔瞪眼看着他,没好气地说道,"你不是跟巧言聊天儿吗?这么快就聊完了?"

"是你让她去我的屋子里的?"萧惊堂眯起眼。他就觉得哪里不对劲,

722

平时萧管家是不会放巧言进去的。

"是你冷落她太久，害得人家来找我抱怨了。"温柔翻了个白眼，"你也不安慰安慰人家就来我这儿，那明儿个她还得找我闹。"

说罢，她起身就要去拿旁边挂着的澡巾。

白玉般的身子就这么大大咧咧地从水里出来，水珠一串串地往下掉，萧惊堂看得喉头微紧，瞬间就有了些反应。

看来只是人的问题。

萧惊堂伸手替她拿过浴巾，将人直接包上就往床上抱，哑声道："往后她不会找你闹了。"

"哎……"被人放在床上，见萧惊堂整个身子压上来，温柔浑身一紧，连忙伸手抵着他，"干吗？"

"嗯。"

"嗯"是什么鬼？温柔瞪他："我今天没心情！"

滚烫的身子，透着衣裳都能感觉到，然而她这话一说出去，萧惊堂竟然意外地听话，松开了她，倒在她旁边，看着帐顶"喃喃"道："可能是香味不对吧。"

"什么香味？"温柔挑眉。

"你屋子里的香，跟她用的香不一样。"萧惊堂解释道，"我闻你的香太久了，总觉得她的香味很别扭。"

"你还在意这个？"温柔翻了个白眼，"我用的香一直是别人送的，也没剩多少了，等没了的时候，你岂不是也要不习惯我？"

萧惊堂侧头看向她，认真地说道："可以试试看，你把那熏香灭了。"

温柔轻哼了一声，道："套路我？你当我傻吗？给你机会折腾我？"

她还挺聪明？萧惊堂低笑，凑到她耳边轻轻啄了啄。

耳后起了一阵战栗感，温柔缩了缩："你干吗？"

"没什么，"萧二少爷表情认真地说道，"就是觉得跟你亲近很舒坦。"

温柔无语凝噎，起身穿了寝衣，系扣带的时候忍不住看了燃着的香炉一眼。

这香是谁送的来着？

晚上做梦，温柔意外地梦见了一个小孩。小孩坐在一个木盆里，木盆漂在河上。她惊慌地想去追，却怎么也追不上，只能眼睁睁地看着那小孩被卷进河水里，鼻息间满满都是她屋子里的熏香。

第二天一早，几个姨娘来请安，温柔就忍不住问了一句："当初你们给

723

我送礼，谁送的熏香？"

云点胭摇头："我送的是金丝镯子。"

慕容音也摇头："我送的是雪锦绢扇。"

苏兰槿耸肩："我送的是木兰步摇，您前天不是还戴了？"

温柔皱眉："妙梦送的是银票，挽眉送的是金镶玉的护甲，那还有一个礼盒是谁送的？"

当初她一共收到六件礼物，可现在想想，一共只有五个姨娘，第六份礼物……难不成是巧言送的？

可是不对啊，这香要是巧言送的，那她自己为什么不用？

"夫人。"下午的时候，曲理被叫到了温柔的屋子里。

温柔笑问："在府里还习惯吗？"

眼神有些黯淡，曲理颔首："谢夫人收留。"

楼东风不允他再出现在阮妙梦左右，他也没了别的去处，幸好温柔还肯收留他。

"以前就听说过，你很懂药材和香料。"温柔说道，"今儿个找你也没别的事，就是让你来看看这一炉香料是用什么东西做的？"

曲理愣了愣，看向桌上的香炉，打开闻了闻，又拈了碎末看了看，捣鼓半天，十分肯定地说道："此香料是十种花香混调，加上麝香等配料制成，香味宜人，但您若是想怀子嗣，最好还是别用这种香料。"

浑身一震，温柔白了脸，瞪大眼看了曲理许久，又看了看那香炉："有麝香？"

"有，并且量还不少。"曲理回道，"夫人长期使用，怀孕怕是也不易，还容易滑胎。"

疏芳刚泡好茶进来，就见自家主子脸色惨白，盯着桌上的东西回不了神。

"怎么了？！"疏芳连忙过来扶着她，着急地问道，"您是什么病又犯了吗？"

温柔二话没说，拽着她就往巧言的屋子走去。

巧言正在缝被子，门突然就被踹开了。萧管家陪着温柔一起站在外头，温柔满脸冰霜，眼神跟利剑似的直插巧言的脑门。

"奴婢可是犯了什么错？"巧言皱眉。

温柔伸手将那装香料的盒子递到巧言面前，问："这个是你送我的，是吧？"

巧言看了那盒子一眼，心里跳了跳："不是。"

"老奴这儿有记录，当时各家姨娘送礼给二少奶奶，包括巧言姑娘在内，一共是六份。"萧管家平静地说道，"其他五位姨娘的礼物已经查清，只有这一盒没有归属，自然只能是你送的。"

巧言抿了抿唇，后退了两步："我在街上随意买的，也不记得了，兴许是我送的吧。"

"你可真是厉害！"温柔跨进了门，"送麝香含量超标的香料给我，还是在我刚回来的时候。"

怪不得她当时怀孕，随便被打一下就滑胎了，原来是这个原因。

"奴婢听不懂二少奶奶在说什么。"巧言垂眸道，"奴婢只是觉得它好闻，所以送给二少奶奶了。"

"好，你这个说辞很有说服力，"温柔皮笑肉不笑道，"就看二少爷信不信吧！"

"二少奶奶果然还是不肯放过奴婢，"巧言深深地看了温柔一眼，"逮着由头也要治奴婢的罪。这香您用还是没用，谁知道呢？"

温柔冷笑一声，直接让人把萧惊堂给请了过来。

屋子里燃起了那香料，萧惊堂一进门就皱眉："这儿怎么也有？"

"熟悉吗？"温柔笑得苍白，"这可是您最熟悉的香味，巧言送我的。从狼林回来之后，我就开始用了。"

萧惊堂点了点头："这个我知道，这香料怎么了？"

曲理皱眉："这香料有大量麝香，女子用多了怀孕易滑胎。"

萧惊堂瞳孔微缩，脸色也沉了，慢慢地转头看向巧言。

巧言没想到萧惊堂熟悉的会是这种味道，当即就有点儿慌："二少爷，奴婢是什么也不知道的啊！"

"你不知道？"萧惊堂轻笑了一声，"我若是没记错，原来府里的香料都归你管，大夫还特别吩咐过不要用有麝香和藏红花的香料，你还跟我急叨过，现在你告诉我，你什么也不知道？"

冷汗从背后滑落下来，巧言咬了咬唇，垂眸道："那么早就送的东西，奴婢怎么知道二少奶奶后来会怀孕？"

这话听起来好像很有道理，可是就算巧言不知道后头温柔会怀孕，送这种东西，不是摆明了让人怀孕也怀不到临盆吗？

温柔气极反笑，伸手就扯住了她的衣襟，目光狠戾："我现在杀了你，然后说我也不知道杀人会犯法，你觉得怎么样？"

巧言慌了慌，皱眉看着她，低声说道："二少奶奶，二少爷还在呢，您这样……不合适吧？就算您想杀了奴婢，也得找个二少爷不在的时候。"

"我为什么要找他不在的时候？"温柔冷笑，"要不是你这香，我不会被打两下就滑胎；要不是他同意打我，我那一胎也不会那么轻易掉。那孩子没了，是你们两个的责任，我还得避着谁了？"

杀气四溢，惊得屋子里其他人都没敢动。萧惊堂站在旁边，任由温柔抓着巧言，只沉着脸看着她们。

巧言本来以为，当着二少爷的面，温柔再凶也不敢怎么样的，毕竟女人总不能让男人觉得可怕，所以开脱的说辞都想好了。但她没想到温柔根本不讲道理，上来就要杀她。

"二少爷救命啊！"

萧惊堂冷声说道："没了的是我的子嗣，你觉得我该怎么救你？"

心里一跳，巧言挣扎了两下："那只是个没出生的孩子，你们总不能让我偿命！现在二少爷是朝中命官，家里出了什么事，传出去也不好听吧。"

"谁会给你传出去的机会？"温柔冷笑，"我就在这院子里拿刀剁了你，你能如何？"

巧言看着温柔的眼神，只感觉一阵凉意从脚底升了上来，连忙说道："我有朋友的，我不见了，他们就会出去传我是被杀了！"

温柔表情一言难尽地看着她，问道："你有没有尊卑观念？萧家这么大的门第，死个丫鬟，我就说是病死的，谁敢来查？"

巧言睁大了眼，被吓得说不出话了。温柔步步紧逼，眼里满是恨意，直将她逼到墙角，巧言被吓得腿软坐了下去。

"萧管家，"看着她这瑟瑟发抖的样子，温柔冷笑，"把她绑起来，关三天不要喂吃的东西和水，然后给我将人送衙门去以杀人罪论处！"

"是。"管家应了，招呼家奴来把巧言捆了。

巧言还没回过神，被押着走时一句话也没说。温柔深吸了一口气，狠狠地瞪了萧惊堂一眼，转身就走。

"喂。"萧惊堂皱眉跟了出来，"都知道罪魁祸首是谁了，你怎么还怨我？"

温柔愤怒地将他推开，要走，手又被人抓住了。

要是手里有煤气罐，她一定反手甩他一脸！

"想起来就烦。"温柔眼眶微红，"老天爷跟玩我似的，让我来了这里不让走，偏偏又有这么多人让我不好过。我不想要孩子，偏偏要给我，给我就算了,孩子还没了!还有你!你……"

萧惊堂伸手将她拉进怀里,闷声道:"你这么喜欢孩子,那咱们再生一个吧。"

"你没耳朵听不懂曲理说的话吗?!"温柔眼泪汪汪地磨牙,"麝香吸多了,容易滑胎,现在我怀上了也会滑胎!"

抱着她的胳膊用了点儿力,萧惊堂皱眉道:"总会好的。"

温柔泄愤似的咬了他的肩膀一口,推开他,抬头问:"我要是不打算让巧言出来了,你会不会背着我放了她?"

"不会。"萧惊堂有点儿意外,问道,"你没打算让她偿命?"

温柔没好气地翻了个白眼:"虽然地位高、权力大,但我也懂法,让人流产不至于偿命,只是……我也任性,她用这一辈子来忏悔吧!"

温柔恶狠狠地握拳,眼泪直冒。

萧惊堂看着她,突然觉得心里有点儿软,不知道为什么,就觉得面前这个凶巴巴又理性的人实在是可爱极了。

"你不会舍不得吗?"温柔睨了他一眼,"那好歹是你的第一个女人。"

萧惊堂摇头:"她罪有应得。"

巧言的心肠实在算不得好,她做的错事足够她待在里头一直不出来。他只是不想跟女人计较,但他的女人要是想计较的话,那他绝对没有意见。

温柔轻哼了一声,摩拳擦掌,打算跟京兆尹实力辩论一番,以求巧言被终身监禁。

然而她忘记了,这是古代,她现在是个名义上的公主,丈夫还是当朝礼部尚书。所以巧言一被送到衙门,不等温柔辩论一句,京兆尹直接按照盼咐判了巧言终身都在大牢之中服苦役,不减刑。

心里一块压了很久的石头突然被拿开了,温柔舒坦了很多,高高兴兴地回府,路过凤凰街的时候看见一家新开的茶馆,心血来潮就想上去坐坐,看看街上的风景。

她刚进那茶馆,小二就来拦:"客官,本店已经被人包了,今日不招待其他客人。"

温柔愣了愣,正打算离开,那掌柜的却连忙跑了出来,狠狠打了小二的脑袋一下,教训道:"你没长眼睛吗?这是尚书府的马车,这位气度不凡,一定是府里女眷,你也敢拦?"

"啊,尚书大人!"店小二转过头,连忙招呼道:"您楼上请,尚书大人和客人正在喝茶。"

客人？温柔挑眉，笑着问了一句："是礼部尚书？"

"正是。"小二点头哈腰地就带着她上楼。温柔眯起眼，扫了一眼空荡荡的茶楼，觉得有点儿奇怪，便拉了前头的小二一把，吩咐道："你先下去吧，我自己上去找人。"

"是。"小二应了就走。温柔蹑手蹑脚地上楼，挨个儿包间找，终于找到一个推不开门的，立马贴上耳朵听了听。

"既然如此，我也当早做准备。"

萧惊堂的声音从里头传了出来，温柔眨眼，正想往窗户纸上戳个洞呢，就听得另一个人说道："此事之后，天下将定，你倒是该更加小心。"

"我明白。"

温柔愣怔了一下，听得里头有起身的动静，连忙提着裙子往楼下狂奔。

"欸？夫人？"

"闭嘴，别说我上去过！"温柔压低声音威胁了一句，飞也似的蹿上了马车。

萧惊堂打开门，同人一起出来，那人拱手便走了。萧惊堂在门口目送那人离去，等了一会儿，才跟着下去。

结果他出门没两步就遇见了温柔的马车，车上的人笑眯眯地掀开帘子看着他："二少爷，真巧，一起回去吗？"

萧惊堂看她一眼，又转头看了看四周，问："你这是从衙门回去？"

"嗯。"温柔点头，"已经处置了，我相信只要没人搭救，她会在牢里度过美丽的余生。"

萧惊堂踩着车辕上车，淡淡地说道："你别意有所指，我说过不救，就不会救。"

温柔"嘿嘿"笑了两声："二少爷多想了，我这么相信二少爷，怎么可能多说什么呢？"

萧惊堂睨她一眼，不吭声了。马车"辘辘"地摇晃到了萧府门口，下车的时候，他才再次开口："府里剩下的几位，不久之后也会各归各处，你一个人住那么大的院子，会不会有些空落？"

啥？温柔愣了愣，有点儿没听懂："她们要去哪儿？"

"从哪儿来的就去哪儿。"萧惊堂负手而立，回道，"之后我再迎姨娘，就一定迎的是真姨娘了。"

温柔垂下眼帘，嗤笑道："谁管你迎真的假的？"

萧惊堂深深地看着她的脸，勾唇笑了笑，转身就往里走，声音冷冷淡淡

· 728 ·

淡的,像是无意提了一句:"你要是阻止我,我会很高兴的。"

心里一动,温柔跳下车拎着裙子就追上去问道:"当真?我阻止你你就不娶?终身?"

萧惊堂停下步子,转头认真地看着她说道:"你阻止我,我会很高兴,并且多娶两个回来。"

温柔:"……"

这种男人,活该头上全是绿帽子吧?!他怎么说话的,会不会聊天儿了?!

温柔气得跺了跺脚,扭身就走。

第二十三章
鸠占鹊巢？

太子正式授印是一个月之后的事情了，这一个月之中温柔混吃等死过得很是快活，除了偶尔跟萧惊堂斗斗嘴，别的再没有什么烦恼。闲得无聊了她就跟姨娘打麻将，想做事了就去店铺里看看，悠闲极了。

然而这天，温柔从早上起来就觉得不对劲，先是碎了个茶杯，后又差点儿摔在门口，连萧惊堂都感觉她不对劲，温和地将她护在身前，问："怎么了？"

"不知道，"温柔奇怪道，"身子不太听使唤。"

神色微紧，萧惊堂皱眉道："你要是不舒服就别去了，今日礼部准备了很多流程，要站很久。"

"那好歹是我名义上的干哥哥，他做太子我都不去观礼，不是惹人说闲话吗？"温柔撇嘴，"还是去吧，大不了我跟你站一起，要是遇见和尚什么的，你帮我挡着。"

萧惊堂担忧地看了她一会儿，还是点了头，带她上马往宫里行去。

本来立太子祭拜祖先即可，但是淑妃娘娘想大操大办此事。大皇子已经不在上京了，她这样无非是想报复皇后娘娘，让皇后难堪。萧惊堂能理解，并且表示了支持。

但是看着对面这女人苍白的脸色，萧惊堂突然有点儿后悔。典礼什么的，还是简洁些比较省事吧？

然而他后悔已经来不及了，马车到了宫门口，温柔下车，抬头就看见宫门上飘了很多符。

"这……"温柔皱紧了眉,问萧惊堂,"那个和尚是不是在宫里?"

"在是在,但他没参与典礼,也不会做什么。"萧惊堂抿了抿唇,"这些符是惯例要贴的,应该没什么用。"

没什么用吗?温柔伸手试了试,再往前走了两步,没感觉到什么不对劲的地方,也就松了一口气:"摆设啊。"

萧惊堂提议道:"要不你就在马车上等我?万一哪张符灵验了,也够你难受的。"

"不用,"温柔拒绝道,"来都来了,在这儿等着,那我还不如一开始就别换衣服出门。"

萧惊堂抿了抿唇,拉着她的手就往宫门里头走。

"阿弥陀佛。"

这声音好像从虚空里传出来的,回荡在天地间。温柔一听就下意识地后跳了一步,想拉萧惊堂一把,却发现他不知道什么时候松了手。

"欸?"

温柔抬头看向前头,自己的身子依旧正常地跟着萧惊堂往前走,但……她压根站着没动啊!

心里一沉,温柔低头,就看见了自己略微透明的身子,脑子"轰"的一声炸开了!

她……怎么会脱离出来了?!

苦海一步步从前头走过来,萧惊堂看见了,连忙将她的身体护在怀里。然而苦海根本没看他和他怀里的人,直直地朝温柔这边走了过来。

"你……这里有门?"温柔伸手摸着面前跟琉璃一样的东西,急了,"你直接把我从她的身子里给挡出来了?"

"不如此,施主日夜被那鬼迷心窍的人人护着,贫僧哪里有机会降你?"苦海笑了笑,"施主,回头是岸。"

莫名其妙的慌张感袭遍全身,温柔咬牙,红了眼:"我做错了什么,是杀了人还是放了火,要引得你来这样对我?"

"鸠占鹊巢,本就是一种罪过。"苦海劝道,"你不属于这人世,就该去你该去的地方。"

"凭什么要你多管闲事?!"温柔当真是怒了,看着这和尚就想起白娘子里头的法海!关他什么事啊?他不去抓坏的专门对付好的?

温柔一咬牙一跺脚,直接朝他扑了过去,狠狠地穿透那琉璃门,抓住

731

苦海就掐住了他的脖子："你这个没人性的老和尚！"

苦海本来是不慌的，毕竟他手里有法宝，降妖除魔也不是一年两年了，任何妖怪都能抓住。

但是不知道为什么，他用佛珠，用法钵，都打不到这掐他的脖子的鬼魂，反而能被她掐得呼吸不上来。

苦海被吓了一跳，不管怎么挣扎也没用，碰不着温柔，终于变了脸色，艰难地开口道："有话……好好说，这是怎么回事？"

"谁要跟你好好说？"一脚踹在他的膝盖上，温柔转身就往萧惊堂的方向追去，跑到自己的身体后头就想扑进去。

然而杜温柔的魂魄狠狠地将她弹开了，杜温柔还回头朝她笑了笑，继续依偎在萧惊堂的怀里，往前走去。

"怎么会这样？"温柔看了看自己虚无的双手，想哭都哭不出来，"怎么会这样啊？！"

苦海也想不明白，按照正常情况来说，这魂魄既然不属于这身体，可以被脱魂符给弹出来，那为什么他不能收了这魂魄？

看着萧惊堂带着杜温柔走远，温柔慢慢地转身看向苦海。

苦海扭头就走。

"你给我站住！"温柔龇牙咧嘴地立马飞到苦海的身上，死命勒着他的脖子将他掀翻在地，"你给我说清楚，这是做什么？！做什么？！"

"贫僧……咯咯，贫僧只是受人之托来收魂……"

"放屁！你根本就认识杜温柔，也跟我来这儿有关系，再打诳语我勒死你，要不过大家都别好好过日子了！"温柔红了眼，怒吼道。

苦海拍了两下地，求饶："贫僧如实相告，施主先放手！"

温柔稍微松了手，瞪眼看着他。

苦海拿着佛珠在她面前晃了晃，见她一点儿反应也没有，就放弃了，无奈地说道："施主借一步说话。"

这里到底是宫门口，旁边的侍卫看他一个人在自言自语满地打滚已经很奇怪了。

温柔点头，拎着他的衣领将他拖到了宫墙之外，然后死死地盯着他。

"事情是这样的，"苦海轻咳两声，无奈道，"贫僧欠杜施主人情，若是不还，无法成佛。杜施主要贫僧替她改命，贫僧掐指一算，施主与杜施主有缘分，便用招魂之术将施主引到了这里，替杜施主改命。现在杜施主的愿望完成了，你也就该离开她的身子了。"

温柔听明白了，冷笑道："你为了还她人情，这样对我，岂不是又欠了我一命？就这德行你还想成佛？我化为厉鬼也会缠着你让你不得升天！"

"施主，何必如此执念？"苦海劝道，"放下怨念，你也能有个好轮回。"

"我呸！"温柔怒道，"满嘴仁义，不是你自己经历的事情，你就这么站着说话不腰疼？！你知道我多难受？你一句放下就完了？我就这么死了？我没了朋友，没了丈夫，什么都没有了，你让我去轮回？！"

温柔越说越气，又想伸手掐他了。

苦海后退两步，叹息道："施主觉得贫僧该如何赎罪？"

"很简单，我给你两个选择。"温柔说道，"第一，你把我弄回杜温柔的身体里，让杜温柔重新为她做过的坏事偿还！第二，把我原本的身体还给我！"

"第一点贫僧是不能做的，阿弥陀佛。"苦海皱眉，"但第二点……施主的身子若是不属于这个世界，贫僧强行招过来的话……很损修为的。"

"我不管。"温柔强硬道，"你不给我招过来，那你也就留在这人世间，别成佛了，老死轮回去吧！"

苦海沉默，盯着她看了半晌之后退让道："你容贫僧思考几日。"

"随你。"温柔在天上飘了飘，"我现在要找你，反正是很简单的。"

苦海咽了一口唾沫，颤巍巍地走了。

心里莫名其妙地难过起来，在老和尚面前没掉眼泪，他一走，温柔就忍不住蹲在原地"嗷嗷"地哭起来。

她也不知道自己在伤心什么，就是感觉从杜温柔的身子里一出来，自己就失去了好多东西。

哭了半个时辰，听见宫里的鼓声，温柔愣了愣，起身就往里头飘去。

立太子的祭典已经进行了一半，萧惊堂跟约定好的那样，把杜温柔紧紧护在身后。杜温柔也没客气，时不时就拉一拉萧惊堂的手，一脸花痴样。

飘在半空中的温柔翻了个白眼。萧惊堂也不觉得奇怪吗？他回头看一眼哪，她是这个样子的吗？！

"累了？"萧惊堂回头了，却是板着脸关心地问了一句。

杜温柔咬了咬唇，低头道："没事。"

萧二少爷点了点头，注意力都在那头的轩辕景身上，一时间没觉得有哪里不对。

温柔气得直跺脚，伸手就撞了萧惊堂一下。

萧惊堂被撞得趔趄了一下，皱着眉看了身后的人一眼，又若无其事地站了回去，压低声音道："别胡闹！"

杜温柔一脸无辜的表情："妾身闹什么了？"

妾身？萧惊堂顿了顿，有些意外地看了她一眼，接着眼神就柔和了下来。

温柔不自称"妾身"很久了，大多时候是没上没下地用平称，现在是看后院没人了，终于承认自己是他的妻子了？

萧惊堂微微勾唇，心情好极了。

温柔快气死了，恨不得当场暴打他一顿，但是看典礼那么隆重，也就没动他。气不打一处来，她干脆就飘到孙皇后身边，狠狠地踩了孙皇后一脚。

"啊！"孙皇后低呼，皱眉看了看旁边的淑妃，"你眼里还有没有本宫这个皇后了，大庭广众之下都敢踩本宫？！"

淑妃茫然地看着她："娘娘这说的是什么话？"

皇帝还在上头呢，闻言皱眉看了这边一眼。

孙皇后本就憋屈，这会儿被冒犯，更是抓着淑妃不肯放手。温柔瞧着，撇了撇嘴，伸手拔了孙皇后头上的发簪，取了她的凤冠，瞬间孙皇后这一头乌发就散乱了下来。

"啊！"孙皇后尖叫。

这一回众人都看在眼里，是凤冠和发簪自己掉地上的，淑妃没动。

"成何体统！"皇帝大怒，"孙氏！你给朕回宫去思过！堂堂国母，岂能如此失礼！"

孙皇后委屈极了，根本不知道是怎么回事，就感觉有人拔了她的发簪。离她最近的宫女却都是一脸无辜的模样。

谁在整她？

"臣妾……告退。"孙皇后忍辱退下，心里火冒三丈，本来还对自家皇儿的决定有犹豫，现在就直接想当场把淑妃的脑袋拧下来！

比起这般受辱，自己还是不择手段来得好！

仪式继续举行，萧惊堂看了皇后原来站的位置一会儿，别开了头。

三皇子顺利地被立为太子，萧家晚上也举行了晚宴，众人都在，杜温柔更是贴着萧惊堂坐着，一口口地喝着酒，然后佯装醉了就往他的怀里倒。温柔看得咬牙切齿，想伸手把她推开，又莫名其妙地不敢靠近萧惊堂。

这天杀的萧惊堂,竟然也没拒绝,就那么伸手抱着杜温柔!他没见过女人是不是?!

萧惊堂低头看了怀里的人一眼,还是觉得有点儿奇怪,忍不住挤对了一句:"你发春了?"

杜温柔愣了愣,羞得立马离开他,讷讷道:"没有,只是头晕罢了。"

这反应……怎么怪怪的?萧惊堂皱眉,忍不住伸手摸了摸她的额头,然后碰了碰自己的,"喃喃"道:"也没发热啊。"

杜温柔抿了抿唇,垂眸道:"喝多了些,妾身这便回屋歇着了。"

桌边的几个姨娘连忙挽留:"别啊,这么早?今晚月色多好啊,再坐会儿聊聊天儿吧。"

杜温柔朝她们几个皮笑肉不笑地扬了一下嘴角,还是起身往自己的屋子方向走去,一句话也没回。

好像从宫里回来后她就不太对劲了,萧惊堂皱眉,想了想,起身跟了上去。

温柔就在他身边飘啊飘的,跟着一并飘进了她原来的房间。

杜温柔在床边坐着,见萧惊堂进来,忍不住捏了捏手帕。

"你上次买的梅花簪放哪儿了?"萧惊堂在她旁边坐下,问道,"还说看看如何,你也没机会给我看。"

杜温柔笑了笑,起身就去温柔经常藏东西的暗格里把那梅花簪给拿了出来:"这个吗?当时买成一百多两银子,妾身可心疼了。"

"嗯。"眼神柔和了些,萧惊堂伸手将她拉到怀里,使坏地蹭了蹭她的脖颈。

今天的温柔没有像从前那样抗拒,而是格外热情,勾住他的脖子就想吻上来。

温柔看得急了,上去一拳就将杜温柔的脸打得侧到了一边。

"啊!"杜温柔低呼了一声,吃痛地捂着自己的脸,难以置信地看了萧惊堂一眼。

"怎么?"看她这怪里怪气的模样,萧惊堂皱眉,"屋子里有脏东西吗?"

"说不定有呢。"杜温柔转头,往四周扫了一眼,"就算妾身是妖怪,也难免会被脏东西给碰上。"

一说妖怪,萧惊堂就觉得亲近多了,低笑一声就将她抱上了床:"有脏东西就让它看着吧。"

温柔气得要死，一脚踹在他的大腿上，然后伸手就将他拉了起来："跟种马似的！让你睡了吗？！"

萧惊堂自然听不见她的声音，只觉得奇怪，背后突如其来的力道将他扯了起来，看样子是有什么东西不想让他跟温柔亲热？

杜温柔的鬼魂吗？

"惊堂，"杜温柔咬了咬唇，垂下眼眸道，"这多半是杜温柔冤魂不散，咱们请个和尚回来作法吧？"

"好。"萧惊堂颔首应了，觉得浑身不自在，干脆就起身道，"洗漱了再休息吧，今晚你也喝多了，和衣而卧即可。"

杜温柔皱眉，忍不住贴上萧惊堂的身子："可是……妾身想……"

喉头微动，萧惊堂看进她的眼睛。

这双眼睛不像以前那样清澈见底，不知道被什么东西给蒙住了，显得很是混浊。

是欲望吗？这看起来也不太对啊。

手顿了顿，萧惊堂还是推开了她："明日再说吧。"

"惊堂，有件事我要提前跟你说清楚。"瞧着色诱不成，杜温柔正经起来，"你也知道我的情况，杜温柔的魂魄还活着，随时会来破坏你我。"

萧惊堂皱眉点头道："我知道。"

"所以不管别人说什么，你一定要相信我，就算别人变成我的样子，你也要相信我。"杜温柔看着他，泫然欲泣，"好吗？"

"好。"萧惊堂颔首应了，伸手轻轻拍了拍她的脑袋，"睡吧。"

"嗯。"杜温柔得意地看了四周一眼，跨上了床，等萧惊堂上来了，便搂着他的胳膊睡。

温柔要气死了，一时间甚至分不清是自己鸠占鹊巢还是面前这个女人在夺走属于她的东西。现在这一切似乎都是她努力的结果吧？可是身子偏偏是杜温柔的。她经历过的事情，杜温柔也经历过，所以不管萧惊堂怎么试探，杜温柔也露不出什么破绽。

要是杜温柔想瞒，也许能瞒萧惊堂一辈子。

温柔想想都觉得心塞，看了看面前入睡了的萧惊堂，忍不住就撞进了他的梦里。

以前她一直好奇，这样冰山似的一个人平时在想什么，现在总算是有机会能探究探究了。

一片浓厚的雾散开之后，温柔看见了淑妃宫里的琉璃凉亭，亭子里站着杜温柔，萧惊堂不知为何浑身是血，从远处过来。

远远地看见凉亭里的人，萧惊堂低头看了看自己，有些纳闷，也有些慌神，连忙就将衣裳换了，装作什么也没发生一样，朝杜温柔走去。

"你去哪儿了？"亭子里的杜温柔翻了个白眼，没好气地说道，"不是说要去看看挽眉吗？她怀孕了呢！"

浑身震了震，温柔反应了过来。这不是杜温柔，说话的语气、脸上的神态，这分明就是她自己。

温柔觉得这场景也有些眼熟，似乎是发生过的事情。她的确在凉亭里等过萧惊堂一起去丞相府，可左等右等，萧惊堂怎么也不来。她很讨厌等人的，所以在他来了之后，就是这样的画面。

"迷路了。"萧惊堂板着脸解释了一句，就往外走。

"喂！我迷路了都不信你会迷路，借口也找好一点儿的啊！"温柔跟在他身后咆哮，"这里很冷的你知道吗？！"

萧惊堂抿唇，走得很快。温柔惊讶地跟上去看，发现他的脸色分外苍白。

他好像是受伤了。

画面一转，萧惊堂迷迷糊糊地又拔出了剑，跟一群人厮杀起来。那群人蒙着脸，不知道来路，但招招致命，极为凶残。

他是遇刺了？温柔瞪眼，想上去帮忙，奈何这些人根本看不见她，她也抓不住谁。

这是梦境哪……

人常常会觉得去过某个地方，做过某件事，有种很熟悉的感觉。温柔偶尔会胡思乱想，觉得庄周梦蝶也许是真的。这世上的自己，到底是在梦里，还是醒着的，谁知道呢？

摇摇头回神，温柔再看眼前，已经没人了。她忍不住跑了两步，就看见了萧府。她挨个儿房间找，还是在自己的房间里找到萧惊堂。

他陪自己睡着，两个人都躺在床上。很多时候他们就是这样一起睡觉的，什么都不做。温柔睡得很快，没一会儿就沉入梦乡了，从来不知道她睡着之后萧惊堂是什么样的。

现在她看见了。

这人平时呼吸都平顺得让她觉得他是睡着了，可是根本不是。在自己睡着之后，萧惊堂睁开了眼，目光难得温柔缱绻，就那么看着她，像是看什么珍爱之物。

他的眼神深情得她平时从未见过,要是他平时用这样的眼神看她一眼,她一定不会再觉得他有二心,也不会信他什么还会纳妾的鬼话。

四周模糊起来,温柔回神,快速地离开了他的梦境。

萧惊堂醒了,表情很温和地看了旁边一眼。

杜温柔也醒了。换作温柔是要睡懒觉的,但是杜温柔很习惯古代人的作息,起床就朝萧惊堂笑了笑,低声问道:"妾身打水给您洗漱吧?"

萧惊堂怔了怔,又皱起了眉,深深地看了她一眼,下了床。

"让疏芳去做吧。"

"好。"杜温柔朝外头喊了一声,吩咐道:"疏芳,打水进来!"

疏芳应了,提了热水和冷水进来兑。杜温柔下了床,眼里只看着萧惊堂没看路,就被热水溅了一下。

"啊呀!"杜温柔惊呼一声,恼怒地低骂,"你会不会做事的,不知道在外头兑好了再进来?"

疏芳愣了愣,有些意外地看了她一眼:"这……奴婢马上去。"

"我是对你太宽松了,所以你连基本的活儿都不会做,听了吩咐还会犹豫了?"瞧着疏芳杜温柔就气不打一处来。这是她的丫鬟,第一个发现她不对劲的人,竟然什么也没做,看样子是早就不舒服自个儿了,换个主子来,瞧她给贴心的!

杜温柔眼神凌厉地看了背后的萧惊堂一眼,披上衣裳,扯了疏芳就往外走。

疏芳是当真被吓着了,盯着杜温柔看了好一会儿,才试探性地喊了一声:"主子?"

"你还知道我是你的主子?"杜温柔冷笑,一把将她推到后院没人的地方,眯起眼道,"我看你早就认了别的主子吧?留你在身边也是祸害我,你自己走吧。"

疏芳睁大了眼,难以置信地看了她好一会儿,浑身都发起抖来。

杜温柔也没多说,转身裹着衣裳就回了屋子里。

温柔飘在旁边,叹息了一声,伸手拍了拍疏芳的肩膀。

疏芳顿了顿,转头看向温柔的位置:"主子,是您吗?"

"你……看得见我?"温柔傻眼了。

疏芳抿了抿唇,轻轻松了一口气:"奴婢的父亲是道士,奴婢小时候就能通灵,所以在您过来的时候,奴婢没有太惊讶,是一早就能感觉到的。

现在奴婢看不见您，但依稀能听见您说话……主子回来了？"

"嗯。"温柔点了点头，"你这么快就发现了？"

"您不会那样跟奴婢说话的。"疏芳叹息，"奴婢伺候她十几年，也很熟悉她的语气。只是……您现在这样，二少爷却还当她是您。"

这多憋屈啊！

温柔抿了抿唇："你先回琉璃轩跟他们说清楚状况，所有事务都让徐掌柜接管，我会把印章偷出来给他，以后琉璃轩就是徐掌柜的店铺，所有收益都不要给杜温柔。"

"好。"

"另外，给挽眉和妙梦都写信说清楚情况，看杜温柔现在的态度，她想必不会跟我一样对她们和善，让她们自己小心。"

"奴婢明白。"疏芳深吸一口气，站了起来，朝温柔行了一礼就往外跑。

温柔握拳，飘去屋子里看了看。萧惊堂已经要出门了，杜温柔还在缠着他要亲吻。

"你当真不亲我一口？"杜温柔撒娇。

萧惊堂有些愣怔，低头凑近了她。

温柔见状，立马一脚踹了过去。

萧惊堂被踹得趔趄了一下，哭笑不得："罢了，她还在呢，我先走了。"

杜温柔失望地看着他，目送他离开之后，才咬牙切齿地说道："你不要阴魂不散！"

温柔撇嘴，压根不理她，等她也出去了，便打开暗格拿出管理店铺用的印章和房契、地契，一并带着去了琉璃轩。

于是这天街上的百姓就看见一堆白纸和一个锦囊在天上飘啊飘地飘进了琉璃轩。

疏芳解释得口干舌燥才让徐掌柜和凌修月勉强知道发生了什么事，徐掌柜和凌修月正有些怀疑呢，就看到房契、地契飘进来了。

徐掌柜被吓了个半死，凌修月倒是胆子大，在空中摸啊摸的，碰到了温柔的胳膊，直接就将她抱进了怀里。

"竟然抱得到，真不愧是温姐姐。"

温柔哭笑不得，想伸手摸摸他的头，才发现凌修月已经长得很高了，比她高出了一个半头。

"长大了。"疏芳将温柔的话传达给了他们，低声说道，"主子很高兴呢。"

徐掌柜算是相信了，接过地契、房契就收了起来，正经地说道："等您有机会活过来，小的会还给您的。"

温柔笑着点头："我真是没看错人。"

凌修月叹息了一声，伸手摸着她脸上的轮廓，"喃喃"道："你要怎么样才能活过来呢？附身到我身上行不行？"

温柔失笑："不行，我已经让人去想办法了，你们不用担心。"

温柔正说着呢，就感觉苦海那边有事。温柔神色一凛，立马跟疏芳说了一声，然后就往外飘。

苦海浑身是汗地坐在城隍庙里，面前放了一个巨大的冰块。

"这是什么？"温柔问。

苦海虚弱地答道："你要的你的身体，在这里头冰冻着，等冰化了，恢复常态，你就能进去。"

为什么她的身体会在冰块里？温柔很纳闷，围着那冰块转了三圈，发现了医学用的标签，上头的英文写着什么植物人冰冻复活测试。

什么玩意儿？有人竟然拿她的身子去搞研究了？发生什么事了？

想了想，温柔问道："我要是继续待在这个世界里，用了我的身子，那是不是一辈子都回不去了？"

苦海看了她一眼，回道："你本也就没有回去的机会，我只能把东西召来，并不能送走。"

温柔扑上去又掐他："你这坏和尚，这种缺德事也帮人做？！"

"阿弥陀佛。"苦海叹息，任由她掐着，"贫僧的确做错了，要去佛祖面前忏悔思过，才能重登极乐。"

温柔微微一顿，松开了他，在旁边坐下："我记得你说，把我的身子弄回来很损修为？"

"是，正好在佛前忏悔十年，在贫僧死前说不定还能得到佛祖的宽恕。"苦海松了一口气似的说道，"现在贫僧终于没有亏欠了。"

温柔撇了撇嘴："你个和尚就好好去当你的和尚，别再扯进这凡尘俗事了即可。"

苦海轻笑两声，念了一句佛号，说道："施主等三日后来，这冰就该化净了。"

"好。"温柔点头，看了一眼那冰块，继续往外头飘去。

萧惊堂被太子急急地召去了宫里,温柔找了一圈,终于在一间屋子里找到了他们。

屋子里只有他们两个人。

轩辕景神色很凝重,低声说着话。

"我不知道父皇是不是给他留了一手,杜家没了之后,兵器制造归了皇后那边的人,现在大皇兄有了封地,据说一直招兵买马,准备通过兵变夺位。"

"微臣知道。"萧惊堂说道,"不过他们那边有很重要的卧底,一旦掌握证据,用不着等到您登基那天,提前就可以处置。"

"嗯。"轩辕景点了点头,眉头松了一些,"东风那边如何了?这一仗能从父皇手里拿走不少兵力。"

"一切都在计划之中。"萧惊堂答道,"微臣会安排,这一仗不到大皇子有动静,是不会停的。"

"很好。"轩辕景完全放松了下来,拍了拍萧惊堂的肩膀,"有你助我,这天下早晚是我的囊中之物。到时候,我必定不会亏待你。"

萧惊堂笑了笑,低头行礼,然后便往外走。

温柔跟着他,就见他有些疲惫地揉了揉眉心,然后出宫去找了木青城一趟,又去南门见了一个平民模样的人。午时将近,他也没吃饭,一匹马不停地穿梭在上京之中。

原来他平时这么忙吗?温柔有些瞠目结舌。她以前看他早出晚归,都没什么疲惫的表情……好吧,本来他也不会有什么表情。只是她没想到,他这么忙,晚上还能那么有精力。

温柔抿了抿唇,忍不住在旁边倒了杯茶,放在他的手边。

萧惊堂皱眉,看着那凭空移过来的茶杯,往周围看了看:"杜温柔?"

杜温柔你个头啦!温柔恼怒地跺了他一脚。杜温柔说什么他都信?难不成他爱的是那皮囊啊?

萧惊堂轻吸一口气,神色微动,皱眉沉默了半晌。

"尚书大人,"外头有人焦急地进来禀道,"有人找,在楼下闹起来了。"

谁这么厉害啊?温柔惊讶地飘出去看了看。

来人是徐蓉蓉,哭花了一张脸,冲上楼来就喊道:"萧尚书,你家夫人信口雌黄,欺骗于我,你真的不负责吗?!"

萧惊堂开门出来,让她进屋,然后皱眉问:"怎么回事?"

"她答应过我,只要我站在你这边,她就帮忙撮合我跟乔克的!"徐蓉蓉说道,"结果今天我带乔克去让她说说乔克说的话,她竟然没好气地说自己听不懂,然后把我们赶了出来!这是卸磨杀驴吗?!"

萧惊堂愣了愣:"你是说,温柔说她听不懂乔克说话?"

"是啊,她自己说的!她还让我别去烦她了。"徐蓉蓉哭得"稀里哗啦"的,"欺负人吗?!"

身子僵了僵,萧惊堂瞳孔微缩,往四周扫了一眼。

温柔顿了顿,连忙伸手拉了拉他的手。

"是你?"萧惊堂眼眸发红,难以置信地回握住温柔,"她不对劲,我感觉到了,你才是你。"

正哭着的徐蓉蓉就见萧惊堂突然对着空气自言自语,忍不住问了一句:"你说什么呢?"

萧惊堂深吸了一口气,平静道:"徐小姐先回去,明日我会给你一个交代。"

"你说的,堂堂尚书大人可不能骗人了!"徐蓉蓉起身,气呼呼地走了。

关上门后,萧惊堂一把将温柔抱在了怀里,有些惊慌地问道:"怎么会这样?"

温柔很想跟他解释,但是现在说什么他都听不见,只能伸手摸了摸他的头发,让他冷静一下。

萧惊堂心里乱了,整个人显得格外慌张。对人世间的所有事他都还有算计的余地,可现在他看不见只能触碰到的她,能怎么办?

温柔也是头一次见萧惊堂情绪这么不掩饰,想着反正他看不见她的神色,也就毫不吝啬地露出了欣慰的笑意。

这人说到底,还是一个有血有肉的人哪。

"你过来,"萧惊堂想了想,拉着她去了内室,给了她纸和笔,"想说什么,写给我。"

对呀,还能这样!温柔立马拿起旁边的毛笔折断。

看见空中断掉的毛笔,萧惊堂失笑,轻轻摇头。

这才是温柔啊,才是他熟悉的人。

"你这个白痴,竟然真的相信了杜温柔的话!"

白纸上一行字被写了出来,萧惊堂看了,皱眉道:"你走了,也没跟我说一声。"

"还不是宫门口的符惹的祸!"温柔气急败坏地写,"这儿的佛法什么的好像都伤不了我，但是那个符能把我从她的身体里赶出来！"

原来如此，怪不得那次进宫后她就变得很奇怪。

"那你现在怎么办？"萧惊堂问，"我能跟你的鬼魂上床吗？"

毛笔从空中朝他飞了过来，萧二少爷险险躲过，勾唇道："我应该关心的只有这个问题，只要你还能跟我在一起，那是人是鬼都无所谓。"

被他的这句话感动了一下，温柔抿唇，捡回毛笔继续写："我会用自己的身体回来的，你别认不出我。"

"怎么会认不出？"萧惊堂深情款款地说道，"你化成灰我也能认出你。"

这话是好的意思，可是她怎么感觉听起来怪怪的？温柔撇嘴，往他身上挂，哼了两声。萧惊堂接着她，轻轻抚了抚她的背。

几个姨娘正拉着杜温柔出来赏花，杜温柔没个好脸色，扫了她们一眼，道："你们也太悠闲了，我还要回去准备伺候二少爷。"

众人愣了愣，云点胭皱眉看着她："二少奶奶，你中邪了？"

对上她的眼神后，几个姨娘都被吓了一跳，相互递了个眼神，纷纷找借口散场。

不对劲！

先前还好好的，二少奶奶对她们可温和了，这一转眼，什么事也没发生，怎么就成这样的态度了？

三个人蹲在小房间里思考这个问题，还没思考出个结果呢，萧管家就来了，为难地说道："各位主子，这个月的月钱……二少奶奶说，让您几位亲自去她那儿领。"

慕容音浑身发寒，哭丧着脸问道："到底是怎么回事啊？我们做错什么了吗？"

萧管家摇头："老奴也不明白……二少奶奶，好像变了个人似的。"

二少奶奶该不会真的是中邪了吧？几个姨娘纷纷皱眉："要不要请个和尚到府里来看看？"

萧管家深以为然，然后等二少爷回来就提了一下。

"不必，"萧惊堂不知道为什么手里捏着空气似的，一本正经地对他说道，"把杜氏休了即可。"

啥？！萧管家震惊，听见消息的几个姨娘也震惊了，杜温柔更是直接冲了过来，红着眼睛问："为什么休了我？！"

"因为你字写得不好看。"萧惊堂面无表情地说道。

笑话！杜温柔不服气，当即拿起毛笔写字。蝇头小楷，就算她很久不写，也是分外好看的。

但是这下，连萧管家也奇怪地看着她了。他经常帮二少奶奶对账，自然认得二少奶奶的笔迹——这个不对。

"你不是温柔。"看着纸上的字，萧惊堂挥手道："来人哪，把这个假冒二少奶奶的人送去官府。"

杜温柔瞪大了眼，反应了好一会儿才明白自己的笔迹出卖了自己，脸微微扭曲，不服地问道："你不是一直没有分辨出我跟她吗？那她不在了，我陪你度过余生，有什么不妥的？"

"我分辨得出来。"萧惊堂面无表情道，"跟你在一起浑身不舒坦，所以我分辨得出来，你不是我喜欢的人。"

杜温柔红了眼，愣怔地看了他半响，突然就哭了。

"我是不是不管怎么做，也得不到你？她都让你爱上我了，你为什么还是要赶我走？"

"她让我爱上的是她，不是你。"萧惊堂摇头，"你这样的人，不管换多少个皮囊，我都不会喜欢。同样，你的皮囊，我也不稀罕。"

杜温柔呆呆地摇头道："你撒谎！你明明觉得我很好看！"

"那是她在你的身体里，你才会显得好看。"萧惊堂无情地说道，"如若不然，你便是画皮妖心，丑陋至极。"

这话说得真狠哪，狠得温柔下意识地捂了捂自己的心口，然后才反应过来自己已经不在杜温柔的身体里，感觉不到疼痛了。

"惊堂，我那么喜欢你，那么喜欢你啊！你为什么这么铁石心肠？！"杜温柔目光呆滞地看着萧惊堂，感觉自己像是做了一场被他爱上的梦。

梦醒了，她什么都没了。

"感情是没有错的。"萧惊堂淡淡地说道，"但你以爱之名，威胁到别人的生命，让别人的生活一团糟。我若是为你的感情动容，那对正正经经喜欢一个人的人来说，是不是很不公平？"

杜温柔哑然失语，呆坐了半响，终于癫狂起来："好，不要我了是吗？你发现我不是她，就要放弃我是吗？可是萧惊堂你别忘记了，你我成的是皇婚，我是当今公主，你根本不能休了我！"

此话一出，温柔心里一沉。

她怎么忘记这茬了？这该怎么办？皇婚是不能和离的。

萧惊堂深深地看了她一眼，吩咐道："萧家二少奶奶中邪胡言乱语，从今日开始送回幸城疗养，一并事务交给疏芳处置。"

"你想得美！"杜温柔立马往外冲去，双目充血地怒道，"我有她的店铺，有她的财富，她的东西全是我的，你想把我当疯子关起来？！哈哈哈，我还有琉璃轩！我会让你后悔！"

萧惊堂皱眉，手却被人拉了拉。

他侧头看向旁边的空气，温柔折断了毛笔在纸上写："琉璃轩已经全权交给徐掌柜，不再是杜氏温柔的产业。"

众人都没注意，等反应过来，那字已经在纸上了。

"这是二少奶奶的笔迹！"萧管家惊呼，"这才是二少奶奶的笔迹！"

几个姨娘都来看热闹，杜温柔惊恐地看了四周一眼，吼道："阴魂不散，当真是阴魂不散，我不会放过你的！"

温柔眯起眼，偷了纸笔在桌下写了字，然后趁着一阵风把那几张纸都带到了杜温柔面前。

旁人看见的，就只是一阵风卷了几张纸盖在杜温柔的脸上。

"啪！"清脆的响声响起，温柔把一张写着话的纸贴在她的脸上的同时，给了她一巴掌。

"这一巴掌，是替你害过的杜芙蕖给你的，虽然她也不是好人，但是你没有剥夺人家的性命的权力。"

杜温柔看到纸上写的字，尖叫了一声，立马想跑。

温柔扯住她，又给了她一巴掌——"啪！"

"这一巴掌，是替被你骗来这里的我打的，我承担了你多少罪孽的后果，一巴掌根本不够！"

杜温柔满脸惊恐之色，这才发现自己是人，不是鬼，根本不能威胁到温柔了。

"救命哪！有鬼！"杜温柔尖叫起来，一路跑上了街。温柔追着她打，杜温柔便在街上没半点儿形象地打滚："你走开！你走开！"

街上的百姓见状都来围观，看这衣着富贵的夫人疯了似的咆哮翻滚。

萧惊堂等了一会儿才让人出去把她押回来，萧管家在外头对众人拱手："抱歉，我家夫人中邪了，已经疯癫，若有惊扰，还望各位海涵。"

此话没多久就传遍了上京，又被淑妃传达给了皇帝，说是温柔疯了。

"这可就难为萧尚书了。"皇帝叹息，"先让她养着，之后再说吧。"

眼前还有更重要的事，皇帝也无暇顾及杜温柔。杜温柔还以为皇婚能要挟点儿什么，谁知道还是被扭送上了去幸城的马车。

"怎么会这样？怎么会这样？"一路上，杜温柔碎碎念着，"分明应该是我来过上好日子了，凭什么给我这样的结果？"

温柔蹲在她旁边，笑眯眯地给了她一张写着字的纸。

"冤有头，债有主。不是不报，时候未到。"

杜温柔红了眼，疯狂地把那纸撕了，恶狠狠地说道："我不会让你如愿的！就算他不要我了，可我不会离开萧家，你永远做不成萧家的正室！"

温柔沉默。

女人发起疯来真的好可怕，跟她共用一个身子这么久了，杜温柔竟然还是不明白自己错在哪里。人都是有感情的，每个人的感情都很动人，很值得让人珍惜，可是好人就是好人，坏人就是坏人，害了人的人，不管有多悲惨、多深的感情，就该受到处罚，没有什么值得同情的。

不过这皇婚，还真是一个棘手的问题。

温柔让疏芳帮忙转达她的话，帮着徐蓉蓉明白了乔克的意思。乔克要回家乡，还有母亲要照顾，并不能留在这里。

徐蓉蓉很伤心，扭头跑走了。乔克一脸无辜的表情，被疏芳推了一下，茫然地追了出去。

这边的事情想来也不用自己操心，温柔就还是跟着萧惊堂晃悠。这两天萧惊堂格外忙，见了很多人，手里各种各样的信件、物件往来。温柔安静地在角落里看着，发现真的是要出大事了。

萧惊堂在收集大皇子企图谋反的证据。

"大皇子写过亲笔书信给牟老将军，然而那信，咱们没办法拿到，"站在暗处的人对萧惊堂说道，"只能想别的办法。"

温柔一听这话，立马扯了扯萧惊堂的袖子。

萧惊堂顿了顿，颔首道："我来想办法。"

等人走了，温柔便扯着萧惊堂，写字给他看："他们拿不到，我能拿到。"

萧惊堂微微皱眉："男人之间的事情，不该让你去冒险。"

"我能冒什么险？"温柔翻着白眼写，"谁还能抓住我不成？"

明日身体才完全恢复，今日趁着时间还够，她能做点儿事情也不错。

沉默半晌，萧惊堂还是说道："还有别的办法，你自己待着别乱走动了。"

这大男子主义的人，就不肯拉下脸让女人帮忙？温柔撇嘴，不理他，径直翻出地图来看，然后往那牟将军的府上飘去。

密信一般是在很隐秘的地方，这种书信，老奸巨猾的人都不会轻易烧毁，所以温柔很仔细地在主屋里找起来。

牟老将军就坐在屋子里，突然觉得背后一凉，接着就打了个喷嚏。

找了半天都找不到，温柔干脆偷了他的笔墨写了一张字条，从窗外扔了进去。

"什么人？！"牟老将军一惊，往外看了看。

护卫一脸茫然地道："将军，外头不曾有人。"

牟老将军皱着眉捡起了那纸团，打开来看。

"你暗格里的东西，我拿走了。"

心里一跳，牟老将军连忙扭动书桌下的机关，打开暗格看了看。

金银珠宝以及一众机密的东西都在。

谁要整他？牟老将军恼怒地起身，关上暗格就往外走："院子里进了外人，给我搜！"

"是！"

趁着这空当，温柔连忙去打开暗格，没拿银子，就抱了一堆书信立马往外飞去。

等萧惊堂反应过来她不见了的时候，天上已经掉了跟雪花一样的片片书信下来。

萧二少爷捡起书信看了几眼，微恼："你这人，为什么总是不肯听我的话？"

温柔轻哼一声，拿纸笔写："我又不是你的附属品，不需要你护着。我觉得对的事情，那就要去做。"

真是……他说她什么好？萧惊堂摇头，将书信都捡起来，一一看过之后，微微吸了一口凉气。

他本以为只有大皇子的一封书信，结果这牟将军背后来往的朝中重臣可真不少，说的还都是有些模糊又危险的话。以当今圣上多疑的性子，萧惊堂什么都不用多说，把这些东西往御书房送即可。

"我可能要忙上两日。"萧惊堂抿了抿唇，道，"你在这里好好待着，等我回来。"

温柔刚想写明日她就能有身子了，结果萧惊堂已经跟一阵风似的跑了出去。

春意最浓的时候，朝中突然发生大事，大皇子意图举兵造反被揭发，皇帝大怒，证据确凿之下，剥夺大皇子的亲王之位，将其贬为庶民，永囚宗人府。

皇后伤心欲绝，朝中一阵哗然，不日便出现了内乱，各种被揭发的事层出不穷，五品之上的官员纷纷被牵扯其中。皇帝气得卧病在床，让太子监管国事。

太子最信任的无非是萧惊堂，于是萧惊堂忙里忙外地收拾残局，一连五天没有回府。

这五天之中，温柔终于回到了自己的身子里，起初有些不习惯，路都走不稳。她调养了几日，喝了曲理给的药，经脉总算通畅了，便开始等萧惊堂回来。

温柔坐在徐掌柜和修月面前，两个人傻傻地看着她，分外不适应。

"东家？"

"温姐姐？"

温柔原本的身体娇小玲珑，头发刚刚到肩，发质不太好，有些分叉，皮肤也不如杜温柔那样娇生惯养的细腻白嫩，不过五官很是精致，眼睛水灵灵的，很是灵动，嘴巴小小的，鼻子尖尖的，像个娃娃。

"不习惯是吧？"温柔很害羞地笑了笑，"我长得没杜温柔好看，是不是让你们有点儿失望？"

凌修月连连摇头："没有，没有！温姐姐长得比杜氏让人看着舒服多了！"

就是那种说不出的舒服感觉，原本温柔在杜温柔的身体里就让那身体变得平易近人，换了本来的身体，更加让人想亲近。

"听你这夸奖可真是受用！"温柔伸手想摸他的脑袋，发现摸不到，还是改拍了拍人家的肩膀。她照了照镜子，有些为难地说道："你们这儿的姑娘头发也太长了，我这头发发髻都梳不起，怎么办？"

"有奴婢在呢。"疏芳笑道，"主子这点儿头发够用，慢慢养着就好了。"

温柔点了点头，赶紧去把萧惊堂原来给她做的长裙翻出来，又选了比较适合自己的首饰，然后忐忑地等着萧惊堂回来。

她一等就是半个月。

大皇子一党的人入狱的入狱，被流放的被流放，朝中官员大换血，萧二少爷便将先前见过的民间高才全部招纳入朝。三皇子在皇帝的病榻前尽孝，其他的琐事，便都落在了萧惊堂一个人身上。所以半个月后，萧惊堂才有空回了一趟府。

萧惊堂疲惫地躺在软榻上，轻唤了一声："水。"

温柔抿唇，整理了一下衣裙，端着水过去递给他："二少爷。"

听声音很是陌生，萧惊堂睁眼，撑起身子上下打量了面前的人一番。

"你是谁？"

温柔嘴角微抽，指了指身上的裙子："你看不出来我是谁？"

目光落在那自己亲手做的月华裙上头，萧惊堂面无表情道："这是我妻子的衣裳，你是哪里来的人？谁让你穿的？"

温柔忍不下去了，抬脚就踩在了软榻上，捏着他的衣襟道："我就是你老婆！"

萧惊堂眼神微动，捏住她的手，将人往床榻上拉，然后抱进了怀里。

"既然你这么想当我的妻子，那我就圆了你这个愿望吧。"

瞧这话说的！温柔气不打一处来，恶狠狠地一口就咬在了他的肩上。

"别动，"萧惊堂闭眼，疲惫地说道，"让我睡会儿。"

温柔微微一顿，看了一眼他眼下的青黑色痕迹，放松了身体，滚到他旁边挨着他躺着。

萧惊堂很快就入睡了，看样子不知道熬了多少夜。温柔抿唇，轻轻叹息了一声。

位高权重的人，也不见得有多快乐吧？

不过萧惊堂这般操劳，换来的东西也分外厚重，朝中换血换上来的官员个个钦佩他钦佩得要命，时不时就来府上拜访，带点儿土特产什么的。有的人甚至不听太子的话，唯萧惊堂马首是瞻。

朝中局势渐渐稳定下来，皇帝病重，太子监国。楼东风打了胜仗回来，太子大喜，没有收回兵权，只大肆封赏了一番。凡是萧惊堂举荐的人，在朝中都平步青云。孙皇后居深宫不出，孙家的势力渐渐凋零殆尽。

到了夏天的时候，皇帝决定禅位，带着淑妃游历四方。轩辕景正式登基为帝，封萧惊堂为护国侯。

温柔还没适应好自己的身子，萧惊堂就已经分外适应她了，闲暇的时候就跟她斗嘴，气得温柔要打他，他的手又伸直了抵着她的额头，看她的小胳膊小腿打不着自己，便嗤笑道："你怎么跟乌龟似的？"

他这样嗤笑她的后果就是晚上的时候，权倾朝野的护国侯被迫打地铺，哪怕中途无数次想爬上床，也被人狠狠地踹了下去。

大局安定，萧家院子里的姨娘们终于各自能回各自的爱人身边去了，云点胭抽抽搭搭地拉着温柔的手说道:"虽然我还是不相信你是原来的二少奶奶,不过你跟她一样好,我会想你的。"

慕容音也跟着点头:"有空再一起出来打麻将吧?"

温柔笑着应了:"好,院子里的生活本也无聊,你们有空就回来跟我玩。"

苏兰槿担忧地看了她一眼:"可是,你要这样没名没分地跟着二少爷过一辈子吗?"

先皇赐的婚,更不能和离了。温柔笑了笑,没吭声。

萧惊堂最近又忙了起来,没空回来陪她,温柔也不矫情,自己带着疏芳出去散步。

新皇登基,大皇子一党的人被赶尽杀绝,温柔路过皇榜时看了一眼,看见了裴方物的斩首令。

作为商人,裴方物给大皇子的谋反活动提供了大量资金,没身份、没地位的人,自然是要被斩首的。那皇榜都已经泛黄,行刑之日也过了很久了。

"小心看路。"冷不防撞着了人,温柔连忙要道歉,抬头却对上了裴方物那张温和的脸。

已经很久没见了,裴方物脸上满是感慨之色,眼里又带了些戏谑之意,他看了看皇榜,又看向她,仿佛是等着她尖叫或者露出其他意外之色。

然而温柔一点儿也不奇怪,只笑了笑:"久违了,裴公子。"

这下轮到裴方物错愕了。他疑惑地问:"你不好奇为什么我没死吗?"

温柔笑了笑。

她当然知道他为什么没有死,先前在小黑屋里给萧惊堂泄露大皇子要谋反的消息的人,就是裴方物。

那日在茶馆里她听见了裴方物的声音,很奇怪裴方物为什么能跟萧惊堂这样坐下来说话。后来成了魂魄状态跟着萧惊堂,见多了他派人来禀告消息,温柔自然也就明白,裴方物已经暗地里站在了萧惊堂这边。

"别的我都不好奇。"温柔问道,"我就好奇萧惊堂是怎么说服你帮他的?"

"很简单,我需要活下来。"裴方物拉着她往偏僻的地方走去,低声说道,"萧二少爷的能力还是在我之上,大皇子处于上风,急功近利,难成大事,再加上我违背了他的命令,就算他事成,也不会让我有什么好结果。

思前想后，我还是决定帮萧二少爷。"

还有一句话裴方物没说——他是真的不想站在她的对面了，一点儿机会也没有，多绝望啊。

温柔眯眼："说好的一定会打败萧惊堂呢？"

"识时务者为俊杰。"裴方物眼含笑意地看着她，"留着命，才有机会。"

"什么机会？"温柔刚问出口，就看见他脸上别有深意的表情，瞬间就明白了，"你还没死心啊？"

"嗯。"裴方物点头，"哪怕你现在换了一副模样，哪怕不是我熟悉的样子了，可我还是想跟你在一起。"

"没门儿。"温柔撇嘴，"我还是不喜欢你。"

"那现在你喜欢萧惊堂了吗？"裴方物也不恼，只盯着她问。

温柔别开头，轻哼了一声，没什么底气的样子。

裴方物轻叹："他的正室永远不会是你，这样你也不介意吗？"

温柔说道："我介意。我这个人占有欲很强，喜欢一个人就想让他什么都是我的，但……这不是没有办法吗？我就算怪他，他也做不了什么。"

"不一定。"裴方物勾唇，"男人的潜力很大，你要逼他才行。"

逼他？温柔茫然："什么意思？"

"你跟我来就是。"裴方物朝她勾了勾手，带着她就往前走。温柔疑惑地跟着，上了车，车子一溜烟地就往宫门的方向跑。

萧惊堂出宫，在门口与几个人寒暄之后，正要上轿，就见裴方物家的马车来了。

裴方物被定罪之后，萧惊堂给裴方物换了名牒，让裴方物可以继续经商，现在裴方物来这儿，难不成是来感谢自己的？

等那马车停稳，帘子被掀开，萧惊堂就看见裴方物笑眯眯地问："二少爷，一起走吗？"

出什么事了？萧惊堂皱眉，弃了轿子走过去，刚想问话，就看见了车厢里的另一个人。

"你怎么在这儿？"脸黑了一半，萧二少爷很是不悦地看了看温柔，又看了看裴方物。

温柔干笑："路上遇见了裴公子，一并过来的。"

萧惊堂微微眯起眼，上了车，放了帘子，语气里满是不悦之意："我可以自己回去，你没必要这样来接的。"

温柔翻了个白眼："你就不能好好说话？我接你还错了？"

她接他没有错,要是不在裴方物的车上,他一定会很高兴的。

裴方物在对面摇着玉骨扇,笑得温润如玉,也不吭声。但这一路走回去,萧惊堂脸色越来越沉。

快到萧府的时候,裴方物终于开口:"下去走走?"

萧惊堂点头,对温柔说道:"你先回去。"

温柔不太乐意地看着他们俩下车,忍不住嘟囔:"这么明显地把人支开,很没有技巧啊!"

好奇心害死猫的知不知道?

"你是什么意思?"离开温柔的视线后,萧惊堂浑身的杀气就散发了出来,他盯着裴方物道,"若是我没记错,上次我就提醒过你,不要再靠近她。"

裴方物来找了温柔很多次,多得让萧惊堂后悔救他了。不过先前裴方物都没有靠近,只在远处看着,大概是一时接受不了温柔换了个模样。所以渐渐地,萧二少爷还放松了警惕。

他没想到今天裴方物直接带着她来他面前示威了!

"二少爷不觉得,现在在下更有优势?"裴方物勾唇笑道,"到如今在下还未有正室,后院也不见女眷。她若是愿意跟我,十里红妆、八抬大轿,我都给得起。可是您……似乎给不了她什么名分。"

眼神沉了沉,萧惊堂回道:"这用不着你操心。"

"温柔是什么样的性子,想必二少爷比我还清楚。"裴方物耸了耸肩,"她是宁为玉碎不为瓦全的,要她一辈子这样委屈……似乎不太可能,那裴某总有一天能挖了二少爷的墙脚。"

"你的身家性命不要了?"萧惊堂冷笑,"挖我的人,我会轻易放过你?"

"在下会安排妥当的,现在也不急。"裴方物说道,"走一步看一步吧。"

不可否认,萧惊堂被威胁到了。

温柔在门口等着,就见萧惊堂面无表情地回来,拉着她就往里头走。

"怎么了?"温柔眨眼,"你俩说什么了,说给我听听啊?"

萧惊堂轻哼了一声,低头在她的脸上咬了一口,颇为不忿的模样。

温柔吃痛,瞪眼道:"不说就不说吧,咬人是什么意思?!当谁没牙还是怎的?"

"你给我安静会儿!"

"就不!"温柔脾气上来了,对着他就吼《忐忑》。

萧惊堂："……"

他怎么会喜欢上这样的女人？

萧惊堂伸手捂住她的嘴，将人一把扛上肩，狠狠地打了她的屁股："闭嘴！"

"嗷！"温柔挣扎，带着哭声喊道，"你欺负人是不是？放我下来，发型要乱了，晚上要去参加挽眉的婚礼！"

萧惊堂微微一顿，想起来了。木青城要正式迎凌挽眉过门——大概也是因为凌挽眉怀孕了，着急办婚事，时间就是今晚。

萧惊堂将人放了下来，抿了抿唇："必须去？"

"废话！"温柔翻了个白眼，"这两个人最后能走到一起多不容易啊，我怎么能不去见证一下？"

古人都喜欢热闹，婚礼宴席什么的应该都很积极参加才对，但是不知道为什么，萧惊堂全程虎着脸，跟她换了情侣装出门，一路跟着迎亲队去迎亲，再看他们拜天地，脸色始终没放晴，吓得木府的管家多次来问是哪里不妥了。

"你干吗呢？"温柔用手肘打了他一下，"瞧瞧多喜庆哪，虎着脸做什么？"

萧惊堂低头，认真地看着她问："你是不是也想跟我再拜一次堂？"

以前拜堂，第一次他是和杜温柔，第二次是她顶着杜温柔的身子，她自己都没有正正经经地跟他拜过堂。

温柔垂眸，轻笑道："想是想，做不了也就算了。如今一切都好，已经很难得。"

她想过有一种可能，他们两个人能名正言顺地做夫妻，那就是萧惊堂抛下现在拥有的一切，跟她远走高飞。

但她不可能这么自私，也不会让萧惊堂在她跟他的事业之中选一个。男人都有自己的抱负，她很讨厌别人让自己放弃梦想，那也就不会让萧惊堂放弃他的梦想。

他就是该惊于朝堂的。

至于名分这个问题，她就当自己在谈一场没有尽头的恋爱好了，想走就能走，也挺方便的。

阮妙梦的视力恢复了，身子也调养好了。据说是楼东风三跪九叩地求来的神医治好的。阮妙梦看见了他，没给什么好脸色，却也没有马上要走。温柔去看过她，旁敲侧击了两下，阮妙梦显得很迟疑，没有要跟温柔走的意思，只说道："看看再说吧。"

这句话似乎在哪儿听过……温柔摸了摸下巴，看了一眼挺着肚子分外幸福的凌挽眉。

对，这话就是凌挽眉说过的。

果然，当一个女人的心里还对男人抱有希望时，那她就会犹豫离不离开。

云点胭成亲了，没过一个月苏兰槿也成亲了，这一个个的姨娘逮着良辰吉日赶着出嫁，让温柔喝足了喜酒。为了避嫌，萧惊堂没去，所以每天晚上都看着温柔醉醺醺地回来，然后笑嘻嘻地跟他比画那边有多热闹。

他眼神深沉地看着怀里伸手乱舞的人，抿了抿唇，轻轻拢了拢她的鬓发。

身边的人一个个都成双成对了，唯一独孤的，恐怕只有一个轩辕景。

做了皇帝的轩辕景天下在握，然而凤七走了，再也没回来，连温柔也没能找到她。高高的龙位，孤傲又寂寞。

轩辕景问过温柔，凤七为什么会走。

温柔认真地想了想，回答他："要是我深爱的人做了皇帝，我也会走的。"

人都是自私的，要是你遇见一个大方不介意你身边有其他人的爱人，那对方一定没那么爱你，或者说，对独占你无能为力，愿意忍着。

温柔不愿意忍。至于凤七是怎么想的，温柔其实不知道。

轩辕景冷笑了一声："若是必须在她同江山之间选一个，朕一定还是选江山。"

万里山河，哪里不比一个女人好？

"那您就没什么好抱怨的了。"温柔说道，"这条路是您自己选的啊。"

轩辕景沉默，半晌之后点头："是啊，朕自己选的，没什么好抱怨的。"

他说是这么说，脾气却越来越古怪，常常不发一言地坐在后宫里，或者脸色阴沉地坐在朝堂上。

"陛下，"朝中言官笑道，"马上是陛下的寿辰，按理来说要封赏朝中有功之臣。新朝刚立，此举也利于收服人心。微臣列了朝中各位大人的功勋和该有的封赏，还请陛下过目。"

轩辕景接过那折子，打开看了看。一点儿也不意外，萧惊堂的名字被列在第一个，地位已经没有办法再提升，这些个一心偏着他的大臣便列了一串儿奖赏的礼单，还要求侯爷之位能让萧家代代后人世袭。

轩辕景抬头看了一眼这朝堂之上，突然发现，这一大片重臣不知道什么时候都变成了萧惊堂的心腹。他的圣旨，都不一定有萧惊堂的一句话管用。

心里微沉，轩辕景笑了一声："此事朕会好生琢磨的。"

"谢陛下。"

轩辕景开始观察萧惊堂，虽然同萧惊堂是十几年的朋友，知根知底，但帝王都难免会多想——轩辕景现在等于是将自己的性命放在了萧惊堂的手里，真的没有问题吗？

"爱卿觉得，这封赏的名册有不妥之处吗？"轩辕景眼神深沉地看着萧惊堂，问了一句。

萧惊堂拱手："有。"

"哦？"

"微臣的封赏太多，风头太过。"面前穿着官服的人平静地说道，"功高震主，哪怕陛下不会怀疑微臣，此举也过于张扬。"

轩辕景微微一愣，垂眸："朕……怎么会怀疑你呢？"

"今日陛下可有空？"萧惊堂没有看见他的神色，问道，"若是公务处理完了有闲暇，陛下不如跟臣去喝酒？"

喝酒？轩辕景看了他一眼，想了想，笑道："好啊。"

两个人只有在喝酒的时候是平等的，萧惊堂大概也有话和自己说吧？

轩辕景如约去了宫外的酒家，推开门，看见的却不止萧惊堂一个人。

屋子里一众大臣都穿着常服，嘻嘻哈哈笑笑闹闹，转头看见轩辕景，都傻眼了，纷纷噤声。

轩辕景皱眉。

"三哥来了？"萧惊堂却当什么也没发生，起身就将他拉进了屋子，略带醉意地说道，"给大家介绍一下，这是咱们的三哥。"

几个重臣你看看我，我看看你，没敢当真喊出"三哥"来。

轩辕景抿了抿唇，笑道："既然是出来喝酒的，身份什么的就不重要了，大家都唤我三哥也可。"

有胆子大的人，当真喊了一声"三哥"，其他人观望着，见皇帝当真没有生气，便纷纷松了一口气，又笑闹起来。

轩辕景也不拘礼，跟他们拼酒，一点儿也不含糊，将几个重臣喝得趴下了。君臣之间的关系瞬间亲近起来。

"方侍郎是吧？"轩辕景逮着方志恒，眯起眼，醉醺醺地说道，"朕让你处理乱党余孽的事情，你还没给朕一个满意的答复，这杯酒你就给朕喝下去吧！"

方志恒有些忐忑，看了萧惊堂一眼。

萧惊堂笑着将酒杯递给他："三哥的吩咐，你怠慢了，该喝三杯。"

他明明还自称"朕"呢，很吓人的好不好？方志恒抿唇，哭丧着脸喝了三杯酒，跌倒在了一边。轩辕景"哈哈"大笑，逮着下一个臣子继续灌酒。

等他们都散场走了，萧惊堂才拿起一罐残酒，给轩辕景和自己倒了一杯。

"你今日又是何用意？"轩辕景醉眼蒙眬地问。

"三公子可还记得，最开始惊堂跟您说过的话？"萧惊堂问。

轩辕景微微一愣，想起了在幸城时的场景。

那时候他去幸城，也有说服萧惊堂出山的意思，因为知道此人才华过人，也够圆滑世故，会是他很好的助力。当时的萧惊堂半点儿不想沾染朝堂之事，只说道："做商人逍遥快活，挺好的。"

"你不肯帮我吗？"轩辕景问，"帮我一把就好。"

沉默良久，萧惊堂说道："帮三公子没有问题，但惊堂志不在朝廷，若有朝一日三公子登顶，那便放萧某自由，如何？"

"好！"

回过神来，轩辕景难以置信地看着眼前的人："你想走？"

这人疯了吧？如今的萧惊堂一人之下，万人之上。天下有一半在他的手里，他怎么可能愿意抛弃这一切，重新当个小商人？

"这是陛下一开始就答应微臣的事情，可不能食言。"萧惊堂说道，"朝中百官依赖微臣，是因为尚且不熟悉陛下，不知陛下的厉害之处。只要陛下先熟悉，后立威，满朝文武皆可臣服于陛下。"

"可是……"

"微臣能做的都做了。"萧惊堂伸手递给轩辕景一本厚厚的册子，上头写着"花名册"三个字，说道，"这个东西陛下多看，就能了解每个官员的家世背景和性格。"

"若是陛下允许，下个月微臣就想'病逝'。"

轩辕景茫然地看着他，实在想不明白："大丈夫志在朝堂，你什么都有了，放弃不可惜吗？"

萧惊堂微微一笑，看向窗外："微臣志不在朝堂，想要的东西也很少。多余的东西，放弃了一点儿也不可惜。"

有的男人很喜欢权力，可偏偏他不喜欢，这东西累人，他更喜欢从别人的口袋里掏钱，很有成就感。

"就算你想退隐，朕可以封你个空闲的侯爷之位，你为什么要'病逝'？"轩辕景皱眉，"你一走，朝中会乱。"

"不会的，陛下有安国之力。"萧惊堂笃定道，"至于为什么必须'病逝'……大概是因为臣的名字。

"臣不想惊慑于朝堂，只想惊喜于礼堂。

"臣想成亲了。"

轩辕景睁大了眼，反应了半天才想起他身上的赐婚以及温柔那离奇的换身问题，忍不住皱眉道："很久以前我就知道，那个女人迟早会让你抛弃我！"

这话说的，萧惊堂轻笑："陛下，微臣只是功成身退。"

"我不管！"轩辕景不讲理道，"现在的朝中还很需要你。"

"微臣明白。"萧惊堂回道，"所以微臣不会马上走，会亲眼看着陛下安定朝堂。"

轩辕景深吸一口气，转过头去看着窗外，沉默了半晌才开口道："皇帝，可真是孤家寡人。"

他身边已经空空荡荡了，萧惊堂一走，彻底只剩他一个人了。

萧惊堂笑了笑："陛下的身边，本也不该站太重要的人，这是您一早就明白的道理。"

就像他让木青城和楼东风等人把心爱的女人送走一样，成大事者本就不该被重要的人羁绊。但现在，他们的大事结束了，而他的大事，才刚刚开始。

轩辕景突然觉得有些好笑，不禁失笑，越笑越厉害，笑得眼泪汪汪地拍了一下大腿："好！朕的确是明白得最早的，也知道该怎么做。"

萧惊堂拱手。

自从换了身子，温柔还是一样跟萧惊堂睡，但是从来没跟他有过亲密接触。萧惊堂很纳闷，但也没强求。

不过今日，一身轻松的萧二少爷回来就拎起温柔往内室走去。

"怎么了？"温柔疑惑地看着他，问道，"大白天的，你想干吗？"

"想跟你聊聊。"

哦，聊聊。温柔正经地坐在了床边，结果面前这人二话不说上来就吻她。

"嗯嗯嗯……"

他不是说聊聊吗？！

深吻了一刻钟，萧惊堂才微微松开她，瞧着身下这人眼波潋滟的模样，喉头微动："我不喜欢说话，你知道的，所以还是用身体来表达吧。"

瞳孔微缩，温柔猛地挣扎起来，带着哭腔道："不要！"

萧惊堂动作微顿，咬住了她的耳垂："一个月后我娶你做唯一的妻子可好？"

温柔被这话吓了一跳，一时忘记反抗，被这禽兽剥开了衣裳。

身体一阵战栗，温柔惊恐道："你到底是什么意思啊？！"

"字面上的意思。"萧惊堂将她压进被子里，"你早晚是我的人，不如现在从了我吧，我……忍不住了。"

这么长时间，他都快修炼成仙了。不跟她在一张床上睡还好，他们分明一起睡，她还不让他碰，这简直是非人般的折磨。

温柔挣扎："你想人头落地来娶我？"

"不，我同你都会过得好好的。乖，松开点儿。"

温柔哭丧着脸，低声说道："就算你要娶我，也别动我啊，我怕……"

"怕什么？"

这话要怎么说呢？她在现代一直忙于工作，根本没有男朋友，用杜温柔的身子跟他圆房，就已经疼过一次了，还来一次，那也太折磨人了。

似乎明白了她的意思，萧惊堂低笑，小鸡啄米似的亲吻着她，一点点让她放松下来。

"你别想其他的，想我便好。"

被他折腾得眼神迷离，温柔搂着他"喃喃"道："真奇怪，我竟然会喜欢上你。"

心里一动，萧惊堂的眼眸"唰"地就亮了，他含着她的唇瓣，轻轻地抿了一口，勾唇道："那是因为我值得你喜欢。"

不要脸！温柔闷哼，迷迷糊糊地沉进了这一场欢爱里。

女人真是好骗哪，不管是什么样的姑娘，永远都是听觉动物，听着人说这些甜言蜜语，疼都会忘记。

温柔第二天没能起床，哼哼唧唧了一天。萧惊堂早出晚归，回来就给她上了药。

"我保证成亲之前不碰你了。"他义正词严道。

温柔信了他的邪！她刚好一点儿就被他按在床上没起来过，就这样他还敢保证？！

萧府里就算只有她一个人也没能安宁过，每天吵吵闹闹的，热闹极了。

大宋景德一年，新朝刚立，护国侯萧惊堂病逝，满朝哗然。帝甚为悲痛，抚恤萧家，为护国侯立碑上京北门，供人瞻仰。

萧管家驾着马车离开上京的时候，路过那三人高的碑，还朝车厢里笑道："二少爷真是了不起。"

车厢里的人没应声，萧管家觉得，里面的人大概是睡着了。

睡着了也好，他们这一路回幸城，路可长着呢。

风从前头吹过来，微微掀开车帘。也是没人往里头看，不然有人就能看见满车的春光。

没羞没臊的萧惊堂一摘下官帽，整个人热情似火，缠着温柔就没松开过。温柔小声抵抗："这是马车上！"

"马车上有什么不好？"萧惊堂回道，"省力。"

温柔："……"

她终于明白这禽兽为什么死活不让修月和疏芳跟他们坐一辆马车了！

"回了幸城，杜温柔缠着你怎么办？"缠绵之间，温柔老大不高兴地问了这么一句话。

萧惊堂轻笑，一只手蹂躏着她，一只手抽了一封信出来给她："三弟送来的。"

前些时候萧少寒就请假回了幸城，说是身体实在太不好了，要回去疗养。皇帝准了，于是那小子跑得飞快。至于他回去做什么了……

温柔瞪大眼看着那封信，失笑："要是说这世上有谁比你更狠，那一定只能是这位小叔子了！"

萧少寒在信里开心地写道："嫂子回来了！为了避免她寂寞，我把她的亲妹妹，也就是杜芙蕖给接回来啦，两个姐妹也好谈谈心嘛。可是不知为何，二嫂自绝身亡，大抵是听见二哥的死讯实在难过……杜芙蕖也不知所终，不知做了什么亏心事。唉，二哥，速归，弟甚念。"

温柔倒吸一口凉气："这才是真的有冤报冤，有仇报仇了。他竟然敢把杜芙蕖和杜温柔放一块儿！"

759

那两个人是真的有不共戴天之仇啊！

"谁的罪孽，就交给谁去还。"萧惊堂说道，"咱们回去赚钱养家即可。"

温柔皱眉："讲道理，你们古代不都是男人挣钱，女人混吃等死就好了？"

"不。"萧惊堂认真地说道，"你有足够的能力跟我并肩，那就同我一起努力。"

第二十四章
梦里不知她是客

温柔微微一顿,看了他一眼,笑道:"你倒是变了。"

以前的大男子主义者,可不是这么说的。

萧惊堂将她抱在怀里,用下巴摩挲了一下她的头顶。

"我昨晚做了一个梦。"他说道,"梦见你只是来这里做客的,我惹你生气了,你便走了。"

温柔眨眼,回头看着他:"没错,我就是来这里做客的,这一场风花雪月,说不定当真只是你我的梦境。"

萧惊堂伸手将她抱得更紧,沉着脸抿了抿唇:"那谁也别醒了,我不醒,你也不准醒!"

温柔失笑,拍了拍他的胸口:"不用担心,我回不去了。"

从来到这里开始,其实她就已经算是轮回转世,重新活过了。虽然很多次她很难过想回去,但……既来之则安之吧,这里有个冰山傲娇怪,日子似乎也不是太无聊。

"回不去了?"萧惊堂挑了挑眉,松开她,一本正经地说道,"那我就不用抱这么紧了。"

温柔气不打一处来,翻了个白眼:"你这样很容易失去宝宝的!"

"宝宝?"萧惊堂眼眸一亮,问,"你怀孕了?"

温柔尴尬地扯了扯嘴角:"这个宝宝不是那个宝宝……"

萧惊堂冷静了下来,突然说道:"这么一想,的确是来不及了,咱们要努力一点儿。"

眼瞧着自己又被扑在了马车上，温柔哭笑不得地问："什么来不及了？说清楚啊！"

"凌挽眉怀孕五个月了，楼东风也说计划要两个孩子，你我再不努力，那岂不是最早上车，最后下车？不行，我从不落人后。"

"这是落不落人后的问题吗？啊，你给我放开！"

萧管家耳朵里塞着棉花，笑得一脸慈祥的样子。后头的一溜儿车队上，疏芳在跟凌修月玩游戏，徐掌柜还在辛辛苦苦地算账，每个人都装作没有听见那令人面红耳赤的声音，愉快地玩耍着。

躺在萧惊堂的怀里，温柔偶尔会想，自己再也见不到父母，留在这里，是不是失去了很多东西……

可是她转念又想，爱情从来就不是野菜，随便扔那儿不用照顾就能茁壮成长。感情本来就要付出，要失去。她被迫失去过，至于找不回来的东西，也没必要一直纠结了，只要……

只要萧惊堂让她觉得值得，那她留在这里做客，就不会太过痛苦。

上京。

阮妙梦坐在庭院里发呆，楼东风带着个女人从旁边走了过去。

阮妙梦回头看了一眼，皱眉。他这该不会又是要迎谁回府吧？

她最近是很久没看见楼侧妃了，这院子也安静得很，本以为楼东风改了性子了，没想到他还是要带女人回来。

阮妙梦轻笑一声，看着走到面前的人，问："有事吗？"

"有件事要跟你解释一下。"楼东风正经地说道，"这是萧侍郎府上的丫鬟，你见过的。"

阮妙梦愣了愣，恍惚间回想起来，很久之前她来帝武侯府告别的时候就遇见过这个丫鬟，这丫鬟上来就说自己是楼东风即将迎过门的姨娘，还问她是谁。

当时她也是被这件事气着了，所以说话很冲，直接就要走，结果被他给扣了下来。

那丫鬟不情不愿地被推了上来，抿了抿唇，道："奴婢胆子大了些，想给侯爷做通房丫鬟，那天遇见夫人，全是胡说八道的，还请夫人别往心里去。"

她在萧少寒府上算是半个管事，上上下下的人都听她的话，所以她有些膨胀了。见了帝武侯一面，她就求萧惊堂把她送了过来，想蹭个名分，没想到……踢到了铁板。

那日她还准备勾引楼东风的，结果刚躺在床上，萧二少爷竟然带着他的夫人来了，坏了她的好事。帝武侯性子刚烈，本是不打算解释的，她也乐得让人误会，但是今日不知道是怎么了，他竟威胁她过来解释清楚。

静静地看了看这两个人，阮妙梦别开头，淡淡地说道："知道了。"

楼东风让那丫鬟退下，抿了抿唇："这么多年了，我似乎欠了你一句话。"

"你说。"

"留着你我都要死了的时候再说吧。"楼东风抿了抿唇，再度开口，"我……"

"侯爷！"

话还没吐出来，就有家丁急急忙忙地进来，楼东风黑了脸，不悦地转身："怎么了？"

没长眼的家丁低头禀道："有人带着曲理来府上了，小的拦不住！"

心里一沉，楼东风满脸戾气地瞪了他一眼，然后有些心虚地看向后头的阮妙梦。

阮妙梦起身，淡淡地说道："人是我找回来的，侯爷若是不想收留，那我带着他走。"

想也不可能让这两个人一起走吧？楼东风伸手拉住她的手腕，咬牙切齿道："我能收留他。"

"那多谢了，我去看看他。"

堂堂帝武侯，什么时候这么憋屈过啊？他恼死曲理了，可现在拿曲理一点儿办法也没有，或者说，拿阮妙梦一点儿办法都没有。

"你等等我！"

看人走远了，他还是叹了一口气追上去，低声和她商议道："咱们先商量商量重新办个婚事吧？你看木青城那次婚事多热闹？"

阮妙梦看了他一眼，没兴趣地说道："不办。"

"哎，你先听我把话说完……"

院子里回荡着侯爷气急败坏的声音，天上的白云翻滚，太阳笑得灿烂得很。

幸城的琉璃轩重新开张了，依旧有三家，一家温氏，一家萧记，一家裴记。萧惊堂不悦地看着对面的裴方物："你怎么还没死？"

"劳您惦记。"裴方物笑眯眯地说道，"你们还没分开，我怎么可能死？"

萧惊堂眯了眯眼。

温柔从店铺里出来，萧惊堂立马迎了上去，低声说道："回家，有二两肉吃。"

眼眸一亮，温柔立马跟着他走，不过路过裴记时，还是伸了伸爪子跟人问了安。

裴方物有礼地颔首，看着那两个人走在一起的背影，微微叹了一口气。

一个跟他差不多高的少年站在他面前，盯了他很久。

裴方物扭头，看着凌修月开口道："我不打架。"

"不是想问这个。"凌修月苦恼地道，"我最近很不明白，他们说的两情相悦到底是什么感觉，你能告诉我吗？"

"不能，"裴方物垂眸，"因为我知道的，只有什么叫一厢情愿。"

凌修月同情地看着他。

凌修月回到萧府时，一家人都在。饭后，他逮着温柔问："温姐姐，什么是两情相悦？"

温柔愣了愣，下意识地看了萧惊堂一眼。

萧二少爷起身，目光正好迎上她，那眼神旁若无人，有深沉的东西在里头。

温柔笑了笑，低声说道："这就是两情相悦吧。"

也许是水到渠成的一见钟情，也许两个人不是同时喜欢对方的，要经历很难的过程。不管怎么说，你爱着一个人的时候，他也正好爱着你，人世间没有比这更美妙的事情了。

景德二年，江南首富易姓，变为温氏。

景德二十二年，女承母业，江南首富再度易姓为萧，名梦柔。

（全文完）